FIRST

Prima edizione: giugno 2016

ISBN 978-88-541-9371-0

www.newtoncompton.com

Realizzazione a cura di Corpotre, Roma
Stampato nel giugno 2016 da Puntoweb s.r.l., Ariccia (Roma)
su carta prodotta con cellulose senza cloro gas provenienti
da foreste controllate, nel rispetto delle normative ambientali vigenti

Angela Contini

Tutta la pioggia del cielo

Newton Compton editori

A Christian,
la pioggia che ha lavato via le mie pene.

1
Nath

«È la tua parola contro la mia». Fisso gli occhi in quelli piccoli di Lucas. Lo sguardo sinistro non sembra intimorirlo, anzi, ridacchia come se non gli importasse niente di quello che sto dicendo. Solleva un pugno in aria e continua a sorridere. «Mi stai forse minacciando? Dillo, mi stai minacciando?». Mi sporgo verso di lui. Il mio volto a pochi centimetri dal suo. «Pensi che ti crederebbe qualcuno? Oltretutto, non puoi parlare. Sono in vantaggio». Ghigno soddisfatto quando noto la sua espressione seria. «Ho aspettato mezz'ora più del necessario per cambiarti, lo so. Ho delle ottime ragioni per aver agito così. Un buon caffè non può aspettare».

Richiudo il pannolino con una certa difficoltà dato che Lucas continua a sgambettare. Nello stesso istante, suonano alla porta. In fretta rivesto il piccolo e lo ficco nel seggiolone. Non fa storie, grazie al cielo. Di solito strilla come un'aquila.

«Sempre nei momenti meno opportuni», dichiaro spazientito. «Tu sta' buono qui, torno in un nanosecondo». Lascio Lucas al sicuro e mi dirigo con passo svelto verso l'ingresso. Apro la porta senza nemmeno guardare di chi si tratta e torno dal piccolo.

«E se fosse stato un maniaco, un ladro, un serial killer o, peggio ancora, un esattore delle tasse?», annuncia la nuova ospite.

«Sei un maniaco, un ladro, un serial killer o, peggio ancora, un esattore delle tasse?»

«No, ma...».

Zittisco ogni frase sul nascere con un rumoroso «Sttt...». Sorrido. «Pericolo scampato». Lancio un mezzo ghigno a mia sorella che trasporta un cesto portavivande e mi raggiunge in salotto con il suo seguito di pargoli di varia misura: i miei nipoti. Zoe, Mark e Danny. «Dovresti guardare meno TV, Susan».

«E tu dovresti familiarizzare con la lavatrice», dice Susan, e guarda la mia maglietta unta di omogeneizzato.

«Mi sta bene il verde spinacio».

«Si intona con i tuoi capelli biondi, in effetti».

Senza proferire parola, con una smorfia disgustata, metto il pannolino sporco di Lucas in mano a mia sorella che, al contrario di me, non fa una piega. «Arma di distruzione di massa, attenta a come la maneggi».

«Dimentichi che maneggio questo tipo di armi da molti più anni di te. Credo di non aver mai smesso, a dire il vero», continua osservando il più piccolo dei suoi ragazzi. «Dio... dici che ho fatto troppi figli?». Susan indica i tre in piedi accanto a lei, perfettamente immobili. Li guardo stranito, soprattutto per il fatto che sono... blu. Dalla testa ai piedi. Mia sorella sospira cogliendo al volo la mia muta domanda. «Mi servirà l'acquaragia per sgrassare il pennarello indelebile». Sospira di nuovo e abbassa le spalle. «Stanno attraversando la fase "sono un puffo"».

«Non erano nella fase "sono un Minions"? Li ricordo gialli l'ultima volta che li ho visti».

«Passata da un pezzo». Susan indica a turno i suoi figli: il puffo Quattrocchi impersonato da Mark perché ha gli occhiali con la montatura nera, Puffetta che è Zoe, la più grande dei fratelli, e Danny, il puffo *ignoto*.

«Ragazzi, sciogliete le righe».

Mark fa il saluto militare alla madre e subito dopo si rilassa. Imitando il gesto di imbracciare un'arma, prende per mano Zoe e Danny e li tira verso la cassapanca. L'ho costruita per tenerci i loro giochi, in modo che mi lascino in pace quando mia sorella li molla da me per godersi le poche serate romantiche che può concedersi con un marito marine.

Susan solleva le spalle, dà una sistemata alle ciocche bionde che sfuggono alla coda di cavallo e si stampa un sorriso sulle labbra mentre allunga le braccia verso il frugoletto che ora tengo contro il mio petto. «Vieni dalla zia Susie, tesoro. Cucù, cucù, cucù, pucci, pucci pucci, patatino pelato».

«Non parlargli in questo modo: lo traumatizzi».

«Ecco perché hai un caratteraccio: la zia Peggy ti ha parlato così per anni. Poi ha smesso».

«Perché è morta».

«Se io lo considerassi un bene, tu mi definiresti una persona cattiva?».

Ci penso su per qualche secondo. La zia Peggy, sorella maggiore di mio padre, non è stata una donna facile da sopportare. Era invadente, arrogante, criticava qualunque scelta di mio padre e, soprattutto, aveva mal sopportato Elsa Chandler, ovvero mia madre. L'aveva sempre ritenuta troppo snob e *newyorkese* per un contadino del Vermont.

Zia Peggy aveva ragione, forse l'unica volta che ne ha avuta da vendere. Mia madre non è stata all'altezza della situazione, e mio padre ne ha pagato le conseguenze. Quel poveraccio è morto di crepacuore quando mia madre, dopo ventiquattro anni di matrimonio, ha deciso che Pretty Creek, il ridente paesello bucolico in cui sorge la nostra fattoria, le stava troppo stretto. Da allora l'ho vista solo per le feste comandate.

«Come stai, fratellone?». Susan ha un'aria preoccupata. Ha tre anni meno di me, ma si comporta come se fosse lei la maggiore. Ha deciso di fare le veci di mia madre e di prendersi *cura* di me, ma non ne ho bisogno. Sono perfettamente in grado di badare a me stesso. Credo.

«Sto bene». Riordino la borsa di Lucas. Rimetto dentro il borotalco, la crema, gli asciugamani, faccio di tutto, insomma, per evitare il *discorso*. Quelli di mia sorella cominciano sempre con "come stai, fratellone?". Non riesco a schivarli. I miei pensieri non sono rapidi come quelli di Susan. Lei ha la straordinaria capacità di riuscire sempre a tapparmi la bocca.

«Dovresti dare una svolta alla tua vita. Non puoi restartene qui per sempre, non puoi sprecare il tuo tempo a badare a vacche e maiali. Hai trent'anni suonati e non hai uno straccio di fidanzata. Non vuoi avere dei figli? Una famiglia?»

«Magari una monovolume a sette posti e un pacchetto previdenza sociale che comprenda buoni studio per quando i miei figli andranno al college?»

«Non sfottere, Nath. La gente lavora sodo per queste cose. Tu ci sputi sopra. A volte mi fai perdere le staffe, sai?». Susan sbuffa e incrocia le braccia sul petto. Lei è una di quelle che ha la monovolume e il pacchetto previdenza sociale con buoni studio.

Ancora una volta riesce a farmi sentire in colpa, ma io non sono il tipo d'uomo che pensa troppo in là. L'unica cosa di cui mi importa ora è salvare la mia maledetta fattoria. L'ho promesso a mio padre sul letto di morte. Moglie e figli non sono nei miei piani. Sto bene da solo. O meglio, sto bene con i miei animali.

«Una storia andata male non deve pregiudicare il tuo modo di pensare. Non devi credere che...».

«Basta, Susan!», le dico con tono imperioso. Non può,

ogni volta, tirare in ballo vecchie vicende morte e sepolte.

«Fra poco Katherine verrà a riprendersi Lucas. Guai a te se tenti di combinare un appuntamento. Potrei non rivolgerti la parola per il resto della vita. È una promessa».

«Come sei categorico».

Susan mi fissa. Il suo sguardo è un'accusa aperta. Non le do soddisfazione.

«Katherine sarebbe perfetta per te. È una ragazza madre, non ha impegni di alcun genere. Ti ritrovi il figlio già bello confezionato», continua.

«Non posso credere che tu lo abbia detto». Lancio la borsa sul divano e le tolgo Lucas dalle braccia. «Non è mica un pacco regalo».

«Non intendevo questo». Susan sospira.

«Pensa alla tua vita, cara Susie. Alla mia ci penso io».

Come se non avessi neanche parlato, mia sorella procede imperterrita nella sua vana opera di convincimento. «Katherine è una bellissima ragazza».

«Mai pensato il contrario».

«E allora?»

«Pensi che basti un bel culo e due tette da sogno per convolare a nozze?»

«C'è chi si è sposato per molto meno».

«Esempi?».

Tace. «Potreste essere... Come pane e burro», aggiunge infine.

«Questa non è tua».

«Rubata a *Forrest Gump*. Visto ieri sera. Ho anche questa, molto più bella. Citarla mi fa sentire intelligente e fa al caso tuo. Eccola... Stai attento: "Non lo so se abbiamo ognuno il suo destino o se siamo tutti trasportati in giro per caso come da una brezza, ma io credo, può darsi le due cose, forse le due cose capitano nello stesso momento". Tu e Katherine, nello stesso momento, ora, adesso. Lei ha bisogno di un uomo, tu di una donna che si prenda cura di te. Brezza e destino. Una comunione perfetta, eh? Che ne dici?»

«Dico quello che ti dico sempre: smettila di guardare la TV».

«Sei impossibile!».

Non posso risponderle perché bussano in modo insistente alla porta. Sono certo che si tratta di Katherine. Non suona mai il campanello quando viene a riprendersi Lucas perché teme di svegliarlo nel caso dorma. Avverto mia sorella di non dire cazzate mimandolo con le labbra e apro la porta. Mi stampo un sorrisone sulla faccia e dico: «Katherine, entra pure».

Lucas lancia dei gridolini non appena vede la madre e tende le braccia grassocce. Katherine lo abbraccia e lo bacia su una guancia paffuta. Dopo l'infinita serie di nomignoli e vezzeggiativi che la donna rivolge al figlio, finalmente si accorge del resto del mondo. Susan la guarda con aria amorevole, con quell'atteggiamento tipico da femmina con un profondo istinto materno: la testa piegata da un lato, la bocca tra un sorriso e un broncio, le sopracciglia sollevate verso il centro della fronte. Non si capisce se sia triste o solo commossa. So cosa sta per dire.

«Che teneri!».

Lo sapevo.

Katherine mi osserva. Arrossisce. «Grazie di avermi tenuto Lucas. Ogni volta che mia madre sta poco bene non so a chi lasciarlo». Si sistema una ciocca di capelli sfuggita alla coda di cavallo.

Capiterà di rado, in questa specie di villaggio immerso nel verde, ai piedi delle Green Mountains, di vedere una donna che abbia i capelli sciolti, o che indossi delle gonne e scarpe con il tacco alto. In questa macchia di terra del

Vermont, le donne sono tutte zia Peggy. Stacanoviste che lavorano duro, nei campi, al mercato, alla lavanderia di Betsy Croock, nelle stalle e nell'unico pub del paese.

Katherine è una delle cameriere. Indossa ancora la divisa del locale: un paio di jeans stinti e una maglietta verde che reca la scritta "St Patrick's pub". È il ritrovo di molti irlandesi della zona, ma non solo. Tracy O'Donnel, la proprietaria, ha esteso la sua fama di regina del cottage pie fino ai confini del Vermont. Sono giunti persino dal Connecticut per mangiarlo.

A un tratto Katherine lascia Lucas nelle braccia di mia sorella ed esce di casa in tutta fretta, per tornare con un vassoio di carta, coperto dai canovacci.

«*Colcannon irlandese*. Ne è rimasto molto oggi. Abbiamo avuto pochi clienti a pranzo e così... Così ho pensato di portartene un po' per ringraziarti di avermi tenuto Lucas. L'ho fatto con le mie mani. Ho messo l'olio al posto del burro e il latte di soia al posto di quello vaccino. È buono comunque».

La vedo deglutire. Allunga il vassoio verso di me e le sue guance diventano rosso porpora quando le mie mani sfiorano le sue mentre lo afferro. «Grazie», le dico con un accenno di sorriso.

Illudere una come Katherine sarebbe fin troppo facile. Portarsela a letto lo sarebbe ancora di più. Allontanarla, poi, sarebbe impossibile.

Mi chiedo perché non ci provo. Katherine ha tutto quello che un uomo potrebbe volere da una donna. Ha un viso delizioso, un corpo armonioso con curve generose, ha un carattere gentile e un sorriso che scioglie il ghiaccio. Con me è sempre accondiscendente.

Forse il problema è proprio questo: è sempre stata troppo remissiva. Susan è solita dirmi: «Se le chiedessi di gettarsi da un dirupo, lo farebbe. Una donna così, oggi, è impossibile da trovare. Approfittane».

Non voglio una che mi scodinzoli intorno tutto il giorno, che mi dica sempre soltanto sì, che faccia tutto quello che le chiedo. Non mi serve una donna con la personalità di un pesce rosso.

Eppure, forse solo una come Katherine potrebbe accettare ciò che sono diventato. Sopportare i miei difetti non è facile per nessuno, ma lei sembra avere le carte in regola per farlo.

Se solo fossi meno codardo.

Katherine riprende suo figlio e mi fissa. Sembra attendere qualcosa. Non sono così sveglio da capire cosa. Dio santo! Sono solo un uomo.

Un paio di secondi dopo, si schiarisce la voce e dice: «Forse è il caso che io vada. È l'ora del pisolino per Lucas».

Annuisco. Sollevo il vassoio che ho in mano e sorrido di nuovo. «Grazie per questo».

Katherine piega la bocca in una smorfia e, raccolta la borsa, saluta di nuovo e infila la porta. La seguo con lo sguardo fino al pick-up. La vedo sistemare Lucas nel seggiolino auto, dopodiché si allontana in gran fretta. Torno da mia sorella e le allungo il vassoio.

«Ne vuoi un po'?». Mi dirigo in cucina, divisa dal salone da un arco in legno di cedro. Scarto la pietanza ancora calda e mi accingo a dividerla in due porzioni. Susan continua a non parlare.

Il magma sta ribollendo in fondo al vulcano. Fra poco sputerà lapilli. Sono pronto. Sono sempre pronto a litigare con mia sorella. La trovo un'attività stimolante.

Susie fa per aprire bocca, poi sembra desistere. Respira a fondo, si gratta il capo, mentre continua a guardarmi corrucciata. Infine socchiude gli occhi. Le sorrido in modo strafottente. Lo detesta. E io adoro farlo. Più lei si infuria, più io mi sento soddisfatto.

«Morirai da solo. Probabilmente mentre dai da mangiare alle vacche. E morirai povero. Nessuno verrà al tuo funerale. Io no di certo, perché se continui così, giuro che ti mando al diavolo».

«È una promessa?». Il Colcannon irlandese scotta.

«È qualcosa che faresti bene a ricordare, fratellone. Stare da soli non è per niente divertente».

«Per ora è rilassante. Quando mi servirà qualcuno che mi cambi il pannolone, assumerò un'infermiera».

«Non te la potrai permettere».

Susan sa come infierire.

«Questo posto è uno sfacelo. Papà ti ha lasciato un mare di debiti e tu ne hai fatti altri per coprire i suoi. Non ne uscirai mai se non agisci in fretta. Hai una maledetta laurea in agraria. Sfruttala, vendi e scappa via da questo buco finché sei in tempo».

Nostro padre non è stato un buon amministratore, devo ammetterlo. I problemi con nostra madre hanno contribuito al disastro. La sua depressione ha fatto il resto.

«Per andare dove?», le chiedo. «In una di quelle caotiche città piene di turisti chiassosi, bolidi fosforescenti e smog? E per fare cosa?»

«Santo cielo! Cos'è che hai descritto? Il 3024? Hai ricevuto quell'offerta di lavoro a Toronto. Il Canada è bellissimo».

«Il ricercatore per la Crunchy Cereals?». Faccio una smorfia mentre impacchetto il pasticcio di patate e cavolo. «Quello lo chiami lavoro? Chiuso tutto il giorno in un ufficio a fare sondaggi alimentari? Si fotta la Crunchy Cereals. Io me ne sto qui, all'aperto, con le mie vacche».

Susan incrocia le braccia sul petto e sorride. Quando lo fa, di solito, non promette niente di buono.

«Sapevo che avresti risposto in questo modo. Ecco perché ho fatto in modo che le cose cambino da oggi in avanti. Caro fratellone, i tuoi problemi economici stanno per diventare un lontano ricordo. Ho io la soluzione».

Tremo davanti alle sue parole. So per certo che questo è l'inizio della fine.

2
Victoria

Chicago.

Ore 1:50 pm.

Ho bisogno di un po' di Xanax. Forse di un'aspirina. Di sicuro di qualcosa di simile al Valium.

Ore 1:51 pm.

Trovo della valeriana in bustine nel cassetto della scrivania. La confezionano come la camomilla. Pratica da portare in borsa. Un po' scomoda se non hai dell'acqua a portata di mano. Pericolosa se sei alla guida.

Sono agitata. Molto agitata. Sono sull'orlo di un attacco di panico. Respira, Victoria, respira. Tento di ricordare gli insegnamenti di Adarsh, il mio maestro yoga. Metto in pratica le indicazioni per raggiungere la calma attraverso l'Ujjayi, che tradotto sarebbe "respiro vittorioso".

Mi sollevo dalla sedia. Mi siedo sul pavimento. Incrocio le gambe in posizione meditativa. Chiudo gli occhi. Abbasso leggermente il mento. Inspiro, trattengo il fiato, ed espiro mentre dalla gola esce il suono "om"…

Il cuore batte forte. Il respiro non accenna a calmarsi. Gli om mi fanno quasi battere i denti.

Qualcuno si schiarisce la voce. Socchiudo un occhio. «Omm…». Trevor mi osserva. Se ne sta lì, piegato e con le mani sulle ginocchia. Mi guarda come se fossi una bambina bisognosa di carezze. «Della valeriana mi aiuterebbe», gli dico indicandogli la confezione sulla scrivania. «Una bustina contiene il quantitativo necessario per mezzo bicchiere d'acqua». Torno a chiudere gli occhi e riprendo: «Omm...».

«La valeriana non è la soluzione, Vic. Ti farà solo dormire e tu non puoi dormire, devi lavorare. Devi ritrovare la fottutissima ispirazione. Devi far bruciare il fuoco sacro. Devi tornare a scrivere».

Riapro gli occhi. Gli om ormai non fanno più effetto. Piego la testa da un lato, poi dall'altro. Sento le ossa del collo scricchiolare. Mi serve anche della fisioterapia.

Trevor si solleva. Ora ha uno sguardo d'accusa. «Ho quelli della casa editrice con il fiato sul collo. Mi stanno attaccati al culo come piattole».

Un'immagine sorprendentemente vivida.

«Quanto hai scritto? Un capitolo, due?». Trevor si avvicina al mio PC, apre la cartella dal titolo *Tutta la pioggia del cielo* e la sua espressione viaggia tra lo sconcerto, il terrore, la rabbia e lo sconforto. Quello che trova è soltanto:

Titolo dell'opera: *Tutta la pioggia del cielo*
Autore: Victoria Stevenson
Copyright © 2015 Victoria Stevenson

Tutti i diritti sono riservati. Ogni riproduzione dell'opera, anche parziale, è vietata.

Questa è un'opera di fantasia. Nomi, personaggi, luoghi ed eventi narrati sono il frutto della fantasia dell'autore o sono usati in maniera fittizia. Qualsiasi somiglianza con persone reali, viventi o defunte, eventi o luoghi esistenti è da ritenersi puramente casuale.

Dedica

«Cosa cazzo...». Trevor si passa una mano tra i capelli scuri un po' in disordine. L'altra si massaggia la fronte. Alcune goccioline di sudore luccicano sul labbro superiore. Fra un respiro e l'altro, riesco a pensare che mi farebbe schifo baciare un uomo che suda in questo modo.

«Mi avevi detto che eri a buon punto. Ero certo che avessi scritto almeno due capitoli».

«Sono alla dedica. È un buon punto».

«Mi prendi per il culo, Victoria?»

«Non essere villano, Trevor».

«“Non essere villano, Trevor”? Non essere villano? Ma dico: sei impazzita?».

Chiudo gli occhi e cerco di rilassare le spalle irrigidite. Respiro a fondo, mentre la voce di Trevor mi trapana le orecchie. Difficile riuscire a gestire l'ansia quando c'è qualcuno che non fa altro che alimentarla.

«Hai delle scadenze da rispettare, santo cielo! Cosa credi? Che gli anticipi che la casa editrice versa sul tuo conto in banca servano a questo? A pagarti stupidi corsi yoga per combattere i tuoi stupidi attacchi di panico?».

Continuo a respirare. Inspirare, espirare. Con un ritmo regolare. La mascella contratta. Le spalle tornano a irrigidirsi senza che io lo voglia.

«Un mucchio di soldi, benedetta ragazza. Tanti verdoni che svaniranno come nuvole di fumo se entro cinque mesi non consegnerai il romanzo. E io potrò dire addio alla mia credibilità».

«Trevor», comincio. Mi rimetto in piedi. Sento una fastidiosa umidità sotto le ascelle. Deglutisco più volte. Sto per scoppiare. «Trevor, io non ce la faccio. Sono bloccata. Troppa pressione. Negli ultimi cinque anni ho scritto in media un libro ogni sei mesi. Cosa diavolo credete che sia? Una macchina sforna-successi? Ho bisogno di riposo, ho bisogno di ritrovare me stessa, l'ispirazione che mi guidava le prime volte. Adesso... Adesso è tutto così... Meccanico. Ho perso la voglia di farlo, capisci?».

Trevor mi guarda con le labbra strette. Si allenta il nodo della cravatta giallo oro. Credo non si senta troppo bene.

Si appoggia con le mani alla scrivania e abbassa la testa. Sembra un cane bastonato. No, moribondo.

«Se non consegni entro la data prevista dovrai pagare una penale».

«Abbiamo avuto questa discussione diverse volte nelle ultime due settimane. Lo so. Sto facendo il possibile per ritrovare la voglia di scrivere, ma questa storia è…». Scuoto il capo. «Non funziona». Io non funziono. Non più. Ad appena ventisette anni mi sento arrivata a un capolinea. Senza più scelte. Forzata dai più a fare ciò che è meglio per loro. Così ho dimenticato cosa è meglio per me.

Quando ho cominciato avevo l'entusiasmo di un'adolescente. Scrivevo per il gusto di farlo, per nient'altro. Non per le vetrine con i miei romanzi in bella vista e la foto con il mio sorriso migliore in quarta di copertina. Non per il successo. Ma è arrivato. Forse me lo aspettavo perché, diamine, sono brava, ma è probabile che ne sia arrivato troppo e ho perso di vista ciò che conta davvero in questo lavoro: la capacità di emozionarmi per le parole, non per le gratificazioni materiali che ciò che scrivo può portare nella mia vita.

Il tappeto rosso sul quale ho camminato finora è consumato da troppi passi. La mia musa ha preso le ferie. Non può ispirare un'anima ormai satura. Ho dato tutto.

«Avanti, Victoria. Cos'è? I tuoi personaggi non ti parlano?». Trevor me lo chiede fingendo una pazienza che poco si addice al suo carattere. È un uomo buono, ma fa schifo nei rapporti personali. Lo sa bene la sua ex moglie.

«I miei personaggi sono dispersi in zone sconosciute della mia mente. Vagano nel buio».

«Un mucchio di verdoni, Vic», mi ripete. La cravatta scivola dal colletto della camicia di Trevor e finisce alla rinfusa nella tasca della sua giacca. «Ci pensi? Se ti puoi permettere un appartamento in uno dei palazzi più *in* di Chicago, con un camino e due bagni, è per quei fottutissimi anticipi che la tua casa editrice ti versa a ogni fottutissima idea che ti viene in mente. Così... Sulla fiducia, solo perché sei tu, Victoria Stevenson».

«Ai primi posti nella classifica del "New York Times"», dico prima che lo faccia lui. Sto per dargli una delusione. «Mi dispiace Trevor. Non riesco a scrivere. Pagherò la penale, quello che vuoi, ma non posso scrivere una storia che non sento».

Trevor chiude gli occhi e tira un profondo respiro. «Tu scriverai questa storia, che io sia maledetto. E sarà la tua storia migliore. Sarà il non plus ultra delle storie. Ti farà sputare sangue, ma la scriverai».

«Mi stai inquietando». Raggiungo la scrivania e mi verso un bicchiere d'acqua. La bottiglietta che la contiene deve essere vecchia di giorni. L'acqua è calda e sa di plastica, ma mi aiuta a respirare.

«Ti ho mai raccontato di mio fratello James? È un marine, vive con sua moglie Susan e i suoi tre figli, nel Vermont».

Aggrotto la fronte. Non vedo cosa c'entri questo. «Quindi?»

«Quindi, sapevo che non avrei ottenuto granché da questa ennesima discussione, così, nei giorni scorsi, ho preso accordi con mia cognata per...».

«Accordi? Che genere di accordi?». La mia ansia aumenta a dismisura.

«Susan ha un fratello che naviga in cattive acque, economicamente parlando. Ha bisogno di liquidi per salvare la sua fattoria. Andrai nel Vermont, respirerai aria pura, pagherai un discreto affitto per l'ospitalità, mangerai sano, conoscerai gente semplice, sarai in un ambiente pulito, e lì, in mezzo alla natura incontaminata del Vermont, ritroverai la tua ispirazione, i tuoi personaggi torneranno a parlarti e scriverai questo dannato romanzo. In cambio, all'uscita del libro, un quarto dei guadagni dei primi tre mesi di vendite, andranno al fratello di Susan».

Lo guardo allibita. «Avevi in mente tutto questo e non mi hai detto niente?»

«Te lo sto dicendo. Te l'ho detto. Non hai sentito?»

«Sto decidendo in che modo ucciderti».

«Falla finita, Victoria. Volevi rilassarti? Volevi riposo? Volevi tempo per te? Eccolo. Un soggiorno vacanza in una fattoria del Vermont è quello che ci vuole, e ora smettila di lamentarti, prendi quella cazzo di valeriana, fatti una doccia e comincia a preparare le valigie. Parti domani mattina».

La cena con Rebecca, la mia editor folle, è giusto quello che mi mancava per rendere questa giornata un assoluto incubo. Dovevo inventarmi qualche scusa quando mi ha chiamato per invitarmi, ma sono ancora stordita all'idea che fra poche ore dovrò prendere un aereo diretta in uno sperduto paesino del Vermont. La mia mente, stanca e appannata, non ha la prontezza necessaria per reagire ad attacchi così a bruciapelo, come sono sempre quelli di Rebecca Morgan.

Il locale in cui la raggiungo è quello più alla moda di Chicago. Italiano. La cucina che lei preferisce. Il Belpaese è gremito di gente, tutti più o meno messi in tiro perché in questo tipo di ristorante non si entra se un uomo non porta come minimo giacca e cravatta, e una donna un abito lungo almeno fin sotto al ginocchio.

Il mio abbigliamento, come al solito, è adatto alla circostanza. Il mio cappotto di cachemire finisce nelle mani di un usciere non appena entro nel ristorante. C'è un bel calduccio all'interno del locale, per questo posso permettermi un leggero vestito grigio perla, stretto in vita da un cinturino di pizzo nero. La gonna scende a pieghe fino alle caviglie. Il tacco, discretamente alto, completa la mia mise.

Una donna vestita con un tailleur pantalone nero mi chiede se c'è qualcuno ad aspettarmi.

«Morgan. Rebecca Morgan», le dico. La prenotazione era a suo nome. La tipa, dallo sguardo severo, con uno chignon talmente rigido da sembrare finto, mi risponde con un forte accento italiano. «Mi segua, signora».

Signora. Fino a cinque anni fa ero solo signorina. Devo essere invecchiata parecchio da quando scrivo. Dio, questo lavoro era una passione, un tempo.

Seguo la donna fino a giungere in un angolo appartato, dove trovo Rebecca seduta a un tavolo con una tizia che non ho mai visto.

Ringrazio la ragazza dallo chignon superlaccato e mi siedo, mentre dico: «Buonasera. Eccoci qui. Non sapevo fossimo in tre». Abbastanza ridicolo come esordio.

«Victoria, tesoooooro...». Rebecca mi stringe la mano in una morsa di ferro. Per essere una donna ha la delicatezza di un pugile. «Permettimi di presentarti Pauline Ferguson, nota come Paula Faber, promettente scrittrice di erotici, che sta conquistando il nostro paese con il suo *Brivido di passione*».

«Carino... lo pseudonimo, intendo». Un po' meno il titolo del libro. Allungo la mano verso Pauline. La donna mi sorride mostrandomi una dentatura abbellita dall'apparecchio per i denti. Non sembra così giovane. Ha delle rughe intorno agli occhi che rivelano un'età superiore alla mia. Anche lei è vestita di tutto punto.

Mi stringe la mano e la ritira subito dopo, afferrando il suo libro e mettendolo in bella mostra sul tavolo. Vorrà che lo compri?

«Piacere di conoscerti, Victoria. Ho letto un paio dei tuoi libri. Graziosi. Non sono proprio il mio genere, ma scrivi bene».

Ora, non che io pensi di essere Shakespeare e sono certa di non piacere a tutti, ma l'arroganza di questa tizia mi va di traverso.

«Grazie», le dico, mandando giù l'amaro boccone. «Io invece non ho letto niente di tuo». Giuro, non lo dico per una sorta di malevola competizione nata in questo esatto istante. Nemmeno la conoscevo Paula Faber prima di adesso.

«Per questo ti ho portato il mio libro. Un presente… da una collega».

Collega? Andiamoci piano.

Spinge il suo libro verso di me, mentre Rebecca consulta la carta dei vini. Sorrido. Si sorride sempre davanti a un regalo. Apro il libro alla pagina che precede il primo capitolo e leggo: *A Victoria, con affetto. Paula*

Affetto? Mi limito a sorvolare. Lo richiudo e leggo la trama in quarta di copertina.

Riassumendo dice che: Jeff è un ricco uomo d'affari. Heidi (?), una giovane studentessa di Harvard, incontra Jeff durante il suo tirocinio come giornalista, se ne invaghisce, e anche lui sembra provare qualcosa che va al di là del semplice rapporto di lavoro. Durante la loro frequentazione, Heidi scopre che Jeff, solo un anno prima, in realtà era Jasmine e che ha una predilezione per i giochi di letto pericolosi. Dovrà decidere, quindi, se starci o meno.

«Originale. Lo leggerò con interesse». In realtà sto pensando che, a parte il tocco di genio per aver trasformato Jasmine in Jeff, il resto mi pare sia stato sviscerato a sufficienza nella narrativa di genere. Davvero funziona ancora?

Come se mi avesse letto nel pensiero, e non dubito che potrebbe farlo, Rebecca batte una mano sulla copertina del libro ed esclama: «Ecco! Questo è quello di cui abbiamo bisogno. Questo è quello che vogliono i lettori».

Uhm uhm...

«Victoria, questo libro ha venduto oltre centomila copie in una sola settimana. È ai primi posti nelle classifiche, e si parla di film... Capisci?».

Sono confusa. «Sono felice per Pauline, ma cosa c'entra con me?».

Rebecca si sfrega le mani, fa per aprire bocca, nel frattempo un cameriere si avvicina per prendere le ordinazioni. Rebecca e Pauline ordinano una caprese, io spaghetti alla bolognese. Ho la nausea, e mi passa solo mangiando in abbondanza. Ci servono subito.

«Dicevamo», riprende Rebecca, mentre si porta alla bocca un boccone di mozzarella. «Pauline è ai primi posti nelle classifiche, mentre tu, Victoria, negli ultimi tempi sei scivolata molto giù, non sei nemmeno fra i primi cento».

Non lo considero un insuccesso, ma io non sono l'editor di punta di una delle case editrici più ricche e prolifiche del paese. Per loro un primo posto in classifica significa più vendite, quindi più soldi.

«Continuo a non capire, Rebecca».

Sbuffa. Posa la forchetta nel piatto e appoggia il mento sulle mani. Mi guarda come se fossi improvvisamente di colore verde. «Sto cercando di dirti, Vic, che devi... Diciamo... Modificare un po' il tuo stile. Renderlo più moderno. Adeguarlo alla nostra linea editoriale del momento».

Stringo le labbra. Stavolta sono io a posare la forchetta nel piatto. «Mi stai dicendo che dovrei scrivere un erotico?»

«Sarebbe un bel passo avanti».

Sorrido. Mantengo la calma. «Finora i miei romanzi hanno

sempre avuto successo. Forse occuperò una posizione bassa in classifica, ma...».

«Duecentotrentacinquesima nella classifica narrativa contemporanea di "Bookpress Review", come sai, uno dei giornali più importanti nel settore letterario». Pauline smanetta con il suo cellulare per darmi la preziosa notizia. Sono tentata di tirarle gli spaghetti dritti in faccia.

Cosa diavolo vuole da me questa tizia? Quanti libri ha pubblicato? Uno? Già si sente una star? Bella, hai da scontrarti con un mondo tutt'altro che roseo, sta' a vedere.

«Potrei essere al millesimo posto, per quel che mi riguarda, non farebbe differenza».

«Senti un po' Victoria, in redazione si pensava che potremmo fondere il tuo stile e quello di Pauline in un unico libro. Verrebbe fuori qualcosa di forte. Si venderebbe come il pane in tempo di guerra», continua Rebecca, come se non avessi parlato. «Tu scrivi il tuo nuovo romanzo, rendilo appetibile per un certo tipo di pubblico, i tuoi vecchi lettori ti seguiranno comunque. In questo modo ti si apriranno nuove porte, e quando le due autrici di punta della Pearson & Sons scriveranno un libro insieme, faremo il botto. Non ce ne sarà per nessuno».

È solo un'altra operazione di marketing. Solo questo. La mia arte, in definitiva, non conta niente.

«Se decidessi di non farlo?».

Rebecca si appoggia mollemente allo schienale della sedia. Ha l'aspetto del mafioso quando fa così. «Non ti conviene. È il mercato che te lo chiede».

«Veramente me lo sta chiedendo la Pearson & Sons, non il mercato».

«Non c'è differenza. La casa editrice rispecchia solo il volere del lettore. E poi... andiamo, Vic...». Mi stringe la mano con forza, le dà leggere pacche sul dorso. «Andiamo», ripete. «Le tue storie sentimentali, introspettive, hanno stancato il pubblico. La gente, oggi, ha bisogno di cose forti, toste. La letteratura sta cambiando, devi fartene una ragione se vuoi continuare a fare questo mestiere».

Mi sembra di sentire le urla agghiaccianti di Jane Austen, tutte le sorelle Brontë e persino dei poeti maledetti e Oscar Wilde, che proprio casti non erano per i loro tempi. Intendiamoci, se volessi potrei scriverlo, non sono puritana fino a questo punto. È il compromesso che mi disturba. Il fatto di dovermi piegare a una politica di marketing che non approvo e che mi costringerebbe a forzare il mio modo di scrivere.

«Com'era il titolo del tuo nuovo libro? Qualcosa che c'entra con il cielo...».

«*Tutta la pioggia del cielo*».

«Sì, sì, esatto, *Tutta la pioggia del cielo*. Brava. Scrivilo così come ti ho suggerito. Sono certa che farai un buon lavoro. Del cambio titolo discuteremo una volta che lo avrò editato».

Uno, due, tre, quattro, cinque... Calma Victoria, calma. Non scenderai a compromessi, lo sai già. Sei, sette, otto, nove... Alzati, lasciale credere che farai come ti ha detto, scriverai il tuo romanzo come vorrai tu, glielo consegnerai e sta' certa che lo adoreranno alla Pearson & Sons, come tutti gli altri.

Dieci. Scosto la sedia, sorrido alle due, prendo il libro di Paula Faber e mi alzo. «D'accordo, Rebecca. Ne discuteremo nei prossimi giorni». Quando sarò nel Vermont, lontana da questa città, dalla Pearson & Sons e da ogni idea malsana che possa venire in mente alla mia editor.

«Vai già via? Non hai nemmeno finito i tuoi spaghetti».

«Mi sono ricordata che ho un impegno a cui non posso mancare». Questa sa proprio di scusa. È un classico, direi, ma poco importa. D'altra parte, domani parto e ho ancora le valigie da sistemare. Questa non è affatto una scusa.

Saluto le due, che sembrano volersi attardare davanti alla loro caprese, fra chiacchiere sugli stili di vari autori. Mentre trotterello via, mi pare di sentire da Paula Faber: «Ti faccio un esempio. Se King scrivesse un romanzo del genere, sconvolgerebbe il panorama letterario mondiale».

Certo, l'autore più famoso al mondo. Ce lo vedo a scrivere un erotico, e se lo facesse, non ho dubbi che saprebbe farlo meglio di tanti altri.

Lascio il ristorante con un sorriso di circostanza. Penso al mio romanzo, ma non mi viene in mente nulla. Il vuoto assoluto accompagna il mio ritorno a casa, dove, tra uno sbuffare e l'altro, sistemo i bagagli chiedendomi che razza di direzione sta prendendo la mia carriera e soprattutto la mia vita.

3
Nath

«Che io sia dannato la prossima volta che ti darò ascolto». Apro con un colpo secco la finestra nella stanza degli ospiti. L'odore di chiuso è quasi soffocante. Certo, a che mi serve arieggiare una stanza degli ospiti, visto che di ospiti non ne ho mai? Fino a questo momento. Tra qualche ora, infatti, sarò il *felice* affittuario di una qualche nota scrittrice.

«Respira Nath, su, fai dei lunghi respiri profondi. Non è così tragica la faccenda».

Fulmino mia sorella con lo sguardo. E spero che capisca *quanto* è tragica. «Hai avuto un'idea… Un'idea…».

«Geniale?»

«Idiota!». Tiro via con forza le lenzuola dal letto e comincio a sostituirle con quelle che Susan mi ha portato. «Che razza di stracci sono questi?». Gliele sventolo sotto il naso. Sono di un rosa acceso, con delle caramelle stampate sulla stoffa. «Ha dieci anni questa tipa?»

«Non sono stracci e non mi pare siano così orribili».

«Susan, ti prego».

Mia sorella stende una trapunta dello stesso colore sul letto. Il faccione sorridente di una non so quale principessa Disney mi fa venire voglia di spaccare legna, sudare e puzzare come un maiale, solo per ricordarmi che, da qualche parte, in me, soffocato da tutta questa visione in rosa, esiste ancora un uomo.

«Non avevo niente di meglio. Dimentichi che ho tre figli piccoli. Casa mia è sommersa da questa roba».

Con gesti nervosi sistemo la trapunta sul letto, e borbotto quello che penso di lei.

«Guarda che non sono sorda. Imbecille ci sarai tu, razza di ingrato. Ti pagherà l'affitto della stanza, e alla fine, quando *Tutta la pioggia del cielo* sarà pubblicato, un sacco di bei dollaroni ti entreranno nelle tasche e potrai salvare questa baracca e il tuo lavoro, altrimenti, se preferisci c'è la Crunchy Cereals! Ti sta aspettando oltre il confine. A te la scelta, fratellone».

«*Tutta la pioggia del cielo*», mi lamento mentre do l'ultima passata di mano sulle pieghe della trapunta. «Solo il titolo mi fa vomitare. Cos'è? Un altro di quei libri che ti piacciono tanto dove i protagonisti non fanno che sbaciucchiarsi dalla prima all'ultima pagina?»

«Sei ignorante. E maleducato. E sei anche ingiusto. Non conosci questa persona e ti permetti di giudicarla. Victoria Stevenson è una delle autrici più acclamate nel panorama letterario americano e non solo. I suoi libri sono tradotti in oltre venti paesi».

«Quello che so è che fra poco, sotto il mio tetto, ci abiterà una perfetta sconosciuta. E io magari dovrò prepararle la colazione. Come se avessi tutto il tempo del mondo».

«Dimenticavo: sei anche sgarbato».

In fretta, con uno straccio sporco e strappato, spolvero il comodino. Un piccolo abat-jour a forma di fungo, vinto alla pesca, durante la fiera del paese, è l'unica fonte di luce nella stanza. Il lampadario centrale si è fottuto con un temporale e non ho mai avuto tempo per riaggiustarlo. D'altra parte, ribadisco, non mi serve la stanza degli ospiti.

«Spero per te che ti comporterai come si deve. Sii gentile,

ti prego. Non farti riconoscere per il rozzo superficiale che sei, te lo chiedo come favore personale».

Susan mi supplica con lo sguardo. Sfiato come un toro nell'arena. Mi passo una mano sulla mascella. Una settimana di barba. Forse è ora che prenda in mano il rasoio.

«Ci proverò», le dico con un sospiro rumoroso. «Ma non garantisco il risultato».

Susan scuote il capo. «Aggiungi *impossibile* alla tua lista di difetti».

Ora di pranzo. Mia sorella non è rimasta a farmi compagnia. Probabile che i piselli con pasticcio di patate e verdure non l'attirassero tanto. Peccato, io lo trovo un pranzo sostanzioso.

Ripulisco il piatto con un tozzo di pane. Ha un saporaccio. Forse è nella dispensa da troppo tempo. Devo ricordarmi di fare la spesa. Controllo il frigo per vedere cosa manca. Praticamente tutto.

Ho tre mucche che potrebbero produrmi latte e permettermi di fare burro e formaggio. Ho il maschio per ingravidarle e permettere così la mungitura dopo la nascita dei vitelli; avrei anche modo di avere carne a volontà, ma non so, mi ci sono affezionato. Ogni volta che do loro da mangiare mi guardano con quegli occhioni lucidi ed enormi. Così ora mi ritrovo con tre mucche, un toro e sei vitelli. L'ultimo è arrivato circa tre settimane fa. L'ho comprato ancora vivo da Wilson Clark, il macellaio.

Susan dice che come allevatore faccio schifo. I miei vicini di fattoria producono latte, formaggi, carni bovine, ovine e pollame. Io parlo con i miei animali, li nutro come figli e spendo un sacco di soldi per curarli. Questo è uno dei motivi per cui sono sul lastrico.

Non ero mica vegano quando della fattoria si occupava mio padre. Ora è diverso. Forse la solitudine che mi sono imposto per abitudine, o per pigrizia, mi ha portato a considerare questi animali come la mia famiglia.

Mia sorella è convinta che io sia pazzo. Difficile trovare un allevatore come me in giro, ma vivo bene lo stesso anche senza un hamburger nel piatto. Per quanto riguarda il lavoro, invece, sto cercando di far quadrare i conti vendendo frutta, ortaggi, verdura e il mio sciroppo d'acero, al mercato del lunedì nel centro del paese. Dicono che il mio sia il migliore.

Buono o meno, non va bene come dovrebbe. Guadagno quel poco che basta per tirare avanti e occuparmi degli animali, ma ho un cassetto pieno di bollette da pagare e la fattoria avrebbe bisogno di una ristrutturazione.

Fra poche ore arriverà la manna dal cielo, mi dico. La soluzione a tutti i miei problemi. Potrò rimettere in piedi la fattoria, magari aprire un negozio ortofrutticolo in pieno centro, abbandonare il piccolo banchetto ai margini del mercato e avviare un'attività redditizia che mi dia da mangiare finché campo. Ma a che prezzo?

Al prezzo corrente di una tale Victoria Stevenson, autrice di romanzi di successo, che domani si pianterà in casa mia fino a che non avrà finito di scrivere il suo nuovo libro.

Una perfetta sconosciuta. Una che userà il mio bagno perché quello per gli ospiti ha la tazza del cesso rotta e le tubature arrugginite. Questo mi costringerà a pulirlo tutti i giorni, perché si sa, una femmina e un bagno sporco non sono pianeti della stessa galassia. Quindi perderò del tempo prezioso che, invece, dovrei dedicare ai miei animali e alle mie colture.

Sarà bene che metta le cose in chiaro fin da subito. Se pensa che sarò il suo servo solo perché è un'ospite, si sbaglia di grosso. Vediamo con chi avrò a che fare.

Mancano solo sedici ore. Intanto decido di trascorrerne un paio al pub del paese.

Me ne sto seduto al bar, in compagnia delle occhiate furtive che Katherine mi lancia da dietro il bancone, e di una birra fresca, quando mi raggiunge Matt, amico di vecchia data, compagno di giochi prima, di bevute ora.

Si siede su uno sgabello accanto a me. Ha l'aria stanca. Indico a Kat di servire una birra anche a lui.

«Hai la faccia di uno a cui hanno ammazzato il gatto», gli dico. «O a cui hanno detto che la moglie se la fa con un altro», aggiungo dandogli una pacca sulle spalle.

«Curioso: stavo per dire la stessa cosa di te». Ci diamo il cinque e stringiamo le mani a pugno. «Se non fossi sicuro di non avere né gatto né moglie, mi preoccuperei», dice.

Katherine intanto serve la birra a Matt, che la ringrazia con un cenno del capo, prima di rivolgermi l'ennesimo sguardo, arrossire come al solito e scomparire nelle cucine.

«Dio, amico, cosa ti frena? Dimmelo, ti prego, perché, credimi… Non capisco come tu non riesca a pensare di inzuppare ogni dannata sera il tuo biscotto nella sua tazzina di nettare bollente».

Ridacchio per la scelta di parole del mio amico e sbircio oltre le vetrate della porta della cucina per assicurarmi che Katherine sia abbastanza lontana. Spero non abbia sentito, perché, invece, i tre operai che lavorano alla ristrutturazione di un'ala del pub, e che ora sono in pausa, hanno sentito eccome.

Ridacchiano come me, annuiscono alle parole di Matt che, pieno di boria, continua a fare su e giù con la testa come se avesse detto una sacrosanta verità.

In effetti è così. «Lo ammetto: qualche volta ci penso

a intingere il mio biscotto nella sua… Tazzina di nettare bollente».

«Lo vedi? Come ti dicevo. E allora che diavolo ci fai qui, con me? Fossi in te sarei già da lei. A te direbbe sì, ti si regalerebbe così, nuda e cruda. Soprattutto nuda. Non lo vedi come ti guarda? A ogni giro sento i suoi ormoni vibrare di eccitazione».

«Non lo so…».

«Cosa non sai?»

«Non è il mio tipo».

«Mica te la devi sposare, devi solo farci un fottutissimo sesso. Sesso allucinogeno».

«Sesso allucinogeno? Questa me la devi spiegare».

«Dài… amico, il sesso allucinogeno è quello che ti fa venire le allucinazioni per quanto è forte».

Matt non ha mai avuto il senso della misura, in nessuna cosa. È un bravo ragazzo, ha un discreto successo con le donne, ma non sa quando fermarsi, per questo, spesso, dopo solo il primo appuntamento, non riesce mai ad averne un altro. Il suo problema è che allunga le mani troppo facilmente. Diciamo pure che ha un chiodo fisso.

«Dovrò provarlo prima o poi», rispondo, buttando giù un altro sorso di birra.

«Amico, se non te la fai tu, me la faccio io. Katherine è una di quelle che va assaggiata almeno una volta nella vita». Matt chiude gli occhi e solleva il volto. Sembra in estasi. «Kat, le sue tette, le sue cosce… Che femmina, che femmina! Un giro, Kat, solo un giro, mia bella puledrina».

«Matt?», lo chiamo, certo che fra poco si pentirà delle sue parole.

«Lasciami sognare, amico, lasciami sognare».

Non insisto e lascio che si becchi la punizione che merita, gustandomi la scena con la mia birra in mano. Katherine è tornata dietro il bancone in tempo per ascoltare le ultime sparate di Matt, ha afferrato una brocca, l'ha riempita con dell'acqua gelata e…

Un paio di secondi dopo il mio amico si ritrova fradicio.

«Il giro te lo vai a fare là fuori, Matt. Così magari raffreddi i bollenti spiriti».

«Merda!».

«Giusto, merda!», ripete Katherine.

«Scusa, tesoro, non intendevo… Cioè… Erano complimenti, sai? Vero, Nath? Diglielo anche tu».

Allargo le braccia e scuoto la testa. «Non conosco questo tizio». Sorrido e mi scolo l'ultimo sorso di birra.

«Owens, sei un bastardo». Ma mentre lo dice, e mentre si strizza la giacca che gronda acqua, sorride anche lui. «Rose rosse, dolcezza. Vanno bene? Te ne arriveranno una dozzina domani. Perdonami, angelo». Matt le lancia un bacio volante ed esce in tutta fretta dal locale.

«Che razza di cretino», borbotta Katherine, mentre ripulisce la piccola pozzanghera d'acqua sul pavimento. Si risolleva e con lo straccio strizzato appena, che continua a gocciolare rendendo vana la pulizia di poco prima, mi dice: «Stacco fra cinque minuti. Mi riaccompagni a casa?». Così, a bruciapelo.

E a bruciapelo le rispondo: «Okay».

Va bene, tagliamo la testa al toro.

Un quarto d'ora dopo scendiamo dal mio pick-up, diretti al portico di casa sua. Questo, di solito, è il momento in cui uno deve far finta di salutare la ragazza, sperando che lei, invece, gli dica di restare. In realtà, io vorrei salutarla davvero ed evitarmi un sacco di guai, perché i discorsi di Matt su biscotti e tazzine mi hanno fatto venire curiose voglie. Voglio dire… Di santi è pieno il calendario. Io non sono fra questi e la tentazione è una cosa a cui poche volte ho resistito, soprattutto se la tentazione in questione ha un culo da fuoriserie.

Sto per dirle "ci vediamo" e correre via alla velocità della luce, quando Katherine mi sorprende e, salita su un paio degli scalini che portano al portico per raggiungermi in altezza, incolla la sua bocca alla mia.

Il suo è un bacio timido, in contrasto con l'intraprendenza mostrata un attimo fa. Non muovo le labbra, anche se devo sforzarmi per non farlo. Se lo facessi alimenterei le sue speranze. Non sono il tipo di uomo che si approfitta di una ragazza sola, madre di un bambino di pochi mesi, fra l'altro. E soprattutto non di Katherine.

Santo cielo, si è innamorata di un tizio venuto da non ricordo dove, un riccone pare, che le aveva promesso mari e monti, e che è sparito nell'arco di mezza giornata quando è venuto a sapere che aspettava il suo bambino. Bastardo figlio di puttana! Ad averlo per le mani lo appenderei a un albero, ma non per il collo.

Mi scosto con gentilezza da lei. I suoi occhi chiari sono lucidi, colmi di aspettativa, così come il suo sorriso incerto. La vedo fare un paio di passi indietro, sospirare, abbassare il capo e fissare la punta dei suoi stivali dalla tinta ormai scolorita.

«Non ho nessuna speranza con te, vero, Nath?»

«Kat... È che...».

Katherine scuote il capo, giunge le mani a mo' di preghiera e dice: «Ti prego, non scusarti. Non devi. Non è colpa tua».

«Sono io lo stupido, credimi. Tu sei... Meravigliosa, sei bellissima... Sei una madre eccezionale e io vorrei tanto...».

«Basta Nath». Mi sorride e mi disarma. «Ho detto che non è colpa tua. L'uomo della mia vita l'ho già conosciuto. Dorme nel lettino accanto al mio. Lui mi ama come nessun altro potrà mai fare. D'altra parte, non credere che sarebbe stato facile, se anche avessi detto di sì alle mie... Lusinghe. Il tuo biscotto non sarebbe finito con tanta facilità nella mia tazzina».

Arrossisco come un ragazzino delle elementari. «Hai sentito?»

«Credo lo abbiano sentito tutti. In cucina Tracy fremeva. Voleva prendere a schiaffi il povero Matt, ma le ho detto che ci avrei pensato io. In fondo è un bravo ragazzo, anche se esprime i suoi pensieri a voce un po' troppo alta».

«Mi dispiace. Nessuno voleva offenderti».

«Ti sembro offesa?». Kat solleva le spalle con noncuranza. «Ora sarà meglio che tu vada, io devo occuparmi di Lucas e di mia madre, che probabilmente si sarà addormentata prima di lui».

Annuisco e indietreggio. Poi mi fermo, le prendo le mani fra le mie e le dico: «Perdonami, davvero. Non sai quante volte ho immaginato che noi due... Ma non posso forzare i miei sentimenti e non voglio solo portarti a letto, Kat, non lo meriti. Tu sei troppo buona e aggraziata per me, troppo dolce. E io sono troppo scontroso, burbero e non mi va mai bene niente. Sono certo che da qualche parte c'è un uomo che aspetta solo di incontrarti per renderti felice come meriti».

«Così come io sono certa che da qualche parte c'è una donna che saprà rendere più gentile il tuo lato burbero e che saprà rimetterti in riga».

«Non ci conto. In fondo basto a me stesso».

«Nessuno di noi basta a se stesso. Essere soli è una gran brutta cosa, Nath. Una gran, brutta, cosa».

«Mi sembra di sentire mia sorella».

«Susie ha ragione. Con un marito marine sempre fuori, in zone di guerra, avverte la solitudine più di chiunque altro. Lei vuole solo il tuo bene».

Chissà perché il *predicozzo* sulle labbra di Katherine ha un sapore più dolce. Mi ha quasi convinto.

«Ora va'. È tardissimo e devo rientrare».

Guardo l'orologio e mi accorgo che da quando sono uscito, sono passate più di tre ore. Domani mi aspetta una giornata diversa dal solito. Non potrò lavorare in mattinata perché devo andare a prendere la *Letterata* in aeroporto e poi... Poi chissà cosa mi aspetta.

Lascio andare Katherine, che sale in fretta le scale del portico, mi lancia un ultimo saluto e varca la soglia di casa.

Mentre percorro la strada verso la fattoria, l'unico pensiero, anzi, l'unico trisillabo – per rimanere in tema di letteratura e affini – che mi risuona in testa è: i-dio-ta, i-dio-ta, i-dio-ta.

Concludo la serata con la frase "Ogni lasciata è persa".

4
Victoria

L'aereo atterra con una puntualità sconcertante. Spacca il secondo.

Qualcuno dovrebbe essere venuto a prendermi, almeno spero.

Dopo aver recuperato la mia valigia, mi faccio largo in mezzo alla folla. Sembra che il New England attiri molti turisti durante l'autunno. È notorio che lo spettacolo di colori che la natura offre da queste parti sia qualcosa di affascinante e unico. Avrò modo di appurarlo per la prima volta.

Un tizio mi spinge malamente per prendere il suo bagaglio. Un altro mi pesta un piede, mi chiede scusa con un sorriso e corre via da qualche parte. Mi tengo stretta la borsa contro la spalla, mentre sollevo il cartello su cui ho scritto a caratteri cubitali il mio nome e cognome.

Sono qui da circa tre quarti d'ora e ancora non si è fatto vivo nessuno. Sono tentata di fare dietrofront e prendere il primo aereo per Chicago. Sto cominciando a spazientirmi. Ho freddo e sono affamata. Il braccio è indolenzito a forza di tenere alto il maledetto cartello. Sbuffo. Devo mantenere la calma. Se mi faccio prendere dall'ansia finirò per fare qualcosa di stupido. L'idea di tornare indietro mi balena un'altra volta in testa.

Non posso, non devo. Ho promesso a Trevor che resterò qui fino a che il romanzo non sarà finito. All'inizio la sua idea mi era sembrata stupida e a dir poco fuori luogo: cedere un quarto dei guadagni dei primi tre mesi di vendite a un perfetto sconosciuto in cambio di ospitalità. L'affitto più caro della storia. Poi ci ho riflettuto. Mi sono detta che allontanarmi per un po' dalla mia routine mi avrebbe fatto bene. Inoltre, poter aiutare qualcuno in difficoltà con parte dei proventi del libro mi fa sentire utile, in qualche modo. A convincermi del tutto ci hanno pensato Rebecca e la Pearson & Sons.

Non credo che Trevor sia a conoscenza dei loro piani, altrimenti me lo avrebbe detto.

Resta il fatto che, se non si presenta nessuno, giro i tacchi e torno alla mia cara vecchia vita senza rimorsi di coscienza.

D'un tratto, nella confusione generale di passeggeri che arrivano e altri che si imbarcano, sento urlare a gran voce il mio nome.

«Stevenson! Stevenson!».

Cerco di capire da dove provenga quella voce tonante. Profonda. Di un uomo che sembra poco amichevole.

«Stevenson!», ripete urlando ancora di più. Seguo con lo sguardo alcuni turisti svedesi che erano con me sull'aereo. I loro occhi, come i miei, sono diretti verso il proprietario del vocione.

Lo adocchio. Si aggira ruotando la testa a destra e a sinistra alla ricerca del mio cartello. Lo sollevo ancora di più. Lo sventolo come una bandiera. «Ehi, sono qui!». Inutile che mi metta a urlare anche io. Devo solo raggiungerlo.

L'uomo mi vede. Solleva una mano in un cenno di saluto e percorre la distanza che ci divide. Ci incontriamo a metà strada. È un tipo alto, piazzato, e ha un aspetto poco rassicurante. Gli occhi verdi non servono a rendergli lo sguardo più dolce. I capelli biondo scuro, pur essendo corti, sono portati in modo disordinato. Indossa una pesante giacca marrone e sotto una maglia grigia. I jeans sono consumati con un paio di strappi sulle ginocchia. Il cinturone è piuttosto esagerato.

Trevor mi ha parlato di lui. «È un tipo a posto», mi ha detto. Ora capisco perché ha mentito. Se lo avesse descritto per com'è realmente, col cavolo che sarei salita sull'aereo per il Vermont. Questo qui sembra uno appena uscito di galera.

Mi faccio coraggio. «Il fratello di Susan, suppongo».

«Supponi bene. Nath Owens».

Mi afferra la mano e la stringe con forza. Devo chiuderla e riaprirla più volte quando me la restituisce. Non è un tipo delicato a quanto pare.

«Lieta di conoscerti. Victoria Stevenson».

«Aspetta a dire di esserne lieta».

Nath sorride con una strana espressione. Afferra il cartello che ho ancora in mano, lo piega in quattro parti e se lo ficca sotto l'ascella.

Dire che sono turbata è dire poco. Non mi aspettavo il tappeto rosso, ma un'accoglienza più calorosa, sì.

«Andiamo», dice Nath in modo frettoloso. Afferra la mia valigia e, senza aspettarmi, si avvia verso l'uscita. Faccio fatica a stargli dietro. Quando siamo vicini al suo pick-up infangato fino all'inverosimile, mi squadra. Indica i miei piedi e con tono perentorio dichiara: «Quelli, qui, no».

Guardo in basso. Mi scosto i capelli dal volto. Capisco che si riferisce ai miei tacchi a spillo. Non sono esagerati, appena dieci centimetri, diamine.

Apro lo sportello nel più totale imbarazzo, mentre lui continua a osservarmi come se fossi una specie aliena. Prima di sedermi, come d'abitudine, controllo che il sedile sia pulito.

Inorridisco. È un tripudio di briciole sparse, polvere, e chissà cos'altro. Per una *germofobica* come me, questo è l'equivalente di Hiroshima.

Guardo Nath di sottecchi. È già al posto di guida e fissa dritto davanti a sé in attesa. Senza dire una parola, prendo un fazzoletto dalla borsa e lo spiego sul sedile. Sono in preda all'imbarazzo, ma non posso farne a meno.

Lui si volta e mi fissa. «Stai scherzando?», dice sollevando un sopracciglio, mentre mi siedo al mio posto. Sul fazzoletto.

Deglutisco. «È che... Ho il tailleur nero», sussurro, infine mi faccio coraggio ed esprimo ad alta voce il mio vero pensiero. «Quest'auto è un disastro. Quand'è l'ultima volta che l'hai lavata?»

«Sono un agricoltore, non un attore di Hollywood. Ci lavoro con questa», dice con una logica inappuntabile.

«Una spazzolata ai sedili, però...».

«Chiariamo un paio di punti, Victoria. Posso chiamarti, Victoria?».

Perlomeno ha il buongusto di chiedermelo. Premio la sua inattesa educazione rispondendo: «Certo».

«Pretty Creek non è Beverly Hills. Se vai in giro vestita in quel modo, con quei tacchi e quel tailleur stretto stretto, con quella giacchettina così alla moda...».

Non è stretto stretto il mio tailleur, e il poncho che lo copre non è una giacchettina. Tiene caldo.

«È probabile che ti scambino per una escort».

«Stai scherzando, vero?».

Lui sorride accendendo il motore. Da quella specie di ghigno non riesco a capire se si sta prendendo gioco di me, oppure parla sul serio.

«E non aspettarti un'auto pulita. Non ho tempo di lavarla. Se vuoi farlo tu, mentre sei ospite da me, accomodati pure», prosegue, ingranando la marcia e uscendo dal parcheggio.

Quest'uomo è di un'arroganza con cui poche volte mi è

capitato di scontrarmi. E dire che il mio mondo lavorativo è pieno di persone arroganti e superbe, ma questo Nath Owens le batte tutte di dieci lunghezze.
«Non credo che lo farò», commento infastidita.
«Hai sempre il fazzoletto», ribatte e sghignazza di nuovo.
È odioso. Ho appena deciso che lo detesto.

Nath mi fa presente che impiegheremo circa due ore e un quarto per raggiungere Pretty Creek. Durante il percorso ho modo di ammirare le strade costeggiate da estese foreste di hickory, querce, acero e abete rosso. Qui, la natura sembra aver dato il suo meglio. I colori sono sgargianti, persino l'asfalto sembra meno grigio.
Tutta questa bellezza non impedisce al martello che ho in testa di picchiare forte. Ho bisogno di qualcosa.
Frugo nella mia borsa. Afferro una bustina di nimesulide in polvere e faccio per mandarla giù. Mi blocco quando Nath parla.
«Che roba è?», chiede. Non schioda lo sguardo dalla strada.
«Un antinfiammatorio, niente di che».
«A che ti serve?»
«Ho solo un po' di mal di testa».
All'improvviso rallenta. Afferra la bustina. Se la infila in tasca. Si sporge verso la mia portiera, costringendomi ad appiattirmi contro il sedile. Con un gesto rapido gira la manovella del finestrino, abbassandolo per un quarto.
«Aria fresca. Molto più efficace di quella merda e senza effetti collaterali».
«Delicato come un gorilla», borbotto. Mi arrendo, per ora, e respiro l'aria piuttosto fredda che entra dal finestrino. Come minimo mi becco il torcicollo, ma devo ammettere che è piacevole. Sa di pioggia, di inverno, di bosco.

Appoggio la testa contro il sedile e senza accorgermene, sorrido.

«Che ti dicevo?». Nath mi scuote dalla mia momentanea botta d'assenza.

«Come?», chiedo sollevando lo sguardo su di lui.

«Aria fresca. La cura migliore».

«Uhm», mugugno. Perché parla?

«È il Vermont». Sorride orgoglioso. Guardatelo lì: soddisfatto come un procione sazio.

Incrocio le braccia sul petto e torno a guardare fuori. «A Chicago abbiamo il museo d'arte contemporanea, fra gli altri».

Sento Nath ridacchiare. Probabilmente la mia gli sarà sembrata la vana vendetta verbale di una che ha molto poco con cui argomentare.

«Deve essere un vero spasso».

«Lo è, se sei un appassionato».

Nath continua a sorridere, ma tace. Ha ancora un'espressione soddisfatta sul volto. Trevor mi ha raccontato che è scapolo. Ogni momento in più che trascorro con lui, mi faccio un'idea del perché. È insopportabile.

Non parliamo più. Il silenzio è rotto soltanto dalla voce di un deejay che gracchia dalla radio.

Mi estranio dal resto del mondo. Chiudo gli occhi. Sento il freddo che mi colpisce il viso. Rabbrividisco, ma non chiudo il finestrino. Il mal di testa non è del tutto passato, ma la morsa ha allentato la sua presa.

Corro con la mente a un uomo e una donna, ancora senza nome, ancora senza volto. Vogliono dirmi qualcosa, ma non afferro le loro parole. Però ci sono, mi chiedono di dar loro voce.

Immagino strade, immagino boschi. Il Vermont, in modo del tutto inaspettato, dopo pochissimi minuti, sta già condizionando i miei pensieri, ma va bene, se può aiutarmi a sbloccarli.

Creo situazioni, cerco di incastrarle per dar loro un senso e il mio respiro accompagna un battito di cuore più calmo. Finalmente mi rilasso.

Credo di essermi appisolata, quando sento il pick-up frenare di colpo. Se non avessi avuto le cinture allacciate, sarei finita contro il parabrezza. Quando mi riprendo dallo scossone, mi rivolgo a Nath, che sembra sbirciare qualcosa oltre il cofano dell'auto.

«Che cosa è successo? Abbiamo investito un animale?». Immagino qualche povero cerbiatto spiaccicato sotto le ruote del furgone, o forse un orso? Ma a quel punto il pick-up sarebbe sfasciato, e anche noi. Senza contare che, un orso, lo avremmo di sicuro visto.

Mi chiedo ancora cosa possa essere quando Nath, con sguardo accigliato, dice: «Ci siamo andati vicini».

Scende in fretta dall'auto, mi sporgo oltre il finestrino abbassato, ma non riesco a vedere che animale sia. Ho la risposta a tutte le mie domande quando Nath rientra in macchina.

Tiene qualcosa contro il petto, come se volesse proteggerla. Quando mi mostra di cosa si tratta, salto dal sedile e mi appiattisco contro lo sportello. Un rospo enorme mi guarda con i suoi occhi tondi tondi e la sua bocca piatta e larga. Viscido e pieno di bitorzoli. È la cosa più disgustosa su cui abbia mai posato gli occhi, dopo il porridge di mia madre.

«Ti presento...». Nath si tocca il mento pensieroso. Lo fa dopo che ha toccato l'anfibio. Sto per vomitare. «Ti presento Croc», dice tutto orgoglioso. «Vuoi dargli un bacio? Magari ti ritrovi un principe».

«Troppe... Troppe libertà. Non... Non siamo così in confidenza».

«Chi? Io e te o tu e il rospo?»

«Entrambi!».

«Ci conosciamo da…», Owens dà un'occhiata all'orologio, «da due ore e undici minuti. Mi hai biasimato per come tengo il mio furgone dopo che ne sono trascorsi solo cinque. Mi hai fatto le radiografie per com'ero vestito solo dopo il primo secondo. Direi che siamo abbastanza in confidenza. Con Croc puoi rimediare facendo amicizia adesso».

Nath mi avvicina la bestia al viso. Mi volto di lato, con la testa che quasi esce dal finestrino. «Toglimi quel coso dalla faccia, per favore».

Nath sospira e si mette il rospone in grembo, come se fosse un gattino.

«E comunque», riprendo senza staccare gli occhi dall'anfibio, «non ti ho fatto le radiografie, sei tu che le hai fatte a me, altrimenti non avresti avuto da ridire per il mio tailleur».

«Cosa vuoi… È il Vermont. Siamo amiconi fin da subito, da queste parti».

«Di sicuro non conoscete le buone maniere».

«Hai posto per Croc in quella borsa gigantesca che ti porti appresso?»

«Un signore… Davvero un signore. Trevor mica me lo aveva detto che sei così stronzo».

«Trevor. *Tzè!* Lui e mia sorella sono un'associazione a delinquere. Se mi trovo in questa situazione, la colpa è loro».

Lo guardo corrucciata. Ho capito bene? «Questa. Situazione?»

«Uhm Uhm», annuisce, mentre accarezza la testa squamosa del principe ranocchio.

«Puoi riportarmi indietro quando vuoi», gli dico incrociando le braccia sul petto. «Di certo, io non ho implorato Trevor per poter venire qui, a… Dove siamo? Topolinia?».

Nath mi fulmina con lo sguardo. «Va bene. Diciamo che

questa situazione conviene a tutti e due, ma non significa che farò finta che mi piaccia ospitare una tizia che non conosco».

«Davvero? Perché sono ancora commossa da quel bel discorsone sulla confidenza e sul fatto che, voi, qui nel Vermont, siete dei grandi amiconi fin da subito. Incoerenza: il mio nome è Nath Owen».

«Owens. Con la S finale. Owens».

«Tu, la buona educazione non sai dove stia di casa, vero? Insomma... Ci conosciamo appena e già ti permetti tutta questa...».

«Confidenza, lo hai già detto. Sei ripetitiva».

«Stavo per dire disinvoltura. Arroganza, se vuoi».

«Fa lo stesso».

Con una specie di borbottio, qualcosa che mi ricorda una sorta di ringhio, Nath sistema l'anfibio sulle sue gambe. Il rospo se ne sta tranquillo come se avesse trovato il suo nido ideale. Be'... tra simili ci si prende fin da subito, in effetti.

«Vediamo di farla funzionare, okay?», mi dice mentre riparte.

«Ammettilo: hai un disperato bisogno di soldi».

Nath serra la mascella. Il suo silenzio è un'ammissione bella e buona. Mi sistemo contro il sedile e sorrido soddisfatta. Stavolta non chiudo gli occhi, resto sveglia a monitorare ogni movimento del rospo. Non vorrei ritrovarmelo addosso tutto d'un tratto, e so che Nath non farebbe niente per evitarlo.

5
Nath

Quando arriviamo alla fattoria, è ormai sera. Il cielo si è dipinto di riflessi aranciati e l'aria è molto più fresca. A novembre, le temperature nel Vermont si abbassano di parecchio. Sento nell'aria quasi l'odore del ghiaccio. Può darsi che presto arrivi la neve.

Victoria Stevenson si stringe nella mantellina grigia che indossa mentre saliamo i gradini del porticato. Davvero poca cosa contro il freddo.

Non so dire se me la immaginassi così, la ragazza. Ha uno sguardo curioso, fin troppo. Occhi chiari, capelli scuri, lunghi, scomodi. Il naso pieno di lentiggini. Manie ossessivo-compulsive. È nervosa e si veste in maniera poco adeguata al clima. Mondana fino al midollo.

A dirla tutta sì, me la immaginavo proprio così.

Se ne sta zitta zitta e rabbrividisce.

«Vivi da solo in mezzo a un bosco?», mi chiede mentre osserva la foresta di aceri dietro casa.

«La sera sembra sempre peggio. Di giorno ti sembrerà molto più accogliente. Più in là c'è un laghetto».

La vedo guardarsi le spalle. La luce della luna si riflette sul pelo dell'acqua. Annuisce.

«L'ambientazione adatta per un thriller», dice.

«Ma tu non scrivi thriller, mi pare di aver capito».

Scuote il capo. «Scrivo romanzi contemporanei».

«Roba tipo melassa che cola?». Apro la porta d'ingresso e

la invito a entrare con un piccolo cenno. Mentre mi passa accanto solleva lo sguardo su di me.

«Non è roba tipo melassa che cola. È roba tipo… Ah! Ci rinuncio: non capiresti». Si avvia all'interno della casa. Richiudo la porta e la seguo.

«Devo darti ragione: non capirei».

Sento dei rumori familiari. Fra poco ci sarà da ridere.

Prima c'è il battito d'ali, poi lo starnazzare furioso, infine l'attacco. Charlie si lancia contro la nuova arrivata con la furia di un leone. Volano piume e beccate.

Victoria lancia un urletto terrorizzato e tenta di nascondersi dietro di me.

«Buono, Charlie, buono». Afferro delicatamente l'animale e gli accarezzo la testa per calmarlo. Le mie mani scivolano sulle sue piume candide. Charlie si rilassa.

Victoria si scosta da me e osserva la scena con occhi sgranati. «È… È un papero?».

Annuisco continuando ad accarezzare il piumaggio del mio amico a due zampe.

«Dio! Credevo fosse un pitbull!».

«In effetti credo che anche lui pensi di esserlo». Charlie muove la coda e cerca ancora carezze. «È aggressivo solo all'inizio con chi non conosce, ma poi… Se sai come trattarlo…». Afferro una mano di Victoria e la costringo a piegarsi. Le indico come fare per accarezzarlo. Oppone qualche secondo di resistenza.

«Se mi stacca la mano, lo faccio arrosto».

«È un papero, non un grizzly».

Victoria posa delicatamente le dita sulla piccola testa dell'animale e comincia ad accarezzarla. Charlie si irrigidisce, ma lo tengo fermo. Quando lo sento rilassato, mi allontano un po'. Dopo qualche secondo, lo vedo strusciarsi contro la mano della donna.

«Ora sei nelle sue grazie. Ti ha accettata».

Victoria fa una smorfia. «Felice che sia così». Continua ad accarezzare l'animale che, ora, si è appollaiato sui suoi piedi. «È caldo, morbido», prosegue lei. «Sto pensando di farne un giubbotto».

Mi guarda seria per un attimo, infine sorride. «Sto scherzando». Un secondo dopo tira fuori dalla borsa una boccetta di igienizzante per le mani e se le sfrega con forza.

Scuoto la testa e le mostro il resto della casa, partendo dalla cucina. Le indico un mobile a muro e dico: «Dispensa. Ci troverai dentro pane, cereali, legumi, pesche sciroppate, farina, sciroppo d'acero e... Insomma, guardaci». Le indico il frigo. Lo apro ed è un po' meno desolato rispetto a stamattina. «Serviti quando vuoi, intesi? Non chiedermi nulla che tu non riesca a trovare da sola. Meno tempo mi fai perdere, meglio è». Mi accarezzo il mento pensieroso prima di chiederle: «Sei allergica a qualche alimento?»

«Non che io sappia».

«Bene. Qui c'è del succo d'arancia, limonata, formaggio di soia, cotolette di soia, latte di soia e di riso».

«Aspetta un secondo». Victoria si schiarisce la voce mentre richiudo il frigo. «Soia? Non hai del latte o del formaggio vero?»

«Il latte di soia è *vero*».

«Mi stai forse dicendo che sei vegetariano?». Le sue labbra tremano leggermente.

«Vegetariano non è esatto. Sono vegano».

«Scusa... Io...». Non riesce a trattenersi e si lascia andare a una risata.

Sollevo lo sguardo al cielo. «È evidente che tu non lo sei. Doveva capitare proprio a me l'unica tipa di città poco alternativa».

«Perdonami... È che...». Victoria tenta di ricomporsi.

«Insomma, un fattore vegetariano… No, peggio, vegano, non lo avevo mai davvero sentito. Voglio dire… Ti immaginavo la mattina a buttare giù bicchieri di uova crude o davanti a distese di bacon fritto».

«Hai una fantasia iperattiva», rispondo infastidito da queste immagini.

«Come fai a… mantenere alto il livello di energia se non mangi carne?»

«Domanda stupida. La carne non è l'unica fonte di proteine. Ci sono i legumi. Inoltre faccio scorpacciate di carboidrati e bevo litri di caffè. Ti basta?». Non la lascio rispondere e le faccio cenno di seguirmi di sopra. «Chiariamo un paio di punti…».

«E finora cosa abbiamo fatto?».

A quanto pare è una che ama avere l'ultima parola. Sarà divertente, mi dico.

«Chiariamo un paio di punti», ripeto. «Non ti farò da servo anche se sei mia ospite».

«Ospite? Ti pago l'affitto di una stanza che non ho ancora visto».

Come volevasi dimostrare.

«Non pensare che io ti prepari colazione, pranzo e cena. Provvederai alle tue necessità da sola. Non ti accompagnerò in alcun posto. Se dovrai andare da qualche parte, mi chiederai di poter usare il pick-up e sarò felice di lasciartelo, a patto che in quel momento non serva a me». La prendo per le spalle e la faccio girare verso una porta su un lato del corridoio al piano di sopra. «Quello è il bagno. In comune. Il bagno per gli ospiti ha le tubature distrutte. Se apri l'acqua rischi di allagare casa. Rispetta gli orari. Io mi alzo molto presto per dare da mangiare agli animali e lavorare ai campi e nella serra. Diciamo verso le cinque del mattino, minuto più minuto meno. Che non ti venga in mente di farti trovare in bagno a quell'ora. Se ti scappa alle cinque e un minuto, trattienila fino alle cinque e trenta circa, ora in cui esco di casa. Non farmi trovare le tue cose da femmina nel mobiletto del bagno: sarebbe imbarazzante. Oh! Cosa importante. Non criticare il modo in cui lo tengo. Non ho sempre tempo di pulirlo. Se ti fa schifo la tavoletta del cesso alzata, abbassatela da sola».

La guido verso la porta accanto a quella del bagno e la apro. «Lavanderia. Anche qui, poche e semplici regole: lavo io, non lavi tu. Lavi tu, non lavo io. Non usare troppo ammorbidente: non è gratis». Richiudo con un tonfo.

La spingo verso una porta sull'altro lato del corridoio. È socchiusa, quindi la apro con una spintarella. «Questa è la tua camera da letto».

Victoria si sporge oltre l'uscio per guardarci dentro. Non ha un'espressione soddisfatta. Forse si aspettava una suite cinque stelle.

«Il lampadario non funziona, ma l'abat-jour fa abbastanza luce», le dico entrando nella stanza buia. Accendo il fungo sul comodino e lascio che si renda conto del fatto che il lampadario non serve.

«C'è un'altra presa della corrente da qualche parte? Vorrei poter collegare il mio portatile».

Mi dirigo verso la finestra e sposto il piccolo scrittoio posto lì di fronte. Sul muro, sotto il davanzale interno, le indico la presa della corrente.

«Bene», annuisce. «E per quanto riguarda la connessione internet?»

«Semplice: nessuna connessione. Non ho internet».

Mi guarda basita, come se venissi da un altro pianeta. «Scherzi, vero?». Sorride, sembra certa che io la stia prendendo in giro. «Insomma, è un po' come dire che non hai la TV».

«Non ho la TV».

Il suo silenzio è carico di vaffanculo.

«Non so perché resto ancora qui», dice, lanciando la borsa sul letto. «Oh mio Dio!», esclama quando vede la coperta con la principessa Disney. «Che tipo di turbe psichiche hai?».

Serro la mascella e tiro un profondo respiro. «È opera di mia sorella. Era l'unica che aveva ed era convinta che potesse piacerti. Ha detto – testuali parole – "Scrive romanzi contemporanei: quelle come lei adorano queste cose. *Barbara Cartland* si vestiva di rosa per ogni evento mondano". Non che io sappia chi era questa tizia».

Victoria solleva gli occhi verso il soffitto e mette le mani sui fianchi. Infine si passa una mano sulla fronte. «Sento che sta per venirmi un altro mal di testa». Si siede sul bordo del letto con espressione sconfitta.

Sto godendo come un riccio. Sto godendo proprio.

«Quindi, se ho ben capito, se resto qui, non mangerò carne, dovrò dividere il bagno con te, usare meno ammorbidente possibile, non potrò usufruire di internet per le mie ricerche…».

«Ricerche… Andiamo…».

«Il mio lavoro prevede ricerche approfondite, ma non mi illudo che tu lo comprenda».

Sollevo le spalle con aria indifferente e la lascio continuare.

«Non potrò nemmeno guardare la TV. Sono finita all'inferno».

Sospiro davanti a tanta ingiustificata tristezza. «Se questo lo consideri l'inferno, allora non ho idea di come pensi che sia il paradiso».

«Un posto dove ci siano la TV e una connessione internet».

«Quanto la fai lunga. Abbiamo una biblioteca molto fornita in paese per qualsiasi tipo di ricerca vorrai fare», le dico sbuffando. «Se questo è tutto, io andrei. Ti lascio riposare. Se hai fame, serviti pure di sotto».

Sto per lasciare la stanza quando lei si alza in piedi e mi raggiunge. «Adesso te li chiarisco io un paio di punti... Nath. Detesto questa situazione quanto te, arrogante buzzurro, ma mi sto dando una possibilità, per il bene del mio lavoro. Questo, però, non significa che starò qui a subire i tuoi attacchi verbali senza colpo ferire. Avrò pure un sacco di difetti, ma tu, mio caro represso, mi batti alla grande. Questa situazione conviene più a te che a me. Sono io che ti salvo il culo dal fallimento, quindi, a meno che tu non ti voglia trovare a dormir per boschi, ti consiglio di trattarmi con più gentilezza. Mi auguro che domani mattina, quegli unici due neuroni impazziti che ti ritrovi in testa, tornino a funzionare come si deve. Ora, se vuoi scusarmi, vorrei riposare». Mi indica la porta e aspetta che io sia uscito per chiudersela alle spalle con un tonfo.

Odio doverlo ammettere, ma mi ha lasciato senza parole, muto come un baccalà sotto sale. Mi gratto la testa confuso. Forse ho sbagliato a crederla la solita snob con la puzza sotto al naso e senza spina dorsale. Questo complica le cose. Questa è una dichiarazione di guerra in piena regola, e non sarò io a deporre le armi per primo.

6
Victoria

Sbuffo. Sbuffo di nuovo. Sbuffo ancora. Non sono andata nemmeno in bagno. Me la tengo. Aspetterò che lui sia andato a letto. Mi faccio scoppiare la vescica piuttosto che incontrarlo di nuovo prima di domani mattina.

Come può, un uomo, essere così odioso? E dire che di idioti ne ho conosciuti tanti in ventisette anni di vita, parecchi con un pedigree di tutto rispetto, ma questo… questo buzzurro campagnolo potrebbe entrare nel Guinness dei primati in quanto a stronzaggine.

Recupero il mio portatile nella valigia. Lo sistemo sul piccolo scrittoio e lo faccio avviare. Nel frattempo mi spoglio degli abiti e indosso il pigiama. Avrei voluto fare un bagno prima di dormire, ma non credo sia una buona idea, con la Bestia in giro.

Recupero gli occhiali dalla mia borsa, mi sistemo sul letto con il PC in grembo e apro il file Word del mio romanzo.

Le dita fremono, ma la mente è spenta.

Capitolo primo

È tutto ciò che scrivo.

Queste uniche due parole mi guardano solitarie dallo schermo del computer. Piego la testa di lato, socchiudo gli occhi, tendo le orecchie. Sto forse aspettando che mi dicano qualcosa?

Mi alzo dal letto, incapace di stare ferma, e raggiungo la scrivania. Mi siedo. Appoggio le spalle allo schienale della scomodissima sedia di legno. Ha il sedile con intrecci in vimini. Prude da morire. Incrocio le mani dietro la testa. Fisso lo sguardo oltre la finestra di fronte. Gli occhi corrono su un cielo stellato come mai ne avevo visti prima. Chicago è ricoperta da una cappa di smog che impedisce la vista di tale splendore.

Indosso le cuffie, apro il file che contiene la musica che, di solito, ascolto mentre scrivo e, mentre *Be My Forever* di Christina Perri culla pensieri e fantasie, la prima parola prende forma nella mia testa.

Così, ogni volta, accade il miracolo. Una sorta di magia. Un viaggio su un treno che non ho idea di dove mi porterà. Mi perdo. Perdo il contatto con la realtà e d'improvviso sono lì, tra le righe. In un mondo che costruisco con le parole, una realtà astratta che non avevo previsto, che è un continuo divenire fino alla parola "fine".

Difficile da credere, ma è l'emozione più grande, così grande che a volte mi commuove. Spesso mi ha salvato dai miei isterismi, dalle mie paranoie, dalla realtà che fuori da queste righe è così soffocante.

Le parole ora scorrono sul foglio Word.

Scrivo.

Era l'estate del 1946. Sofia Mantico era giunta in America dall'Italia con la sua famiglia, su una nave carica di speranze, portando con sé solo poche cose: una valigia di cartone con dei miseri indumenti, il suo plico da disegno, e un fagotto pieno di sogni da realizzare.

Zio Tore, che in America aveva messo in piedi un'attività di discreto successo come pasticciere, aveva trovato una casa alla sorella, poco distante da un lago di cui Sofia non conosceva assolutamente il nome, ai piedi di una vallata, oltre la quale si estendeva una catena montuosa.

La casa era rivestita di legno bianco, le imposte alle finestre erano rosse e ognuna di quelle finestre era coperta dall'interno da tende di diversi colori. In alto, con un piccolo tetto spiovente, c'era una mansarda.

Era tutto quello che Sofia aveva sempre desiderato: una piccola mansarda da dove avrebbe potuto vedere le montagne innevate, dove il vento, insinuandosi tra le fessure del piccolo oblò che fungeva da finestra, le avrebbe sussurrato dolci ninne nanne.

Lassù, in quel piccolo angolo di paradiso tutto suo, avrebbe letto, disegnato, scarabocchiato sul suo diario mondi che solo lei avrebbe capito. Avrebbe ballato da sola. Avrebbe cantato da sola. Avrebbe strimpellato il piano a muro che, pieno di polvere, se ne stava in un angolo, in silenzio da troppi anni. Ma più di ogni altra cosa, avrebbe visto tutta la pioggia del cielo.

Amava la pioggia. L'odore che alzava quando si scontrava con la terra. La pioggia era pura. Era buona. Era benedetta, come le lacrime degli angeli.

Da lassù, forse, avrebbe raggiunto più facilmente la luna.

Lo squillo del cellulare mi risucchia fuori dalla storia. Mi lascio andare a un gesto di insofferenza. Guardo l'orologio al polso. Sono già le dieci di sera. Il tempo è volato e non me ne sono resa conto.

Il display rivela il nome di chi sta chiamando. Mi massaggio le tempie preparandomi a un fiume di parole. Quando rispondo, il fiume mi travolge senza scampo.

«Victoria, tesoooro».

Detesto la curiosa tendenza di questa donna di allungare le vocali. «Rebecca, che piacere sentirti. A quest'ora. Una vera sorpresa».

Non è affatto una novità. Da quando lavoriamo insieme, Rebecca Morgan di queste sgradite sorprese me ne ha fatte a bizzeffe.

«Tesoooro, Trevor mi ha detto che sei nel Vermont. Nel Vermont? Ma dico, perché non me lo hai detto?»

«È stato inaspettato, Rebecca. E improvviso. Mi prendo del tempo per tentare di scrivere qualcosa di buono, lontano dalla solita vita. Ne ho bisogno».

«Sono felice di questo, ma dovevi dirmelo».

Sollevo lo sguardo verso il soffitto. Sono tentata di urlare.

«Piuttosto...». Rebecca prosegue con voce squillante, un po' strascicata. Credo abbia bevuto. Probabile che sia stata alla presentazione del libro di qualche nuovo promettente autore. Non se ne perde una, soprattutto se si tratta dei *suoi* autori. «Ho saputo che non hai ancora scritto niente della nuova storia. Durante la nostra cena hai evitato di dirmi anche questo, furbacchiooona. Sei in ritardo sulla tabella di marcia, mia cara. Non te lo devo dire io che alla Pearson & Sons sono impazienti di ricevere il tuo manoscritto, vero?».

Certo che lo sono. Sono una delle loro galline dalle uova d'oro. Ammetto di aver raggiunto un certo livello di notorietà nel mondo della letteratura e una stabilità economica invidiabile, ma spesso mi sento usata. L'ho voluto io, lo so. Ne porto tutto il peso.

«Rebecca, mi sento sotto pressione. Se mi lasciate un po' di spazio, riuscirò a scrivere questo libro entro la data di scadenza, lo prometto».

«Bene, tesoro, ne sono certa. E caricalo più che puoi».

Non ha un tono gioviale, ora. È duro. Quasi minaccioso. Rebecca sospira dall'altra parte del telefono. «Non vedo l'ora di mettere le mie mani sul tuo manoscritto, tesoooro», torna a dire con un'allegria tutt'altro che vera.

«Le tue grinfie, vorrai dire. E cosa intendi esattamente per caricarlo?», commento con una risatina altrettanto falsa. So bene a cosa si riferisce, ma faccio finta di niente.

Rebecca ride in modo sguaiato. La seguo nella risata per darle la soddisfazione che cerca, sperando che mi lasci in pace.

Uno spostamento d'aria, piuttosto violento, mi colpisce le spalle. Salto dalla sedia. Mi volto e lo sguardo furioso di Nath si scontra con il mio, allibito.

Si avvicina a me con la mascella serrata. Ha solo i pantaloni di una logora tuta addosso. La parte superiore è nuda ed è un fascio di nervi. Afferra il mio cellulare, se lo porta all'orecchio e dice: «Chiunque tu sia, fatti una vita. Buonanotte!», e chiude la comunicazione, infine provvede a spegnere l'apparecchio.

Si china sul mio viso. Arretro verso la scrivania. Con un sibilo e gli occhi ridotti a due fessure, mi dice. «Sei qui da quanto? Un minuto? E già rompi le palle! Per le tue rumorose telefonate notturne, scendi giù, attraversa la cucina, poi il soggiorno. Davanti a te troverai una porta in legno di cedro: aprila. Ti porterà su un porticato. Scendi le scale, percorri una decina di metri verso destra. Ecco, ora addentrati nel bosco, abbastanza lontano dalle mie orecchie».

Non riesco a parlare. Sono imbarazzata. Rimproverata come una bambina. Questa è un'umiliazione grande, più grande di quella per una recensione a due stelle.

Sguscio da quell'angusto angolo e mi rifugio sul letto. D'istinto afferro la trapunta e copro il mio pigiama con la stampa di un cupcake gigante al centro del petto, solo per non avvalorare la tesi che, in fondo, a quelle come me, le principesse Disney vanno più che bene.

«Io. Ho. Bisogno. Di. Dormire», dice Nath. Per un attimo temo voglia sillabarlo. «Sei una scrittrice, dovrebbe essere facile per te analizzare il significato recondito di questa frase», infierisce.

Ha i capelli in disordine. Le spalle rigide. Gli occhi mandano fulmini. Mi fa paura, con quella posa da gorilla, e i muscoli del petto che sembrano muoversi da soli.

Mi schiarisco la voce. Non devo farmi intimorire da questo cafone. «Mi chiedo se conosci il significato di buona educazione. Ovvio che no, cosa te lo chiedo a fare», gli dico, impettita per quel che posso.

«Cosa?». Lui allarga le braccia e le lascia ricadere sulle gambe. Fa un risolino. «Io?»

«Sì, tu, proprio tu. Avresti almeno potuto bussare. E se fossi stata svestita?».

Per un attimo sembra disorientato. Apre bocca per dire qualcosa, ma tace. Infine si riscuote e porta la vittoria dalla sua parte. Di nuovo.

«Hai il fascino di un procione. Sta' pur certa che se fossi stata svestita non lo avrei notato».

Questo è troppo. Questa è la recensione a una stella. Questo è: "Voglio farti male e lo sto facendo bene".

«Fottiti, Nath Owens».

«Regale come una principessa, Victoria Stevenson».

«Non aspettarti che mi scusi. Certe uscite meriterebbero risposte peggiori».

«Brucia, eh?».

Mi fa l'occhietto e marcia, senza lasciarmi possibilità di risposta, fuori dalla stanza. Non appena si richiude la porta alle spalle, afferro il cuscino e lo lancio contro l'aria.

«Sei un buzzurro!», urlo.

Non sento risposta, solo il rumore secco di un'altra porta che si chiude.

«Non mi conosci nemmeno», sussurro sconfitta, sbuffando e lasciandomi andare contro la testiera del letto. Questa è una situazione davvero fuori dal comune. Nessuno, come noi, si è detestato così a prima vista. Ma non gliela darò vinta. Non scapperò. Questa è una sfida che vincerò io. Mi dovrà sopportare.

Dopo qualche secondo, mi succede qualcosa di imprevisto: scoppio a ridere. Mi tappo la bocca con le mani per non correre il rischio che mi senta.

Probabilmente la mia è una reazione isterica, ma non mi sento sull'orlo di una crisi di nervi. Invece, mi sento – curioso – piacevolmente rilassata e soprattutto soddisfatta per come si è conclusa la mia chiacchierata con Rebecca.

Spengo il PC e mi infilo a letto. Non è affatto comodo. Il materasso è duro e la rete cigola, ma pochissimi minuti dopo, sento i sensi abbandonarmi per lasciare posto al sonno. Non ho dovuto usare nessun tipo di aiuto, stavolta. La natura ha fatto il suo corso.

Forse, dopotutto, ho fatto bene a venire nel Vermont.

Mi sveglio di soprassalto. Alle 4:45 esatte del mattino. Ho un impellente bisogno di fare pipì. La sera prima non ho potuto... Non ho voluto farla, per timore di incontrare Nath nel corridoio, anche se poi, lo zoticone, ha pensato bene di infilarsi lui in camera mia, con la furia di un T-Rex.

Mi alzo dal letto, ancora un po' intontita. La luce dell'abat-jour è rimasta accesa. Le tende della finestra sono aperte e i riflessi della luna sfiorano delicatamente i vetri, riflettendo coni di luce e ombre su una delle pareti della camera.

Sbircio nel corridoio. Non c'è anima viva. Tutto tace. Tutto è buio. Con le mie silenziosissime pantofole di peluche percorro i pochi passi che mi portano in bagno. Tento di chiudere la porta a chiave, ma la maledetta serratura è talmente arrugginita che la chiave a stento si muove. Ci rinuncio. Devo solo fare pipì. Mi basta un minuto. Nath dorme. Non sono ancora le cinque. Non corro il rischio di ritrovarmelo in bagno, mentre sono seduta sulla tazza.

Questo posto è veramente piccolo. Gli arredi sono tutti troppo vicini. Il water è quasi incastrato tra il lavabo e la vasca da bagno. Le macchie di ruggine e umido, qui dentro, la fanno da padrone.

Reprimo un moto di disgusto e abbasso la tavoletta del water, ci stendo sopra della carta igienica, ma non mi siedo lo stesso. La faccio quasi in piedi.

Fatta! Alleluia! Ne avevo davvero bisogno. Stendo la mano per recuperare della carta igienica e, all'improvviso, sento un rumore. Come di acqua che scorre.

Impossibile. Ho tutto il bagno in vista e qui dentro non c'è nessuno, oltre me.

Dopo un secondo, lo stesso rumore. Forse è solo il lavandino che gocciola. Con lo sguardo verso la porta, attento e vigile, allungo la mano verso il rotolo di carta appoggiato sul bordo della vasca da bagno e tocco qualcosa di molliccio, scivoloso, che sembra muoversi.

Mi volto all'istante e scopro che, quello che sto toccando, è il faccione verdastro e pustoloso di Croc.

Non posso farne a meno, davvero, non posso proprio, così lancio un urlo e mi allontano in un nanosecondo dalla bestiaccia, con i pantaloni del pigiama e gli slip ancora abbassati.

Nella fretta di ricompormi, inciampo nei miei stessi piedi. Le pantofole di peluche sono belle, ma scivolose da morire. Barcollo all'indietro, muovo le braccia in modo scoordinato, e Croc decide in quel momento di saltarmi vicino. Così urlo di nuovo, barcollo ancora e finisco contro l'armadietto accanto alla porta.

Le ante si aprono ed è il finimondo. Un secondo dopo mi ritrovo seduta sul pavimento, sommersa da un numero imprecisato di rotoli di carta igienica, svariati asciugamani, del deodorante per le ascelle, schiuma da barba, rasoi (chiusi, grazie al cielo), una crema ammorbidente per calli e, dulcis in fundo, delle scarpe da ginnastica che mi finiscono dritte in fronte.

Potrei sopportare tutto questo se, dopo circa tre secondi, dei passi frettolosi lungo il corridoio non mi facessero pentire di non essermi fatta scoppiare la vescica. Allungo lo sguardo, coperto per metà da un asciugamano, verso la porta e, un istante dopo, mi accorgo di Nath che se ne sta sulla soglia, con le mani sui fianchi, l'aria un po' divertita, un po' d'accusa. Fortuna che mi sono tirata su i pantaloni.

«Ti prego, resta così ancora un secondo».

Sparisce oltre la porta. Dove diavolo va, ora? Cerco di sollevarmi, ma c'è dell'acqua per terra e scivolo di nuovo. Croc mi guarda. Nel frattempo Nath torna. In mano ha il cellulare. Lo punta verso di me.

«Non oserai!», esclamo.

«Oh! Sì invece, oserò eccome!».

Clic.

«Questo rimarrà un ricordo indelebile nella mia mente», aggiunge con il sorriso di chi sa di aver vinto tutto.

«Se quella foto finisce da qualche parte, ti farò pentire di essere nato».

«Pensavo al pub. Con una bella cornice in legno».

«Sei...».

«Ma non lo farò, se ti comporterai bene».

Nath tende una mano per aiutarmi a rialzarmi, ma la rifiuto e mi sollevo in piedi da sola. Lui ritira la mano e incrocia le braccia sul petto. Sorride, il farabutto.

«Comincia con il ripulire tutto questo disastro. Fra meno di un quarto d'ora mi serve il bagno», continua.

«Non ci penso...».

«Ah, Ah!». Mi mostra la foto sul telefonino. Sono un disastro. Un vero disastro. «Fra meno di un quarto d'ora», ripete.

Non mi resta che accontentarlo. Per questa volta. Ma me la pagherà. «Almeno puoi portarti via quel coso verde?»

«Chi? Croc?». Nath lo afferra con una mano e lo tiene sospeso. In quella posizione, con le zampette allungate e la pancia dalla strana forma ovoidale, il rospo sembra ancora più gigantesco. «Deve stare nella vasca da bagno. Non saprei dove tenerlo».

«Dirò un'ovvietà, ma magari... Nel bosco?»
«Lo porterò nel bosco in mattinata, promesso, non perché sei tu a chiedermelo, ma perché un rospo non è un animale da compagnia».
«Felice che tu sia giunto a questa conclusione».
«Dovevo accertarmi che non fosse ferito, o spaventato... Anche se, dopo averti vista, credo che rimarrà il rospo più traumatizzato della storia, vero, piccolo Croc?».
Mi viene il voltastomaco quando Nath se lo avvicina al viso. «Sei disgustoso».
«Ci sono cose più disgustose al mondo, di un rospo, mia cara Letterata».
«Tipo tu».
Nath abbassa il coperchio del water e si siede comodo mentre rimette Croc nella vasca da bagno. Vasca da bagno che userò solo dopo averci passato dell'ammoniaca.
«Devo ammetterlo: queste sono state le ore meno noiose da un po' di tempo a questa parte».
«Non faccio fatica a crederci. Non hai internet, non hai la TV...».
«Ho detto meno noiose. Se pensi che per divertirsi servano internet e la TV, sei messa proprio male, dolcezza».
«Qual è la tua idea di divertimento, allora?». Mentre parliamo, mi prodigo affinché il bagno torni in perfetto ordine. Molto più in ordine di come l'ho trovato.
«Torno a dormire per altri dieci minuti».
«Cosa? Non rispondi alla mia domanda? Mi molli così?».
Nath annuisce con fare noncurante.
«Cosa te ne fai di altri dieci minuti di sonno?»
«Se lavorassi nei campi, lo sapresti».
Mi lascia in bagno con un paio di asciugamani perfettamente piegati in mano. Quando è tutto a posto, torno in camera. Faccio appena in tempo a posare la testa sul cuscino

e a chiudere gli occhi, prima di trasalire, scossa dalla voce di Adam Levine che, sparando a tutto volume la sua voce, canta *Never Gonna Leave This Bed.*

Alla sua, si aggiunge la voce di Nath che canta a squarciagola:

Wake you up
In the middle of the night to say
I will never walk away again
I'm never gonna leave this bed
You say: «Go, it isn't workin'»
And I say: «No, it is perfect»
So I stay and stand
I'm never gonna leave this bed
Take it
Take it all
Take all that I have…

Mi rimetto a letto, a pancia sotto, con il cuscino sulla testa. Attendo con pazienza. Molta… Molta pazienza. Una ventina di minuti dopo sento la porta d'ingresso richiudersi cigolando. Mi sollevo un'altra volta dal letto e mi avvio verso la finestra. Sbircio di sotto e vedo Nath che carica il furgone di attrezzi per i campi e infine si avvia al lavoro.

In silenzio, prego che non ritorni tanto presto e finalmente torno a letto, per continuare il sonno interrotto circa un'ora fa.

7
Victoria

Uno strano rumore mi desta dal sonno. Ritmico e insistente. Apro gli occhi. Mi guardo intorno. Ci metto qualche secondo per rendermi conto di dove mi trovo e ricordare quello che è successo poche ore prima: il rospo, la caduta, la canzone ad alto volume.

Mi massaggio le tempie come d'abitudine, ma non ho mal di testa. Strano, dopo una notte così… Tempestosa.

Lo stomaco brontola. Non mangio da non so quanto. Dovrei mettere qualcosa sotto i denti, ma se penso al formaggio di soia, mi viene il voltastomaco.

Non appena sarò pronta, andrò a fare un po' di spesa e comprerò qualcosa di commestibile.

Scendo dal letto e sbircio dalla finestra. Il padrone di casa è già di ritorno, con il furgone carico di legna. Nath posa i ceppi uno a uno su un grosso tronco e con colpi secchi li divide in due. Non indossa un maglione o una giacca, nonostante il freddo, ma solo una camicia azzurra, con le maniche arrotolate, aperta sul davanti. Sotto porta una maglietta grigia. I jeans gli fasciano le gambe e un notevole didietro. I muscoli del corpo si tendono a ogni colpo dato con estrema forza. Buzzurro, ma appetibile. Un vero duro, insomma. I capelli biondi sono disordinati come al solito. Sulle tempie e sulla fronte sono più scuri per il sudore che li impregna.

Mi dico, con un mezzo sorriso e mesta ironia, che se dovessi descrivere un personaggio maschile per il genere di romanzo che mi hanno richiesto alla Pearson & Sons, lo descriverei esattamente così.

Sollevo lo sguardo, ed è lì che i miei occhi incontrano lo scenario di cui mi innamoro all'istante. Un colpo di fulmine. Di quelli che spaccano il cuore.

Il sole si leva sul lago di fronte a casa. Dipinge di un chiarore dorato il cielo. L'acqua scintilla, come se piccoli diamanti fossero sparsi sulla superfice. Le pennellate di rosso degli aceri, del verde degli abeti, del giallo e del marrone, si mischiano su una tavolozza naturale e si riflettono nello specchio del lago, creando un'immagine speculare, come un mondo a parte.

Questa è un'opera d'arte.

Sospiro davanti a tanta bellezza. Per un attimo mi commuove e le parole tornano a invadere la mia mente con la potenza di un tornado. Le sento fluire in me, in ogni pensiero. Cercano una via d'uscita.

Le trattengo per il tempo che mi serve ad accendere il portatile. Mi siedo e scrivo.

Da lassù, dalla cima del mondo che era la sua mansarda, Sofia lo guardava passare. Lui percorreva quel tratto di strada in bicicletta. Indossava una giacca di feltro marrone e i capelli, schiariti dal sole, gli accarezzavano le gote in modo disordinato. Dicevano che era un pugile e ne aveva l'aspetto. Alto, muscoloso, con un paio di cicatrici sul volto.

"È solo un ragazzo", si diceva, ma lo aspettava ogni giorno come se fosse un dio. Lo aveva incontrato in chiesa un paio di volte, in compagnia della madre. Le loro famiglie si erano presentate perché vicine di casa. Sofia non aveva smesso di guardarlo un solo minuto, tanto che la sorella aveva dovuto darle di gomito perché la smettesse di farlo.

Il padre, invece, Giuseppe Mantico, aveva guardato male il ragazzo. «Pugile», aveva detto con disprezzo una volta a casa, dopo la messa domenicale. Che razza di sport è quello dove si guadagna sputando sangue? Sofia aveva pensato che fosse lo sport più bello del mondo, così una sera, molto tardi, aveva convinto la sorella e il fidanzato di lei, Salvatore, ad assistere a un incontro di pugilato in una palestra in città. Sapeva che si teneva un incontro e che James era uno dei partecipanti. L'avversario era un irlandese rosso di capelli e paonazzo in volto. Il premio in palio era di cinquanta dollari.

James combatté come un leone sul ring. Sofia lo guardava incantata, come se fosse un angelo e volteggiasse nell'aria. Sua sorella lanciava urletti a ogni colpo che prendeva, Salvatore incitava come un ossesso. Fortuna che c'erano loro, altrimenti suo padre non le avrebbe permesso di uscire così tardi.

Alla fine dell'incontro, quando i due contendenti scesero dal ring, Sofia si avvicinò al vincitore e, senza esitare, gli passò un fazzoletto. Un fazzoletto bianco sul quale erano ricamate le sue iniziali. James lo prese. Sembrava confuso e stordito, forse dai colpi presi, forse dal suo atteggiamento troppo espansivo. Stava per fargli i complimenti, quando una ragazza con una scollatura procace, bionda come il sole, con gli occhi azzurri come il cielo, praticamente perfetta, gli si fiondò addosso e lo baciò sulla bocca. Lo baciò infilandogli la lingua in bocca. Sofia arrossì e distolse lo sguardo. Salvatore la tirò via con forza. «Cosa fai? Vieni, è ora di tornare a casa».

Non riuscì nemmeno a salutarlo. Lo lasciò lì, con la ragazza che lo baciava ancora e con lui che stringeva il suo fazzoletto bianco in una mano.

Quella stessa sera, Sofia si affacciò all'oblò della mansarda e attese il ritorno a casa di James. Da lassù vedeva bene la porta d'ingresso dell'abitazione del ragazzo e quando lo vide arrivare, uscì con la scusa di voler prendere un po' d'aria e lo raggiunse sul portico prima che entrasse.

«Ciao», disse. Non conosceva bene la lingua degli americani. Solo qualche parola. Ma leggeva molto e ne stava imparando altre. «Come stai?».

James non le rispose subito. Infilò la chiave nella toppa e poi si fermò. Si voltò verso di lei, le sorrise e rispose. «Bene, grazie».

«Eri bravo sul ring», proseguì la ragazza, certa di aver usato i termini giusti.

«Grazie», replicò lui.
«Ho fatto una cosa per te». Sofia tirò fuori dalla tasca del vestito un foglio ripiegato. Lo spiegò e lo passò al ragazzo. Lo aveva ritratto in tenuta da pugile, mentre combatteva sul ring, come quella sera.

James pensava che Sofia fosse una ragazza strana, abituata a parlare troppo spesso senza pensare. Lui era duro, era chiuso, era silenzioso. Non era abituato ad attenzioni di quel genere. Quando passava davanti alla casa di lei, sapeva che Sofia era affacciata all'oblò della sua mansarda. Lo imbarazzava, soprattutto perché aveva capito di piacerle. Sofia non faceva niente per nasconderlo, era di una ingenuità disarmante.
Su quella strada lui correva più veloce, con il lago che lo seguiva lungo il fianco, mentre l'alba si sollevava sui monti. Non un saluto, non uno sguardo le era concesso. Sofia era strana, troppo strana. Lui era solo, troppo solo. Ma cominciava a piacergli quella ragazza curiosa, con quei capelli neri che il vento muoveva come un manto quando si affacciava alla finestra della mansarda, la pelle abbronzata e il sorriso fresco e onesto di una che non sapeva affatto quanto poteva essere assassino di sogni quel mondo.
Così tentava di evitarla, ma lei gli capitava fra i piedi praticamente sempre. Che fosse in chiesa la domenica quando accompagnava la madre, che fosse alla bottega di dolci in città, che fosse in palestra durante un incontro.
Lo distraeva. Lo intrigava. Lo affascinava. Lo eccitava.
Ma Sofia non pareva rendersene conto. Certo, lei era una bambina innocente. Lui era il figlio di un ladro, senza prospettive nella vita.

Scrivo per un'ora buona, accompagnata dai rumori dell'uomo che, sul limitare della foresta, appena sotto casa, alla luce del giorno ormai levatosi su Pretty Creek, lavora duro.
È qualcosa per cui ammiro la gente come lui, nonostante tutto. Ci mette costanza, forza, passione. In qualche modo assomiglia a me.
Sorrido, mentre il nuovo giorno, a sorpresa, mi rivela nuovi aspetti di questo imprevisto soggiorno.

Mi lavo come se avessi il diavolo alle calcagna. Temo che lui risalga da un momento all'altro. Per quel poco che lo conosco, sono certa che sarebbe il tipo di persona capace di sbattermi fuori dal bagno con la forza.

Mi rivesto in fretta. Stavolta niente tacchi. Niente tailleur. Seguo il consiglio di Nath e indosso un comodo paio di jeans – l'unico paio che mi sono portata dietro – e un maglione bordeaux a collo alto. Lego i capelli in una coda e osservo il risultato in uno specchio a muro su una parete della camera da letto. Altro che procione.

Scendo giù in cucina. Abbastanza contrariata, butto giù un bicchiere di succo d'arancia e mangio una mela. Non è la colazione che vorrei, ma per oggi mi accontento.

Due minuti dopo, raggiungo Nath sul retro. È vicino al granaio e sposta dei sacchi colmi di non so che. Charlie, il papero, gli gironzola intorno.

Lui solleva lo sguardo su di me e si ferma. Rimane piegato sul sacco. Ha un occhio socchiuso per il sole che lo colpisce. Prima che dica qualcosa, sollevo le mani in aria e lo precedo. «Possiamo provare ad avere una conversazione civile, senza tirare in ballo i procioni, i rospi e qualunque altra specie animale ti venga in mente?».

Lui si rialza e si asciuga la fronte con un lembo della camicia. Gli sfugge un sorriso. Non so se significhi tregua o sia solo l'anticipo di qualche altra spiritosaggine.

«Hai fatto colazione?», mi chiede e apprezzo che abbia usato un tono quasi gentile. Intanto continua a caricarsi sacchi sulle spalle e ad accumularli vicino al granaio.

«Più o meno».

«Che significa?»

«Significa che un succo d'arancia e una mela non la considero una colazione».

Lui annuisce sollevando lo sguardo su di me. «E pensare

che ti credevo una di quelle che misurano le calorie a ogni pasto».

Niente di più lontano dalla verità. «Non sai niente di me».

«Dici?»

«Contaci».

«Qual è la tua colazione tipo, allora?».

Mi stringo nel maglione. Massaggio le braccia perché fuori è davvero freddo. Mentre ci penso, lo vedo allontanarsi e raggiungere il pick-up. «Pancake, sciroppo d'acero, uova strapazzate e *donuts*».

Prende il suo giaccone dall'auto e mi si avvicina. «Hai il metabolismo di un'adolescente».

«Non direi: la mia cellulite può testimoniarlo». Mi mette il giaccone sulle spalle e si allontana di nuovo. Mi lascia per qualche secondo senza parole. Infine dico: «Grazie».

Lui fa un cenno con le dita. «Il Vermont è freddo in questa stagione. Non voglio che ti becchi un malanno. Non ho tempo di preoccuparmi di un'ospite con il raffreddore».

«Uhm». Non mi inganna. Questo è in tutto e per tutto un atto di gentilezza, mascherato dalla sua solita arroganza.

«Non posso credere che tu mi abbia davvero parlato della tua cellulite», dice a un certo punto, scuotendo il capo.

Non posso crederlo neanche io.

«Come va il mal di testa?», prosegue.

«Passato».

Quando termina con i sacchi, passa agli attrezzi. Lo sento schiarirsi la voce. «Mi dispiace di essere stato sgarbato ieri sera».

«Sgarbato è un eufemismo».

«Hai cominciato tu. E hai concluso degnamente nel bagno».

«Non direi. Sei piombato in camera mia come uno tsunami. Hai decisamente cominciato tu».

«Mi hai mandato a quel paese per prima».
«Mi hai paragonato a un procione».
«Lo penso ancora, soprattutto da quando mi hai detto che hai la cellulite».
Stringo le labbra. Vincerò mai una battaglia con lui?
«Ti piace provocare, vero?»
«Da morire. Chiedi a mia sorella».
Guardo l'ora. Ho perso già troppo tempo. Sofia e James mi aspettano. Ma prima ho urgente bisogno di fare una spesa decente.
«Avrei bisogno del tuo pick-up», dico d'un fiato.
«A che ti serve?», chiede Nath, guardandomi con sospetto.
«Dovrei acquistare alcune cose che mi servono. Anzi, se mi indichi la strada per un supermercato vicino, te ne sarei grata».
«Il tempo di una doccia e ti accompagno. Ho una commissione da fare anch'io», mi sorprende lui.
Sto per dirgli che non è una buona idea, ma perché stuzzicare la furia del leone? Posso condividere un paio d'ore con lui, prima di rinchiudermi in camera a scrivere.
«Va bene, Nath. Grazie».
«Non sono più buzzurro?»
«Non illuderti». Gli restituisco il giaccone con un mezzo ghigno.
Lui è agguerrito quanto me quando, con un leggero strattone, se lo riprende.
«Non mi sarei aspettato niente di meno».
Mi lancia un bacio volante e si dilegua.

8
Nath

«Vivere qui deve essere qualcosa di stupendo».

Victoria osserva il paesaggio che le scorre accanto attraverso il finestrino del furgone. È una giornata assolata, nonostante il freddo. Il lago che costeggia la strada che stiamo percorrendo brilla sotto i raggi dorati.

«Sì, hai proprio ragione: è qualcosa di stupendo».

«Ne sei orgoglioso, vero? Lo sento dal tono della tua voce».

Continuo a guardare dritto davanti a me, mentre le dico: «Qui ci sono nato. Sono cresciuto guardando questo lago, addentrandomi nei boschi, raccogliendo foglie secche di ogni colore per i centrotavola che mia sorella preparava per venderli al mercato e alle fiere».

«Non sei mai uscito dal Vermont?»

«Ho frequentato il Boston College grazie a una borsa di studio, altrimenti sarei rimasto a spalare letame mentre i miei compagni di liceo si costruivano una carriera, e sono stato in Canada un paio di volte». Mi blocco. Non credo che a una come Victoria interessino le mie vicende di vita passata. La osservo. Mi guarda in silenzio, in attesa. Aspetta che io prosegua in quella che ha tutta l'aria di essere una confidenza. Lo faccio dicendo: «Lo so cosa stai pensando: che in fondo una carriera non è che me la sia poi fatta, visto che sono rimasto qui a spalare letame».

Annuisce e allunga la mano per spegnere la radio. No, non ci siamo capiti, mi dico, non voglio avere una conversazione sulla mia vita.

«Lo ammetto: stavo pensando proprio questo», risponde.

«Facile capirti», borbotto, un po' offeso. «Se sei così prevedibile anche nei tuoi libri, mi chiedo il perché del tuo successo. Scommetto che, per te, l'assassino è sempre il maggiordomo».

«Ecco perché non scrivo gialli».

Riaccendo la radio. La spegne il secondo dopo. La guardo corrucciato.

«È quasi un giorno intero che non ho attacchi d'ansia o mal di testa. Non intendo rovinare questo stato di grazia per colpa tua».

«Che cosa ho fatto?»

«Sei permaloso come me quando ho il ciclo».

Sgrano gli occhi e deglutisco. Sento un curioso calore diffondersi sulle mie guance. Merda, sto arrossendo.

«Spero tu non voglia aggiungere altri particolari».

«No, se mi farai concludere il mio pensiero».

«Ti prego».

Victoria assume un'espressione soddisfatta che mi dà sui nervi. Ma piuttosto che sentire altre informazioni che riguardano il suo corpo, la lascio continuare.

«Dicevo...», ricomincia, «stavo pensando che non hai avuto questa gran carriera, sì, ma mi pare di aver capito che questa vita ti piace, e tanto».

«È così».

«Allora puoi ritenerti soddisfatto».

«Non è che io non abbia una carriera», le dico, schiarendomi la voce. «Avevo dei progetti. Ce li ho ancora. Ma la vita mi ha posto davanti degli ostacoli che non sono stato ancora in grado di aggirare. Ho la mia laurea in agraria, la mia produzione di sciroppo d'acero, vendo le mie verdure al mercato e alle fiere. Forse non sono un avvocato di successo, uno squalo dell'alta finanza, un promettente politico, ma sono felice e mi basta».

«Hai elencato tre dei lavori che portano l'infelicità assoluta».

La guardo incuriosito. «Non hai un fidanzato avvocato o politico?»

«Cosa te lo fa pensare?»

«Non lo so... Scrittrice, Chicago, successo. Tutto porta lì».

«Giudichi un po' troppo in fretta». Si volta verso il finestrino. Le mani si muovono nervose sulle gambe. Batte un piede sul tappetino. «Nessun avvocato, nessun politico. Dio me ne scampi».

«Avrei giurato...».

«Avresti giurato cosa?», sbotta, ma si ravvede subito. «Scusa, è che... Insomma... Io sono fatta a modo mio, ho questa idea che lui debba salvarmi da me stessa, dalle mie manie, e ne ho tante. Non lo so... A volte penso che il mio uomo ideale viva dentro un libro. Quel paio di relazioni importanti che ho avuto sono fallite perché loro non erano in grado di affrontare le mie stranezze».

«Stranezze? Continua: adesso sono curioso».

Che Victoria Stevenson fosse particolare l'ho capito dalla prima occhiata, ma ora comprendo che c'è molto di più dietro quella baldanza che si ostina a mostrarmi.

«Fino a qualche tempo fa, odiavo il contatto, qualsiasi tipo di contatto con gli altri. E non pensare che io abbia subìto chissà quale trauma da bambina, no. La mia infanzia è stata piuttosto normale, per quel che ricordo. Ma ho avuto poche carezze da entrambi i miei genitori. Mia madre era un'infermiera e lavorava tutto il giorno, mio padre era un insegnante di storia, e anche lui era sempre troppo occupato con le sue attività per stare dietro a una bambina piagnucolosa. Avevo una tata, però. Lei si è presa cura di me».

«Mi stai dicendo che con i tuoi fidanzati non hai mai…».

«Non essere ridicolo!», esclama con forza. «Non fino a quel punto, no. Ma non è mai stato troppo divertente, e alla fine è stato semplice accorgersene».

«Quindi se la sono data a gambe, invece di aiutarti». Victoria annuisce con un sospiro.

«Figli di puttana». Mi accorgo di essere stato precipitoso e rimedio. «Scusa, ho giudicato in fretta un'altra volta».

«No, stavolta ci hai preso». Sorride e le lentiggini sul dorso del naso sembrano muoversi.

«Ci sono altre stranezze?»

«Qualcuna. Sono ipocondriaca, soffro di attacchi di panico, mi lavo le mani in continuazione, sono una maniaca dell'ordine. Ma sto risolvendo tutto con costosissime sedute di analisi».

«Soldi sprecati. Terapia d'urto, ecco quello che ci vuole».

«Che intendi?».

Interrompo il discorso. Svolto verso destra e imbocco uno stretto viale costeggiato da alti abeti. «Siamo arrivati». Fermo la macchina e invito Victoria a scendere. Afferro una scatola da dietro il pick-up e salgo il porticato di una casa completamente blu, con le imposte gialle. La sua proprietaria è una tipa dai gusti un po' particolari.

Victoria si ferma a pochi passi da me mentre poso la scatola sul pavimento. Si guarda intorno incuriosita. Una voce di donna, piuttosto profonda, giunge dall'interno della casa. La porta si apre e una signora di origini afro-americane ci accoglie con un sigaro in bocca.

«Rosetta, amore mio». Abbraccio la donna con trasporto. Devo allargare parecchio le braccia, perché Rosetta è una che ama la buona cucina e tutta la sua passione per il cibo ce l'ha intorno al girovita. «La mia donna».

«Ragazzaccio, se avessi quei cinquant'anni di meno, non saresti così spavaldo».

Le tolgo il sigaro di bocca. «Questo non va bene».

Rosetta se lo riprende con una certa determinazione. «Ho ottantacinque anni: la mia salute è l'ultima cosa di cui mi preoccupo. Piuttosto, il mio sciroppo d'acero?».

Le indico la scatola ai miei piedi.

«Bravo ragazzo. Avanti entrate, vi offro un goccetto».

Rosetta ci precede in casa, dove una pesante nuvola di fumo aleggia nell'aria. L'odore è quasi asfissiante.

Sbircio Victoria dietro di me. Si tiene il collo del maglione sul naso e guarda con sospetto ogni cosa che la circonda. Mi scappa da ridere, ma mi trattengo.

«Non mi presenti la tua amica?». Rosetta ci invita a sederci. Sulla sedia che Victoria sposta, riposa un gatto persiano bianco che sfiata non appena la vede. La ragazza salta all'indietro e si porta una mano sul cuore.

«Victoria Stevenson. Di Chicago. E non è una mia amica, ha solo affittato una stanza alla fattoria».

«Va' via gattaccia». Rosetta solleva una mano minacciosa verso la gatta, infine spolvera il cuscino della sedia, sollevando pelo dappertutto. «Perdonala, Maleficent è abituata a una certa comodità».

«Maleficent?». Victoria guarda il cuscino come se fosse il male in persona.

«Siediti, ragazza», la invita la donna.

«Preferisco restare in piedi, grazie, signora».

«Rosetta, chiamami Rosetta. Avanti, siediti, non fare storie».

Victoria è combattuta: affrontare il malvagio cuscino pieno di germi e pelo di gatto, oppure restare in piedi e offendere a morte la povera Rosetta. Sono curioso di vedere chi l'avrà vinta.

La ragazza trattiene il respiro, si sforza di sorridere, sposta la sedia e si accomoda.

Rimango piacevolmente sorpreso dal coraggio dimostrato e mosso a compassione, le vengo in aiuto. «Rosetta, ti ringrazio per l'invito, ma dobbiamo proprio andare».

«Sei appena arrivato», brontola la donna, soffiando fumo.

«Lo so, ma devo passare al supermercato prima che chiuda».

«Oh, e va bene». Rosetta si ficca le mani nella tasca della palandrana a fiori che indossa e tira fuori cinquanta dollari. «Per il tuo sciroppo».

Afferro le banconote e le metto in tasca. «Grazie. Quando lo finirai, chiamami, te ne porterò dell'altro».

«Ma certo, ragazzo, certo». La donna ci accompagna verso l'uscita attraverso la nebbia fumosa che invade casa. Victoria esce per prima. La vedo respirare a pieni polmoni e ancora una volta vorrei ridere.

«Piacere di averti incontrata, Victoria».

«Piacere mio, signora… Rosetta». Sorride, stringe la mano e infine la tende alla mia curiosa amica.

Una volta in macchina mi colpisce con un pugno sul braccio. Subito dopo afferra del disinfettante dalla borsa e se lo passa sulle mani.

«Se sapevi di dovertene andare subito, perché diavolo mi hai fatta sedere? È stato… È stato crudele. Ti ho raccontato delle mie ossessioni, e tu ne hai approfittato per prenderti gioco di me».

«Andiamo, era solo un gatto. Era solo fumo». Victoria continua a strofinarsi le mani con forza. Temo quasi che si faccia male. «È la terapia d'urto di cui ti parlavo. E non devi nemmeno pagarmi».

«Io ti sto già pagando, più di quanto paghi il mio analista». Mi fulmina con lo sguardo. Le trema il labbro mentre rimette il disinfettante in borsa.

Do un colpo di acceleratore. Il supermercato non è lontano grazie a Dio. «Sta' attenta a quello che dici, Victoria».

«Perché, altrimenti?».

Fermo di colpo l'auto. «Non mi piace il tono che stai usando, non mi piacciono le tue insinuazioni. Era solo uno scherzo, di cattivo gusto, okay, ma uno scherzo». Mi volto a guardarla. Il mio sguardo si riflette nel finestrino dietro di lei. È talmente serio che mi chiedo come faccia a mantenere quell'espressione imperturbabile. Come se non le importasse niente. Mi fa imbestialire.

«Io non insinuo. Non parlo mai tanto per parlare».

«D'accordo, lo hai voluto tu!». Scendo dal pick-up, chiudo lo sportello con forza, sento la mascella serrarsi. La vedo agitarsi sul sedile attraverso il parabrezza. *Ora vedrai, piccola gatta selvatica*. Apro il suo sportello, mi piego su di lei per sganciarle la cintura di sicurezza.

«Che diavolo fai? Fermo! Non azzardarti!». Mi colpisce la testa con diecimila mani. Riesco a bloccarle e la tiro giù dal sedile. Afferro la borsa e gliela lancio contro. Rimane a bocca aperta.

«Prosegui dritto su questa strada. Fra circa cinque miglia, alla tua destra, troverai il supermercato e, forse, me ad aspettarti lì». Mi avvicino al suo viso, pochi centimetri ci separano. Lei indietreggia, ma non abbassa lo sguardo. «Non mi servono i tuoi soldi. Ce l'ho fatta da solo fin qui, posso farlo ancora. Così non dovrai più pagarmi e ne avrai di più per quel poveraccio del tuo analista».

«Sei un figlio di puttana!».

«Da buzzurro a figlio di puttana? Lo ritengo un complimento». Victoria tenta di risalire sul furgone. La trattengo per la vita e la spingo qualche metro più in là. «Non puoi lasciarmi sul serio qui, non conosco queste strade. Ti prego, Nath!».

«Chiedimi scusa».

«Fottiti».

«Buona passeggiata».

Giro in fretta intorno all'auto, risalgo e accendo il motore dopo aver messo la sicura alle portiere un secondo prima che Victoria provi di nuovo ad aprire quella dal lato del passeggero.

«Sei tu ad avere bisogno dell'analista!», la sento urlare.

«Ti chiederei il numero del tuo», le rispondo abbassando il finestrino quel tanto che basta per farmi sentire, «ma visti i risultati ottenuti con te, non deve essere un granché».

Riparto sgommando e lasciandomi dietro una leggera scia di gas di scarico. Osservo Victoria dallo specchietto retrovisore. Si stringe nel giaccone, uno dei miei fra l'altro, perché miss Chicago non ne aveva di abbastanza pesanti per il Vermont. Rallento, mentre un lieve accenno di senso di colpa si impadronisce di me. Lieve, lievissimo, quasi nulla. È già scomparso, così come è scomparsa la sua figura.

Accendo la radio, alzo il volume e, fischiettando il motivo che stanno trasmettendo, procedo verso il supermercato.

9
Victoria

Gli improperi e le maledizioni che sto lanciando contro Nath in questo momento non saranno mai abbastanza. Né lo sarà la mia capacità di assorbire questo smacco. È come se lo avessi tatuato in fronte.

Nessuno, nemmeno il più borioso arrogante che mi sia mai capitato di incontrare nella vita, ha raggiunto livelli simili. Qui, siamo davanti al re degli stronzi.

Spaccone insensibile e prepotente. Ti ci devi soffocare con il tuo maledetto sciroppo d'acero.

Basta un secondo e mezzo per pentirmi di quello che ho appena pensato. Nonostante tutto, non è nel mio stile augurare il male – un male così assoluto – a qualcuno, anche a uno come Nath.

Ciò non serve a mitigare la mia furia. Sono troppo arrabbiata persino per farmi venire un attacco di panico. L'adrenalina mi scorre a fiotti nelle vene.

Vorrei solo averlo davanti a me, vorrei... Vorrei prenderlo a calci.

Cinque miglia. Una strada lunghissima, dritta, infinita, costeggiata da foreste che, a queste condizioni, hanno perso tutto il loro fascino. Dio, sto pensando a scenari apocalittici. Potrei essere investita da una valanga di tronchi d'albero che cade da qualche TIR, incontrare un serial killer.

Rifletto e la vedo difficile per entrambe le situazioni: non passa anima viva da un'ora.

Non posso chiamare qualcuno che mi aiuti. Non conosco nessuno, diavolo!

Accelero il passo. Cinque miglia nel nulla non sono tante. Posso farcela, con un po' di pazienza.

Il cuore pompa forte nel petto. Se non altro questa passeggiata mi farà bene. Certo... Se avessi fatto una colazione sostanziosa, sarebbe stato meglio.

Il rumore di un'auto che giunge da dietro le mie spalle mi mette in allarme. Mi sposto sul limitare della strada. Il clacson suona con insistenza. Mi sposto ancora di più, finisco quasi nella foresta. Il clacson non smette di suonare, fino a che una monovolume mi affianca.

Sento il sangue defluire dalle guance. Forse l'opzione serial killer non è da scartare.

Il finestrino dell'auto, dal lato del passeggero, si abbassa. La testa di una ragazzina, con un cappello da pirata, spunta dal bordo. Mi guarda con un sorriso. Gli mancano due incisivi. Oltre la bambina, vedo sporgersi quella che dovrebbe essere la madre, vista la somiglianza.

«Salve. Victoria Stevenson, vero?».

Non posso fare altro che annuire, chiedendomi in quale realtà parallela sono finita.

La donna sorride. «Ti ho riconosciuta subito. Ho tutti i tuoi libri, sai? Vorrei che me li autografassi se non ti dispiace».

Tutto si fa ancora più strano.

«Oh! Che razza di idiota. Ti starai chiedendo chi diavolo sono».

Non riesco ancora a parlare, o a fidarmi. Mi limito a sollevare le spalle.

«Susan Owens».

Owens? Sta per venirmi uno strano tic. E un attacco di nausea con conseguente vomito.

«Sono la sorella di Nath. Mi manda lui. Avanti, sali. Lo raggiungiamo al supermercato».

«Dio ti ringrazio!», esclamo senza accorgermene.

«Mamma, questa è una bestemmia?», sento dire alla ragazzina mentre salgo in macchina.

«No, tesoro, questa è una lode al buon Dio, tranquilla».

«Non bestemmio, io», la rassicuro con un mezzo sorriso, mentre sul sedile posteriore mi ritrovo tra due seggiolini dove sono seduti un mini Jack Sparrow e una specie di William Turner Junior. La ragazzina suppongo sia Elizabeth Swann.

«Felice di conoscerti, Susan», le dico ricordando le buone maniere e allungando la mano verso la donna. Mentre la stringe aggiungo: «Avrei preferito che fosse stato in un'occasione meno scomoda».

Susan si volta verso la strada e riparte. «Mi scuso per il comportamento di mio fratello. Quando mi ha chiamato per dirmi di raggiungerlo al supermercato e di recuperarti prima qui, sulla strada, spiegandomi perché ti ritrovavi a percorrerla a piedi, al freddo, completamente sola, gliene ho dette di tutti i colori. Ho dovuto dire ai bambini di restare in camera loro perché non mi sentissero».

«Tuo fratello è l'essere più...».

«Non continuare, ti prego. Nath sa essere odioso il più delle volte, lo so».

«Odioso? Ah!».

«Spero che questo non ti faccia cambiare idea sul nostro... Patto».

«*Vostro*, Susan. Non nostro, ma tuo e di Trevor». Meglio mettere i puntini sulle i. Se c'è qualcosa su cui io e il buzzurro siamo d'accordo, è che nessuno dei due ha voluto questa convivenza. «Ma non temere, non andrò via. Resterò e diventerò la spina nel fianco più dolorosa della storia per il tuo caro fratello. Fosse l'ultima cosa che faccio».

La vedo sorridere nello specchietto retrovisore, mentre mi guarda.

«Una come te è proprio quello che ci vuole per lui. Forse imparerà a non averle sempre tutte vinte. È un bravo ragazzo, nonostante tutto, davvero». Nel suo tono, ora, si avverte tutto l'amore fraterno e una nota di ansia. «Ma è così cocciuto».

Sospira e fa ping-pong con gli occhi fra la strada e il mio viso.

«È molto solo, sai?», prosegue. Un leggero sospetto si fa strada nella mia mente. «Si ritrova con un mare di debiti a soli trent'anni, non vede la madre da tre, nostro padre lo ha lasciato con un cumulo di casini irrisolti. Esce molto di rado. Non fa altro che lavorare, lavorare e lavorare, nella speranza di tirare su qualche dollaro per sistemare le cose. Le banche hanno rifiutato ogni richiesta di finanziamento. Poche garanzie e ha già un'ipoteca sulla fattoria».

Gli occhi di Susan si fanno tristi. Forse troppo per risultare sinceri.

«Se lo frequentassi meglio, forse… Non so, vedresti in lui qualcosa di buono. E poi, bisogna riconoscerlo: è un bel giovanotto. Quelle spalle larghe, così alto, la faccia da mascalzone, tutti quei muscoli. Il lavoro in campagna aiuta molto, altro che le palestre di città».

Mi schiarisco la voce, ormai certa di sapere dove voglia andare a parare la sorella di Nath e, con tutta la spontaneità di cui sono capace e una sicurezza che poche volte ho provato nella vita, dico: «Susan, non accadrà mai. Io e tuo fratello, mai nella vita né in qualsiasi altra esistenza mi sarà concessa. Mai. M.A.I. Se rimanessimo noi due soli al mondo, lascerei che l'umanità si estinguesse».

«Oh, be'… Se la metti così…».

«La metto così».

Mi sistemo meglio fra mini Jack e mini William, incrocio le braccia sul petto e me ne sto in silenzio. Per me la conversazione è conclusa. Prego solo, in cuor mio, che in giro non ci siano altri Owens con evidenti turbe psichiche da dover affrontare.

Arriviamo al supermercato. Non ho preparato un discorso per distruggere l'ego spropositato di Nath. Nella testa ho solo una serie di frasi condite con diversi epiteti, da lanciargli contro.

Lo vedo. Ci aspetta fuori con una bottiglia di succo d'arancia in mano. Parla con un tizio.

Mi affretto a raggiungerlo. Quando gli sono vicina e lui mi sorride con quell'aria divertita, il mio self control va a farsi un giro. Perdo le staffe e gli cancello quel bel sorriso con una cinquina da far invidia a un wrestler.

Lui spalanca occhi e bocca, infine si massaggia la mascella senza dire nulla.

«Fammi un altro scherzo simile e la prossima volta non colpirò al volto».

Faccio per andarmene. Il bellimbusto con cui parlava Nath fischia. «Ti è andata male, amico», sta dicendo.

«È solo una gatta selvatica», risponde Nath.

Mi blocco. Faccio dietrofront. Torno da lui e lo fisso negli occhi. Lo vedo fare un passo indietro.

«Sai che c'è? Ho cambiato idea», e gli assesto una ginocchiata nelle parti basse.

Si piega su se stesso con un rantolo. Qualche donna applaude. Qualcuna dice: «Gliela dovevi dare più forte».

Susan si avvicina al fratello dolorante. Gli mette una mano sulla spalla e gli dà delle leggere pacche. «Suvvia, Nath, un po' di ghiaccio e passa tutto».

Sono soddisfatta. Percorro i corridoi del supermercato con un'aria serena. Mi sento bene. Riempio il carrello della spesa con cereali, cioccolata fondente, pane fresco. Mi fermo davanti a una confezione di wurstel. Rifletto.

Perché rifletto, piuttosto?

«Non li prenderai, vero?».

La voce della coscienza? No, la voce di Nath. Fastidiosa come il ronzio di una zanzara vicino all'orecchio.

«No, solo per rispetto alla tua dieta».

«Ti ringrazio».

«Prego».

Proseguo lungo i corridoi. Carico il carrello di noccioline, polpette di soia, cotolette di soia, latte di riso. Sono una cretina e sono vendicativa quanto un peluche. Dannata me!

Questa spesa doveva essere il festival della carne, è appena diventata un inno al vegetale. Male non può farmi, l'importante è che riesca a mangiare una quantità considerevole di carboidrati, quindi butto nel carrello chili di pasta.

«Questa mi è concessa?», chiedo a un silenzioso Nath, alle mie spalle.

«Uhm uhm», mugugna. Mi volto. Mi segue con lo sguardo basso. Le mani in tasca. Sembra un cane bastonato.

«Tua sorella?», domando.

«È andata via. Aveva da fare».

«Simpatica persona», gli dico. Mi fermo e mi volto verso di lui. «Un po' stramba, forse, ma mi pare un difetto di famiglia».

Nath solleva un angolo della bocca. «Senti da che pulpito».

Scuoto il capo. Sapevo che la sua aria da cucciolo ferito era solo apparenza. Questo è un mastino.

«Sai che Susan ha partorito una fantasia tutta sua su me e te insieme?».

Nath si passa un dito sotto al naso e ridacchia. «Lo fa con tutte, non sentirti speciale».

«Le ho risposto una cosa del tipo: se fossimo soli io e te, sulla Terra, preferirei che l'umanità si estinguesse. E poi sei decisamente poco affascinante».

Lui inarca un sopracciglio. Mi volto di nuovo con un sorriso compiaciuto e il mento sollevato. Afferro l'ennesimo pacco di pasta e proseguo con la mia spesa.

«Che vuol dire?».

Nath mi affianca.

«Che vuol dire cosa?». Ho capito benissimo, ma faccio la finta tonta.

«Non puoi davvero pensare che… Insomma… Voglio dire…».

«Sai dire frasi di senso compiuto, Nath, ne ho avuto prova», lo interrompo. «Esprimiti, su».

«È una ripicca, vero? Già». Sorride come se avesse capito una qualche rarissima verità. «È per la storia del procione, è così?»

«No», mi affretto a correggerlo. «Non è stato carino, ne convengo, ma non ti trovo poco affascinante perché sei spiacevole da guardare. Non lo sei, anzi. Sei messo piuttosto bene, a parte quei capelli. Ti trovo poco piacevole perché sei un cafone insensibile, senza possibilità d'appello», concludo, per riprendere subito dopo dicendo: «E so benissimo di non assomigliare affatto a un procione. Prugne?». Ne afferro un sacchetto e glielo lancio. «Magari dai una scossa alla tua sensibilità stitica».

Ancora una volta lo metto a tacere. So che me ne pentirò. So che nella sua testa starà pensando a mille modi per farmela pagare, ma adesso la partita è nelle mie mani.

Nath si carica di tutti i sacchetti della spesa, ma proprio tutti. Gli arrivano al viso. È probabile che sia il suo modo di scusarsi, visto che è parco di parole.

Mentre ci dirigiamo verso l'auto, una ragazza bionda si

avvicina con un mezzo sorriso, un po' intimidita. Guarda prima me. Non so decidere se lo fa con sospetto o con curiosità. Forse, una cosa non esclude l'altra. Infine guarda Nath e arrossisce. Lui le sorride da dietro i sacchetti. All'improvviso mi sento di troppo, così sorrido alla donna, ficco la mano in una tasca del giaccone di Nath e prendo la chiave del furgone.

«Ti aspetto in auto. Fa' con comodo». Lo lascio lì, con la ragazza bionda. Lo vedo posare i sacchetti sul retro del furgone e infine parlarle. Accendo la radio e appoggio la testa contro il sedile.

Vorrei essere già a casa, chiudermi in camera a scrivere fino a che ho forza di battere sulla tastiera del portatile, finché gli occhi non mi bruceranno.

Sollevo lo sguardo. Nath e Ragazza Bionda parlano ancora. Lei sorride come una scolaretta. Si vede lontano un miglio che il buzzurro le piace. Parecchio.

Mi chiedo cosa ci trovi. A parte l'ovvio, intendo.

Sono ben assortiti. Fisicamente sono perfetti insieme. E lui? Guardalo lì: sorride come un idiota. Dannato Nath Owens.

Quando risale in macchina non dice una parola.

«Carina la tizia? Storia da cominciare o storia finita?», gli chiedo, per curiosità e per provocarlo.

«Nessuna delle due e, comunque, non sarebbero affari tuoi».

Conversazione terminata. La tregua stabilita in mattinata si è esaurita poco più di un'ora fa, su una solitaria statale del Vermont.

Una volta giunti a casa, lui si nasconde nelle stalle. Io mi rifugio in bagno, mi rinfresco in fretta, mi faccio un panino e mi verso del succo di mela. Porto tutto con me in camera e mi metto subito davanti al computer.

Fremo per scrivere.

10
Sofia e James

Erano giorni che James non passava più. Una sera, dopo che Sofia lo aveva aspettato per l'ennesima volta, con un nuovo disegno fatto apposta per lui, era sbottato. L'aveva trattata molto male ed era andato via.

A dire il vero, non avrebbe voluto comportarsi in quel modo, non era stato affatto corretto. Sofia era una ragazza un po' strana, ma aveva un cuore grande. Lui lo sapeva, ma era cocciuto. Duro come il granito. Una testa di rapa.

La ragazza non aveva reagito come lui si era immaginato. Magari avrebbe pianto, si era detto, e invece lo aveva stupito ancora una volta. Sofia lo aveva letteralmente travolto con una raffica di insulti, la maggior parte in italiano e, pertanto, incomprensibili per lui. Gli aveva sbattuto in faccia il disegno che, stavolta, rappresentava una coppia abbracciata ai piedi di un lago: loro, gli aveva spiegato Sofia. Lo aveva spinto via e se n'era andata a passo spedito, facendogli desiderare di rincorrerla, abbracciarla e perché no, baciarla.

La madre lo aveva costretto a scusarsi con lei. Lui le aveva mentito dicendo che lo aveva fatto, troppo orgoglioso per farlo davvero, ma da quel giorno, dal giorno in cui avevano litigato, non si erano più rivolti la parola.

Era rimasta da sola. Di nuovo. Credeva che fossero diventati amici, ma era bastato un niente perché l'illusione si frantumasse contro il cristallo con il quale aveva fabbricato i suoi sogni. Forse, dopotutto, era meglio così. Lei da sola stava bene.

James, quel ragazzone così alto, con i capelli in disordine, l'aria da mascalzone, e una bicicletta con le ruote sempre sgonfie, non era giusto per lei. E poi suo padre non le avrebbe mai permesso di frequentarlo. Giravano cattive voci su di lui e sul padre defunto. Si parlava di furti, di risse e il fatto che fosse un pugile alimentava l'idea di Giuseppe Mantico che James fosse uno da tenere alla larga, soprattutto dalle sue figlie.

La madre di lui, invece, era convinta che a James servisse una come lei. Una che potesse insegnargli a sognare, a perdersi fuori dalla realtà. Lo aveva raccontato anche alla ragazza. Glielo aveva detto in un pomeriggio di pioggia.

Sofia aveva finito per dirlo a James. Lui aveva riso e anche quella volta Sofia gli aveva risposto per le rime. Avevano litigato con furia ed era rimasta sola per giorni e giorni.

11
Victoria

Ore 6:19

Bussano alla porta. Un tocco timido e insistente. Sollevo lo sguardo dal portatile. Tolgo gli occhiali e apro e chiudo più volte gli occhi. Bruciano.

Sono giorni che scrivo. Giorni che a malapena scendo giù a mangiare.

Do una sistemata veloce ai capelli, ravvivo le guance con qualche schiaffetto. Devo avere l'aspetto di uno zombie.

Apro la porta della mia camera. Aspetto di trovarmi davanti circa un metro e novanta centimetri e invece trovo uno e venti scarsi.

Una coda bionda spunta da sotto una maschera a forma di… Maiale?

«Ciao. Io sono Peppa Pig e questo è il mio fratellino George». La ragazzina si volta dietro di sé. «Dài… Tu sei George. Fai… Oink-oink».

Il più piccolo dei tre figli di Susan spunta da dietro la sorella a testa bassa, con la stessa maschera da maiale sul capo. Non deve essere molto fiero di questo travestimento. Non quanto la sorella che esibisce tutta orgogliosa il suo vestitino rosso assolutamente anonimo.

«La mamma ha detto di scendere», dice la ragazzina. Mi pare si chiami Zoe.

«Per favore. La mamma ha detto per favore», le ricorda il più piccolo con sguardo severo.

Zoe sembra ravvedersi. Scuote la testa e ripete: «La mamma ha detto se vieni giù, per favore. Andiamo al mercato con zio Nath».

Realizzo che è lunedì. A Pretty Creek c'è il mercato. «Datemi un secondo, okay? Scendo fra poco. Voi intanto raggiungete la mamma e lo zio».

I bambini annuiscono e si dileguano. Salvo il lavoro sul PC, lo spengo e mi levo di dosso il pigiama. Indosso un paio di jeans, delle scarpe da ginnastica e un maglioncino azzurro. Corro in bagno a lavarmi la faccia e lego i capelli nella solita coda di cavallo. Ho scoperto che è davvero comoda.

Trovo gli altri vicino alle stalle. Nath è occupato a dare da mangiare agli animali. Mi saluta a malapena con un cenno del capo. Sono giorni che ci ignoriamo.

Per un tacito accordo, abbiamo deciso che ognuno di noi due farà finta che l'altro non esiste. Un po' mi secca: provocarlo non mi dispiaceva, e i nostri battibecchi erano stimolanti sotto alcuni punti di vista.

Ora lo vedo di rado, a volte lo incontro in cucina davanti a qualche suo intruglio vegano, oppure ci incrociamo mentre entrambi abbiamo bisogno del bagno. Solo una volta mi ha concesso la precedenza. Per il resto ce la siamo giocata a pari o dispari.

Gli ho dato un anticipo sull'affitto che lui ha accettato di buon grado, nonostante abbia faticato a dirmi grazie. Non che mi sia dovuto nessun grazie. Sto solo pagando per una stanza in affitto.

«Victoria, buongiorno». Susan è affiancata da un altro maiale, il secondo figlio, Mark o Danny. Li confondo in continuazione. «Giornata splendida, non trovi?».

Non trovo. Ma Susan ha sempre quest'aria così gioviale. Mi chiedo come faccia con tre figli e un marito nell'esercito che è fuori per mesi. Sembra essere fatta d'acciaio. Un po' come il fratello.

«Spero sia una buona giornata», le dico con un mezzo sorriso.

«Che ne dici di venire con noi? Potrai andare al mercato con Nath mentre io accompagno i bambini a scuola».

Una giornata al mercato. Un mercato vero, di quelli dove la merce è esposta su banconi di legno.

«Forse Victoria ha da fare. Dovrà scrivere», esordisce Nath.

Non mi vuole tra i piedi. Lo capisco, ma non voglio perdermi l'occasione di uscire e vivere un'esperienza come questa. Potrei trarne ispirazione. Quindi dico: «No, oggi non si scrive. Oggi si va al mercato». "Che tu lo voglia o no", aggiungo fra me e me.

Il suo sguardo promette tempesta.

Quando è il momento, salgo in macchina con lui, mentre Susan ci precede con la sua.

«Restatene buona in un angolo e lasciami fare il mio lavoro, intesi?»

«Non stai parlando con una bambina, Nath. Non sarò d'intralcio. Rilassati».

Non risponde. Non raccoglie la provocazione. Sono giorni che ha quest'aria pensierosa. Mi chiedo cosa lo turba. Glielo domanderei se non rischiassi di ricevere in risposta un bel *fatti gli affari tuoi*. Probabilmente si tratta di questioni di soldi.

Pochi giorni fa cercavo un cucchiaio in cucina, ho aperto un cassetto e ho trovato un notevole numero di bollette non pagate.

Forse si preoccupa di questo. O forse no. Sono curiosa come una scimmia, ma non oso chiedergli niente, un po' perché non sono affari miei davvero, un po' perché non ho voglia di affrontare altre discussioni.

Meglio una guerra fredda che una a colpi di cannone dove è sicuro che a rimetterci sarei soltanto io.

Il mercato si trova al centro di Pretty Creek, nella piazza grande del paese, circondata da alberi d'acero. Al centro della piazza c'è un gazebo in legno bianco sotto il quale un gruppo di ragazze, vestite con una lunga divisa blu, intona *Stay with Me* di Sam Smith, a cappella.

«Si preparano per la fiera. Si terrà fra qualche settimana. Ci saranno canti, giochi, cose così», mi spiega Nath. Deve aver notato il mio sguardo incuriosito. Parcheggia il furgone all'ombra di un albero e comincia a scaricare le assi per assemblare il suo bancone. Le foglie cadute colorano i marciapiedi e scricchiolano sotto le scarpe.

«Posso darti una mano?»

«Rischi di farti male. Questo è legno grezzo».

«Non sono delicata come sembro».

«Non dire che non ti ho avvertita».

Soddisfatta del risultato, con tutta la buona volontà di questo mondo, afferro un'asse da dietro il furgone. È pesante. La trascino sulla strada, poi sul lastricato della piazza. La passo a Nath che la sistema insieme alle altre. Infine terminiamo di scaricare la merce da vendere.

La piazza si popola pian piano di altri venditori, altra merce. Stoffe, indumenti, chincaglierie varie. Fiori, dolciumi e pane fresco che diffondono nell'aria un profumo delizioso.

Mi siedo su uno sgabello che Nath ha portato apposta per me, afferro il mio blocchetto degli appunti e comincio a descrivere nel dettaglio quello che vedo.

Intanto lui sostiene curiose conversazioni con le clienti che passano a comprare il suo sciroppo d'acero e il resto della sua merce. Ci sa proprio fare. È brioso, gentile, accondiscendente, affascinante.

Mi mostra un altro aspetto di sé che trovo davvero attraente.

Mi piace. Tutto questo mi piace davvero. Questa scena la sento mia, come se le appartenessi e ci stessi dentro alla perfezione. Mi sento bene.

L'aria fredda del mattino non è fastidiosa, è rinvigorente. Il sole si è già alzato e sembra abbracciare tutti dall'alto.

Questo delizioso quadretto può essere completato solo da un po' di buona musica. Infilo gli auricolari del lettore MP3 nelle orecchie e scelgo a caso nella mia lista di canzoni preferite. Viene fuori *All I Want* dei Kodaline. La ascolto a ripetizione per un quarto d'ora circa, restando con i miei pensieri, i miei appunti, i miei sogni a occhi aperti. Ogni tanto sollevo lo sguardo sui clienti che passano o che si fermano al banco di Nath. Qualcuno mi osserva incuriosito, qualcuno chiede informazioni a Nath. Lo vedo rispondere mentre mi guarda sempre con quel mezzo sorriso.

Chissà cosa racconterà. Non sento niente. Tengo il volume delle cuffie troppo alto. Non mi importa. In questo momento sembra tutto così perfetto. Potrebbe dire di me qualsiasi cosa. Non mi interessa sentirla.

Qualche minuto dopo, mentre mi passa accanto per prendere una bottiglia di sciroppo d'acero, mi posa una mano su un ginocchio e dal labiale credo mi stia chiedendo se va tutto bene. Sorrido, sorpresa. Annuisco. Lui sorride in risposta e torna a lavorare.

D'un tratto, lo vedo irrigidirsi, mentre guarda verso un paio di uomini che vengono nella nostra direzione.

La mascella si contrae. I muscoli si tendono. Lo sguardo si assottiglia. Tenta di fare l'indifferente, mentre sistema le cassette della frutta. Mi tolgo le cuffie.

«Owens», esordisce uno dei due uomini, il più alto, quasi quanto Nath. Indossa una tuta da lavoro, ha la barba troppo lunga e una birra in mano. È piuttosto piazzato, ma ha il volto scarno. L'altro è più basso e col viso arrossato dal sole.

«Bob Sullivan», lo saluta Nath con tono basso. «Sto lavorando», aggiunge.

«Lo vedo. Infaticabile come sempre». Sullivan si volta verso l'amico, ridacchia e trangugia un sorso di birra, lasciandone scivolare un po' sulla barba.

«Cosa vuoi, Bob?». Nath si ferma, posa una cassetta di frutta sul bancone e aspetta. Capisco che questi due non sono amici.

Bob prende una mela e gli dà un morso. «Mettila sul mio conto».

«Offre la casa», dice Nath fra i denti. «Cosa vuoi, Bob?», ripete.

«Lo sai benissimo», risponde l'altro sputando a terra. Alcuni passanti guardano incuriositi la scena, altri se la danno a gambe.

«Scordatelo. È fuori questione». Nath riprende il suo lavoro. Si allontana e torna poco dopo con una cassetta piena di bottiglie di sciroppo d'acero.

Bob solleva lo sguardo su di me. Ghigna.

«Gira voce che hai affittato una camera a una tizia di Chicago, una che scrive, dicono».

Nath si irrigidisce ancora di più.

«Che ne sai tu?»

«Tua sorella Susan non fa altro che vantarsene. Dice che lei risolverà i tuoi guai finanziari così tu non sarai costretto a vendere la fattoria e la terra».

Avevo capito che la giovialità e la schiettezza di Susan avrebbero portato guai. Eccoli.

Bob si rivolge a me. Lo sa benissimo che la tizia in questione sono io. «Dolcezza, se volevi una puttana, io ti sarei costato molto meno».

È questione di un secondo. Nath molla la cassetta col rischio di rompere tutte le bottiglie. In un attimo raggiunge Bob e lo afferra per il bavero della giacca da lavoro. Lo strattona con violenza, chiude un pugno e lo punta contro il suo volto. Salto dallo sgabello. Non so se fermarlo o lasciarlo fare.

«Ritira quello che hai detto, o dovrai dare tutti i tuoi fottuti guadagni a un bravo dentista».

Il volto di Nath è paonazzo. È una furia. Le nocche delle dita sono bianche per lo sforzo. Se colpisce Bob, lo sfascia.

Qualcosa mi dice che devo mettermi in mezzo, che lo voglia o no.

Mi alzo, giro in fretta intorno al bancone e mi avvicino ai due. Metto una mano sul braccio di Nath, quello che sembra sul punto di sferrare un pugno. Lo tiro verso di me. «Nath…». Non mi guarda nemmeno. «Nath, vale la pena mettersi nei guai?»

«Non impicciarti, Victoria», sibila.

«Mi impiccio eccome, l'elegante signore qui è con me che ha parlato. Posso rispondergli alla mia maniera. Ora, però, resta calmo. Per favore».

Nath sposta lo sguardo su di me. La mascella è ancora contratta. Con uno spintone fa barcollare Bob. L'uomo si sistema la giacca e torna a ghignare.

Mi volto verso di lui e lo fisso. «Signor Sullivan, io non so chi lei sia né cosa voglia, ma le posso assicurare che la mia presenza qui serve solo ed esclusivamente a me. Avevo bisogno di un posto tranquillo dove lavorare e conoscenze in comune mi hanno suggerito la fattoria di Nath. Gli pago l'affitto di una stanza. Tutto qua. Per il resto, è stato male informato».

Bob Sullivan mi guarda con sospetto, poi ride e tracanna altra birra. Guarda il suo compare. Non sa cosa dire.

Infine, decide di levare le tende, non prima di aggiungere: «Pensaci, Owens. Pensaci sul serio o potresti pentirtene».

In quella frase sibillina avverto del pericolo. È sesto senso? No, solo ragionevole dubbio.

Di ritorno a casa, nel pomeriggio inoltrato, la prima cosa che fa Nath è telefonare alla sorella.

Le urla attraverso il cellulare di farsi gli affari suoi e di non andare in giro a spifferare i dettagli della sua vita privata. In vivavoce, sento Susan scusarsi, le sento dire di aver parlato della situazione solo a qualche amica, probabilmente troppo pettegola.

Quando Nath interrompe la telefonata, si rivolge a me. «Perché hai mentito a Sullivan? Perché gli hai detto che mi paghi solo l'affitto di una stanza?».

Sollevo le spalle con noncuranza. «Perché è quello che faccio. Ti pago per l'affitto di una stanza e il resto sono affari nostri».

«Non eri obbligata a farlo».

«Non ha offeso solo te», gli spiego. «Ti avrei lasciato prenderlo a pugni se non fossi stata certa che la situazione sarebbe peggiorata».

«Sei perspicace».

«Solo prudente. E ora...», comincio, «detto fra me e te... Qual è il vero problema, Nath? In che genere di guaio ti sei cacciato?»

«Non è come pensi». Lui si volta e mi guarda. Ha negli occhi una luce spenta, stanchezza forse. Mi fa pena e avrei voglia di fargli una carezza, nonostante tutto.

«Spiegami, allora».

Nath deglutisce. Guarda dritto davanti a sé mentre guida. «C'è un tizio, un greco... un certo Nikos Katidius. Un ricco imprenditore. Qualche tempo fa venne in vacanza in queste zone. Dicono che si sia innamorato di queste terre, in particolare di quelle vicino al lago».

«Dove c'è la tua proprietà».

Nath annuisce. «La mia, quella di Bob Sullivan e di un paio di altre famiglie. Il greco ha offerto a ognuno di noi trecentomila dollari per le fattorie e i terreni. Ha intenzione di demolire e costruire un lussuoso residence, di quelli per ricconi, tanto per capirci».

«Può farlo?»

«Ha i soldi: può fare quello che vuole».

«Fammi indovinare: tu hai rifiutato l'offerta, gli altri hanno accettato, ma senza la tua proprietà non se ne fa niente».

Annuisce ancora. «La mia proprietà è quella più vicina al lago». Si ferma. Sembra pensare a qualcosa, infine dice: «È tutto ciò per cui mio padre ha lavorato. Quando mia madre ci ha abbandonato per tornarsene a New York, la fattoria è tutto quello che gli è rimasto. Non posso vendere. Non posso e non voglio».

«Lo capisco».

«Davvero? Trecentomila dollari, Victoria. Non pensi che io sia stupido, come tutti?».

Scuoto la testa con forza. «Penso che tu sia onesto come pochi, penso che tu dia valore a ciò che ne ha veramente». *E penso che sto cominciando a conoscerti sul serio*. Questo pensiero, però, lo tengo per me.

«Grazie», sussurra. Mi stupisce. Mi addolcisce. Mi mette in disordine la testa, il suo grazie. Forse perché lo dice con un sorriso. Un sorriso che riesce a sciogliere un po' dell'antipatia che provo per lui.

Una volta a casa, quando ormai il tramonto bacia l'orizzonte e il lago brilla di una luce dorata, decido di restare fuori a scrivere.

Nath mi avvisa che man mano che calerà la sera, comincerà a fare più freddo, ma questo... Questo panorama, il profumo della foresta, le foglie secche sotto le scarpe, il silenzio pacifico, il ponte sul lago che sembra invitarmi a percorrerlo... Tutto questo è perfetto.

Perfetto per me. Perfetto per il mio animo. Giusto per il mio cuore. Sento qualcosa di molto simile alla pace. Una calma che mi rasserena, che lava via le mie sciocche inquietudini.

Lo rassicuro del fatto che, se farà troppo freddo, rientrerò. Salgo in camera, prendo il portatile e scendo di sotto. Mi siedo sul dondolo sotto il porticato con il PC sulle ginocchia. Un minuto dopo sento la porta di casa aprirsi.

Nath ha un cuscino in mano e una coperta di lana. Sistema il cuscino fra la mia schiena e lo schienale del dondolo. «Il vimini pizzica», dice. Infine mi mette la coperta sulle gambe, dopo avermi fatto cenno di spostare il computer. «Butto giù del riso. Appena è pronto...».

È forse un invito? Annuisco. «Chiamami».

Annuisce anche lui prima di aggiungere: «Buon lavoro, Victoria».

Rientra in casa. Il sole è sceso ancora. Qualche nuvola si sta addensando nel cielo più scuro.

Mi stupisce. Mi addolcisce. Mi mette in disordine la testa.

12
Sofia e James

Sofia si era riappacificata con James. Lui l'aveva difesa quando i ragazzi del quartiere avevano cominciato a prenderla in giro per i suoi disegni così particolari.

Rappresentavano l'amore, ma nessuno li capiva. Nessuno apprezzava le mani intrecciate, le bocche unite, i corpi avvinti.

La prendevano in giro e basta.

James no. James, per la prima volta da che lo conosceva, le aveva detto che erano belli, che aveva capito.

Le aveva detto che uno in particolare era il suo preferito, quello in cui i due innamorati erano uno di fronte all'altro, con i piedi sulla riva di un lago, il volto rivolto verso le stelle, su, su, in alto. Le mani lungo i fianchi. E tutta la pioggia del cielo che veniva giù.

Sofia era arrossita. Aveva avuto un brivido. James era corso in casa, aveva preso una coperta e gliel'aveva messa sulle ginocchia. Infine le aveva detto: «Ti bacerò. Un giorno lo farò. Quando tutta la pioggia del cielo toccherà la riva di questo lago. Allora io ti bacerò».

Il cuore di Sofia batteva forte. Aveva posato la testa sulla spalla di lui. «Aspetterò tutta la pioggia del cielo», aveva detto. E se non fosse arrivata, l'avrebbe disegnata lei stessa.

13
Nath

Sono passate più di quattro settimane da quando Victoria è arrivata. Ormai mi sono abituato alla sua presenza.

Non che si faccia vedere molto in giro per casa: per la maggior parte del tempo se ne sta rinchiusa in camera a battere velocemente sui tasti del suo portatile.

Spesso l'ho sentita scrivere fino a tarda notte, qualche volta fino al mattino. Un paio di volte ci siamo incrociati sulla porta del bagno, entrambi assonnati, entrambi in disordine. Lei con i capelli tirati su, trattenuti da una penna, gli occhiali calati sul naso, le guance rosse. "Deliziosa", ho pensato. Io a grattarmi il pacco come se avessi le pulci.

È stato imbarazzante.

Lei non ha battuto ciglio, anche se giurerei di averla vista lanciarmi una rapida occhiata.

È stato più che imbarazzante.

Sono in piedi da più di un'ora. Non riuscivo a dormire, nonostante avessi a mia disposizione ancora parecchio tempo prima che la sveglia suonasse.

Troppi pensieri. Troppe preoccupazioni. Bob Sullivan mi sta sfibrando con la storia della vendita e sembra che stia aizzando contro di me il resto dei vicini.

Mia sorella è convinta che quell'uomo sia pericoloso. Secondo me è solo un poveraccio avaro di denaro. Capisco che trecentomila dollari farebbero gola a chiunque, ma la propria casa, il posto in cui si è cresciuti, o in cui sono cresciuti i propri figli valgono così poco?

Nikos Katidius ha promesso di sistemare tutti in un grazioso condominio di sua proprietà a Montpelier, la capitale.

Se vogliono vedermi morto, devono solo mettermi dentro un rettangolo con le finestre, togliermi i miei boschi, la mia terra, il mio lago, i miei animali e il gioco è fatto.

Non resisterei due giorni. Impazzirei.

Questa casa contiene la mia anima. Questo posto ha le mie radici piantate nella terra. È tutta la mia vita. Appartengo a Pretty Creek e potrei lasciarla solo per farmi una vacanza alle Barbados.

Charlie mi siede accanto sulle scale del porticato, papero fedele come pochi, lui. Gli faccio una carezza sulla testa e si accuccia contro la mia gamba.

«Se tutti fossero come te, amico mio, la mia vita sarebbe più semplice».

«Avevo il sospetto che parlassi al papero, ma non ne avevo la certezza».

Mi volto al suono della sua voce tranquilla, delicata come il gorgoglio di un fiume di montagna. Mi pare di ricordarla gracchiante una volta. Sorrido per le bugie che racconto a me stesso.

Victoria è appoggiata allo stipite della porta, con i soliti jeans, il solito maglione, la solita coda di cavallo, le solite scarpe da ginnastica. In mano regge una tazza fumante.

«Ne vuoi? È latte di riso. Dopo un po' ti ci abitui e non è male, sai?», dice.

«Io sono già convinto». Le sorrido. Lei si siede accanto a me. Charlie fra noi. L'alba risale il lago lentamente. Victoria beve il suo latte in silenzio. La osservo di sottecchi. Ha un profilo impreciso. Un particolare che prima non avevo notato. Un particolare che la rende più affascinante di quanto lo sarebbe se non lo avesse.

«Potrei abituarmi a questo posto, a questa situazione», dice osservando con espressione rapita l'orizzonte.

«E rinunciare alla mondanità di Chicago?».

Mi guarda corrucciata. «Hai un'idea di me del tutto errata, Nath. Sono una scrittrice, non una rockstar. Conduco una vita normalissima, come quella di tanti altri. Sono solo più stressata, ma questo dipende esclusivamente da me, dalla mia incapacità di affrontare la vita per quello che è: una lunga serie di emozioni che, prima o poi, dovrò imparare a gestire».

«Che vuol dire?»

«Che tendo a essere spaventata dagli eventi e da tutto ciò che è grande. Scatenano in me delle paure che non riesco a controllare».

«Solo perché sei una persona sensibile. Delicata. Ma non per questo meno forte».

Victoria non risponde. Rimane a guardarmi con un sorriso appena accennato. «Che c'è?»

«Mi stupisci, mi addolcisci e mi metti in disordine la testa».

La osservo stranito. «Se ti esprimi così nei tuoi romanzi, non credo ne leggerò mai uno. Ti capisco sempre meno».

Lei ridacchia. Charlie starnazza e sbatte le ali. Victoria si ripara il volto con le mani e continua a ridere. «Solo quattro settimane fa non avrei mai pensato di poter stare accanto a un papero senza usare quintali di gel disinfettante».

«Terapia d'urto. Te l'ho detto: funziona».

«Forse. O forse sto diventando grande». Posa la tazza sulle assi di legno del porticato. Si massaggia le braccia. «Nath, fra qualche giorno sarà Natale».

«Già, e ancora non nevica. Pare, invece, voglia piovere. È un inverno anomalo, questo».

«Devo tornare a Chicago».

La butta lì, così. Non so come prenderla. Bene? Male? Una via di mezzo? Difficile a dirsi. La sua presenza non mi infastidiva più tanto, e ora, sul più bello, decide di tornarsene a casa?

«Hai finito il tuo romanzo?», le chiedo.

«Non ancora».

Allora, non capisco.

«Devo festeggiare con i miei genitori. Hanno solo me e…».

«Okay, non devi spiegarmi. È giusto che tu vada, e in fondo, non eri mica mia prigioniera».

«Lo so, ma stare qui… Stare qui ha cominciato a farmi provare paura e sai che significa?».

Non rispondo, aspetto che prosegua, un po' curioso, un po' timoroso, un po' eccitato.

«Significa qualcosa di grande».

Si alza senza darmi altre spiegazioni. Me lo faccio bastare. Dopotutto, l'alba è passata da un pezzo e io sono in ritardo per il lavoro.

«Il dovere mi chiama. I campi mi aspettano».

«Posso venire con te?».

Resto a osservarla in silenzio per qualche secondo, poi dico: «Mi stupisci, mi metti in disordine la testa», le rispondo, sorpreso, ripetendo le sue parole di poco prima.

«Hai dimenticato "mi addolcisci"», mi ricorda lei.

«Quello è difficile per chiunque».

«Eppure sono certa di esserci riuscita… Un po'». Sorride con le labbra e con gli occhi. Le lentiggini sul naso si muovono di nuovo.

Dannazione.

«Va' a prendere il giaccone. Muovi le chiappe, non ho tempo da perdere». Tento di essere serio, ma non mi riesce affatto bene.

Dopo aver sistemato gli attrezzi da lavoro sul retro del furgone, salgo al posto di guida. Victoria ha già allacciato la cintura di sicurezza. Ha il capo appoggiato al poggiatesta. Gli occhi sono chiusi. Pare sonnecchiare.

Sul suo volto non c'è quasi più niente della vecchia inquietudine che lo segnava. È disteso, sereno. Nessuna ruga d'espressione. È bello.

Metto in moto e ingrano la marcia. Parto con uno scatto. Sto cominciando ad abituarmi anch'io a questa situazione.

Dannazione di nuovo.

14
Victoria

Gli appezzamenti di terreno di proprietà di Nath sono a circa un paio di miglia dalla fattoria, una distanza facilmente percorribile a piedi, se non fosse che, ogni volta, deve trasportare pesantissimi attrezzi per lavorare la terra e cassette dove raccogliere le verdure, mi sta dicendo.

In effetti con il furgone raggiungiamo il sito in un battito di ciglia. Il sole non è ancora alto. Fa piuttosto freddo. Una leggera foschia copre l'orizzonte e mi rende umidi i capelli. Sollevo il cappuccio del giaccone e metto le mani in tasca mentre Nath scarica gli attrezzi.

Lo osservo compiere queste semplici azioni. È nel suo ambiente. Si muove con una sicurezza tale che guardarlo tranquillizza anche me.

Tutto intorno c'è silenzio. Non l'ho mai amato troppo, non quel tipo di silenzio assordante che, a Chicago, ha spesso accompagnato le mie giornate; quel silenzio che, spesso, ho messo a tacere con della musica ad alto volume. Questo potrebbe essere definito quiete.

Calma. Serena. Come il mio cuore in questo momento. Una tranquillità che da tempo non provavo. Forse da mai.

Mi sembra di stare su un altro pianeta. In un dipinto. O in un romanzo.

C'è un uomo. Taciturno. Instancabile. Onesto. C'è un furgone rosso, che contiene tutta la sua vita, il suo lavoro. C'è una terra di sconfinata bellezza, un lago che sembra irradiare magia, una fattoria che cade a pezzi che, però, racconta la sua grande storia. Ci sono animali, un papero che pensa di essere un cane. Ci sono foreste piene di colori, foglie rigogliose, una natura incredibile. Ci sono tre bambini curiosi, una sorella impicciona, c'è il mercato del paese, il coro gospel che fa le prove sotto il gazebo in piazza.

E poi ci sono io che mi sto innamorando di tutto questo. Di tutti loro.

La verità mi colpisce come un fulmine a ciel sereno. Mi stupisce. Mi addolcisce. Mi mette in disordine la testa. I pensieri. La vita. C'è qualcosa di magico in tutto questo, di assoluto, e mi fa paura, mi fa tremare. Di aspettativa. Di sgomento.

Questo è il mio libro, quello della mia vita, e non posso decidere come andrà, stavolta.

Nath solleva lo sguardo su di me. «Cosa ci fai lì impalata?». Non è brusco. Sorride. «Almeno paga il biglietto se devi stare a guardarmi e basta». Si prende gioco di me.

Posso fingere, posso trattenere il fiato, sono brava in queste cose. Anni di pratica. Sorrido. Forzo un po'. Ma ce la faccio a non tremare. Ce la faccio ad avvicinarmi e a non scappare via da lui, via da qui, via da queste emozioni così totalizzanti. Se lo facessi, so che vorrei tornare, subito, dopo un secondo, e so che poi non avrei più paura.

Il groppo risale dal cuore alla gola.

È sconvolgente scoprirlo così. Ma non credo ci sia altro modo. Eppure, se fosse stato in un'altra situazione, magari davanti a un caffè e non in questo straordinario posto, in questa terra piena di colori, con lui che mi guarda e mi fa sentire a casa, forse sarebbe stato meno sconvolgente. O forse no, forse sarebbe stata esattamente la stessa cosa, il cuore avrebbe vacillato allo stesso modo.

Le mie mani tremano nelle tasche del giaccone. Ho paura.

Quasi non respiro. «Ti… Ti dispiace se mi appoggio un attimo nel furgone? Mi sento un po'…». Stordita.

«Victoria, ti senti bene?». Nath molla gli attrezzi e si avvicina. Allungo le mani per dirgli di fermarsi. Non lo fa. Si avvicina ancora. «Sto bene».

Allora sembra capire. «Non vuoi che ti tocchi?»

«Non… Non è questo. È…». È che se mi tocchi, se mi abbracci, se fai qualsiasi altra cosa tu abbia in mente di fare, vorrò che tu la faccia per sempre. Ancora una volta la mia bocca tace. Dirlo rovinerebbe tutto, dirlo mi farebbe apparire patetica, strana. Quella che sono sempre stata.

«Tranquilla, Victoria». Nath solleva le mani. «Non mi avvicino più, visto?». Indietreggia e io mi sento un'idiota e vorrei solo dirgli che non è quello che voglio. Ma la paura vince, la mia maledetta paura vince sempre.

Apro lo sportello del furgone. Lo lascio aperto. Mi siedo sul sedile e chiudo gli occhi respirando profondamente.

Le cose grandi mi fanno paura.

Mi fa paura provarle perché non vederle realizzate, poi, mi farebbe ancora più paura.

Continuo a respirare.

È un cerchio che devo spezzare.

Cerco un fazzoletto nel cruscotto. Rovisto fra sacchetti di semi, cartaccia e finalmente li trovo. Sollevo il pacchettino e sotto di esso compare un piccolo cofanetto quadrato. Uno di quelli che contengono gioielli.

Senza pensarci lo afferro e d'istinto lo apro. C'è un anello dentro. Il cerchio è fine, d'oro bianco. Un piccolo diamante è incastonato sulla montatura. *Con tutto il mio amore a Faith*. Questo reca inciso nella parte interna.

«Mi sembra che tu stia meglio». La voce di Nath e il suo tono cupo mi colpiscono le orecchie come lo scoppio di un cannone.

In fretta, mi toglie la scatolina dalle mani.

«Rovistare fra le mie cose non era previsto dal contratto d'affitto».

Arrossisco come una ragazzina. L'imbarazzo cancella persino la paura di prima. Sono un'altalena di emozioni. Una montagna russa che fatico a controllare.

«Non stavo rovistando. È... È capitato».

«Già, sarà saltato tra le tue mani senza che te ne accorgessi». Nath si ficca la scatolina in tasca. «Non è una buona giornata, questa, per lavorare nei campi. Quelle nuvole laggiù», indica un punto in cui l'orizzonte è più scuro, «promettono pioggia. Ti porto a casa. Ne approfitterò per sbrigare delle commissioni in paese».

«Vengo con te?». Ci provo.

«No». Il suo tono categorico non ammette alternative.

Risale sul furgone dopo aver caricato di nuovo gli attrezzi. So che la pioggia non c'entra, so che è infastidito. Probabilmente l'unico che in questo momento sopporta meno di me è Bob Sullivan.

Magra consolazione.

Mette in moto e riparte.

«La prossima volta che ti fai venire un attacco di panico, per favore, prendi una delle tue pasticchette e addormentati».

«Non era un vero attacco di panico, era solo...». Come giustificarlo? «Mi dispiace, Nath, non volevo invadere la tua privacy».

«Ma lo hai fatto».

«Ero solo curiosa».

«Va bene, Victoria».

È accondiscendente. Non va bene per niente. «Mi dispiace davvero, Nath».

«È che... È una parte della mia vita, quella, che non voglio ricordare. Dovevo riportarlo in gioielleria un secolo fa».

«Parli dell'anello?»
«No, di mio nonno. Certo, di che se no?».
Sbuffo. «Era una domanda retorica, la mia».
«Ma questo non cambia le cose. Detesto questo genere di invasioni, e tu, mia cara, hai invaso un po' troppo della mia vita».
È tornato il solito cafone. Non so se esserne felice o mettermi a urlare. Perlomeno, questo, stabilizza il mio umore e le mie emozioni su un piano che riesco a gestire meglio.
«È la mia vita, Victoria, la mia vita».
«Sei solo arrabbiato». Incrocio le braccia sul petto e mi metto a guardare fuori dal finestrino.
«Sai che c'è? C'è che stavo bene prima. C'è che avevo i miei problemi, certo, ma avevo la mia routine, le mie certezze».
«Vuoi che me ne vada, vero? Avanti, dillo».
«Tanto lo farai comunque. E ora basta, non ho più voglia di parlare».
«Se ne avessi voglia io?»
«Aspetta di arrivare a casa. In camera tua c'è uno specchio. Guardati e parlati».
«Sei un lunatico!».
«E tu una spina nel fianco!».
«Sai cosa? Magari me ne vado sul serio».
«È una promessa?».
Nath spegne il motore. Siamo vicino alla fattoria. Nessuno dei due accenna a scendere dal furgone. Mi guarda con aria battagliera. Lo guardo alla stessa maniera. Non credo che la tempesta che sta per avvicinarsi sia lì fuori. Credo sia qui dentro.
La mia fantasia calpesta un terreno rischioso, adesso. Se il tuo talento è quello di inventare storie e se hai letto tanti romanzi d'amore, quello che immagini possa succedere in questo momento è una cosa sola.

Premetto che nella mia immaginazione sono tutt'altro che insicura e di certo le grandi emozioni le cerco. Per questo, da quello sguardo battagliero scaturisce solo una cosa: il bacio più epico della storia. O almeno uno di quelli.

Lo vedo come se stesse accadendo. Succede in un attimo. Nath mi prende per un braccio e mi attira verso di lui, l'altra mano è subito sulla mia nuca e le sue labbra sulle mie. Lui vuole me. Lo capisco dal suo bacio, dalle sue labbra che cercano le mie, percorrendo ogni tratto di esse come se fosse un assetato in cerca di ristoro.

Sento languore, sento stupore, sento il rossore scatenarsi sulle mie guance per quello che sto immaginando. Quello che vorrei che succedesse.

Tutto, però, rimane immobile.

Nath non si muove. Io non mi muovo. Infine uno scatto. La sua portiera si apre. Scende. In un attimo è sotto il porticato. Sembra volersi allontanare da me più veloce della luce.

Mi umilia e non se ne rende conto. No, è probabile che lo sappia, ma lo fa lo stesso.

Lo raggiungo quando ha già aperto la porta. Charlie è subito dietro di noi, pronto a sgattaiolare in casa. Il papero entra per primo. Io subito dopo. Nath per ultimo.

Senza aggiungere altro, salgo in camera mia. Il sole si è ormai levato. Mi sento come se fossi appena stata cacciata via da una favola. Reietta.

Posso solo scrivere quella di un'altra, ora.

15
Sofia e James

Lo aveva ferito, in un modo che non aveva previsto. Aveva scavato nella vita di James e aveva trovato ciò che lo stava allontanando da lei.

Lui non lo aveva gradito e l'aveva cacciata. Come un insetto fastidioso.

Aveva piovuto quel giorno. Sofia era rimasta sul ponte del lago per ore, fino a che il vestito nuovo che aveva indossato non le si era incollato addosso; fino a che i capelli, prima acconciati in modo elegante, tenuti alti sulla testa da un intreccio di nastri rossi, lo stesso colore dell'abito, non si erano sciolti; fino a che, insieme a tutta la pioggia del cielo, non erano venute giù tutte le sue lacrime.

James le aveva fatto una promessa e non l'aveva mantenuta.

La colpa, però, era solo sua. Lo aveva ferito, cercando di capire da dove venisse la sua voglia di solitudine. Lo aveva scoperto, e la verità aveva ferito anche lei.

Il padre di lui era davvero un ladro. Lo aveva chiesto ad alcune vicine che frequentavano casa sua per il ricamo. Le avevano detto che anche James lo era. Aveva rubato dei soldi nella drogheria dove lavorava e per questo era finito un paio di giorni in gattabuia. Il negoziante aveva ritirato la denuncia perché conosceva bene il ragazzo, ma da allora nessuno si era più fidato di lui. Nessuno gli aveva più dato un lavoro, per questo era finito a fare il pugile. Quelli come lui erano bravi solo a dare botte.

Aveva persino lasciato una ragazza incinta. Questa aveva perso il bambino per il dispiacere.

Sofia era inorridita. Aveva raccontato tutto a James, con tono d'accusa. Lui aveva negato di aver lasciato una ragazza incinta. Se così fosse stato si sarebbe preso le sue responsabilità. Quella storia era stata inventata di sana pianta da una tizia che, sì, aveva lasciato, ma non perché aspettasse un bambino, semplicemente perché un solo ragazzo non sembrava bastarle. Mentre per la storia del furto non negò affatto e lei, da perfetta puritana cattolica, era rimasta scandalizzata.

«Sei come tutti!», le aveva urlato James. «Pensavo fossi diversa, pensavo avresti capito». James si era giustificato raccontandole che per coprire un grosso debito del padre con un tipo poco raccomandabile che minacciava sua madre, aveva dovuto ricorrere a questo piccolo espediente, ma avrebbe restituito tutto lavorando gratis. Nessuno gli aveva creduto, e così aveva fatto anche lei, salvo pentirsene qualche ora dopo, ma ormai era troppo tardi. James non l'avrebbe mai perdonata.

Così era rimasta sola sotto la pioggia, aspettandolo, e sapendo, in cuor suo, che non sarebbe mai arrivato a darle quel bacio.

16
Nath

Sono fuggito, come un coniglio. Un vero codardo. Il passato mi fa ancora paura e faccio fatica a condividerlo. È così… Patetico.

Ho scaricato la mia frustrazione su chi non ha colpa di niente, se non quella di essere un po' troppo invadente. Victoria era in preda alla confusione, e io non ho fatto altro che aggredirla.

Sono proprio un idiota!

In paese ho fatto quello che avrei dovuto fare anni fa e che, per distrazione e per pigrizia, non avevo ancora fatto: mi sono liberato dell'anello. Non ci ho guadagnato granché. Ci pago giusto la bolletta del gas.

Mi fermo al St Patrick's pub. Butto giù una birra. Da quanto non lo facevo?

Mi serve Katherine, la madre del piccolo Lucas. È bella Katherine. È gentile. Me la invidiano tutti i maschi del paese perché sanno che lei non vede altri all'infuori di me.

Quel suo sfiorarmi accidentale mentre mi passa accanto dovrebbe farmi rizzare i peli delle braccia ed eccitare come un ragazzino alla sua prima cotta, invece in questo momento riesco solo a pensare che dovrei chiedere scusa alla mia spina nel fianco: Victoria. Indigesta come una torta salata troppo salata. Arrogante *So-tutto-io* sempre con la risposta pronta, con quelle dannate lentiggini sul naso che mi tolgono il sonno e la ragione.

'Fanculo le lentiggini.
Un pugno si abbatte sul bancone del bar. Il barista mi chiede se va tutto bene. Katherine si avvicina, le gote arrossate, l'aria preoccupata. Mi chiedo come faccia a crescere un bambino da sola.
Mi domanda se ho bisogno di qualcosa. «No», le rispondo. Niente che lei possa darmi. Niente che nessuno possa darmi. Pago la mia birra con un dollaro e quaranta tolto alla bolletta del gas. Un paio di minuti dopo sono sulla via di casa.

Mi accoglie il silenzio assoluto quando rientro. L'unico rumore è quello dei miei scarponi sulle assi di legno del pavimento. Salgo al piano di sopra deciso a farmi una doccia. Trovo la porta del bagno chiusa. Infastidito e impaziente di togliermi di dosso frustrazione e pensieri, busso, certo di sentire in risposta il solito: "Esco subito!". Ci credo sempre, salvo rendermi conto che il suo concetto di *subito* è abbastanza relativo.
Nessuno risponde. Meglio così. Mi infilo nel bagno e mi svesto con tutta la calma del mondo. Ammucchio jeans, maglia, boxer e calzini in un angolo sul pavimento e so già che li scorderò lì per almeno un paio di giorni. Ho intenzione di godermela questa doccia, alla faccia della fretta, del lavoro che mi sfinisce, dei debiti e degli ospiti ingombranti.
Non è una stanza comodissima, questa. Troppo piccola. Di certo vecchia. Come le altre, avrebbe bisogno di una bella ristrutturazione. Sul soffitto si allargano chiazze di umido, alcune piastrelle alle pareti rischiano di staccarsi. La tazza del water è troppo vicina al lavabo, la vasca da bagno presenta diverse macchie di ruggine, soprattutto nel punto in cui scorre l'acqua.
Strano che Victoria non se ne sia mai lamentata.
Mi riprometto di riparare tutto questo disastro al più pre-

sto, non appena avrò messo qualcosa da parte per comprare il materiale necessario.

Apro l'acqua e la faccio scorrere un po' perché si riscaldi. Le tubature fanno rumori minacciosi. Chissà quando mi ritroverò con la casa allagata.

Sospiro di anticipata soddisfazione, mentre il piccolo specchio sopra al lavello si annebbia per il vapore acqueo che invade il bagno. Entro nella vasca. Resto in piedi, ma sono troppo alto per questa dannata doccia. Cambio idea e lascio che la vasca si riempia d'acqua. Sul bordo in ferro trovo appoggiati diversi tipi di bagnoschiuma con differenti, improbabili profumazioni.

Tutta roba con cui si imbelletta Victoria. A me basterebbe una saponetta. Curioso, afferro una bottiglia color giallo oro, mentre mi immergo nell'acqua talmente calda, da costringermi a un piccolo gemito. Ne annuso il contenuto. Leggo "olio di Argan" sull'etichetta. Ne verso una generosa quantità nell'acqua e la smuovo per formare la schiuma. Mi dico che posso considerarlo un piccolo risarcimento per i danni morali che la scribacchina mi ha arrecato.

Appoggio la testa all'indietro sul bordo della vasca. Allungo le gambe fino a raggiungere e appoggiare i piedi su quello opposto. Mi rilasso, finalmente.

I muscoli tesi del corpo si distendono, mentre i nervi si allentano. Il delizioso profumo di questo bagnoschiuma mi ricorda quello di Victoria: esotico, speziato. Un buon profumo.

L'acqua calda lambisce la mia pelle. Prendo un asciugamano, lo immergo e infine lo poso sul volto per qualche secondo. Lo piego dopo averlo imbevuto di acqua fredda e lo poso sulla fronte calda. Il contrasto mi genera un brivido lungo la schiena e fa emergere nella mia testa pensieri curiosi.

Non inaspettati. Solo curiosi.

È facile che accada quando sei un uomo. È facile che succeda se ti stai rilassando con un bagno, immerso in una nuvola di profumo che sa di afrodisiaco. È naturale se ogni maledetto ormone del tuo corpo funziona a dovere e ti ritrovi in casa una donna. Una bella donna. Una che... Andiamo... Non hai mai davvero pensato che assomigliasse a un procione. Una donna con un bel modo di pensare. Dettaglio irrilevante, se tu fossi quel tipo di uomo a cui va in pappa il cervello solo se ci pensa, al sesso.

Potrebbe essere accaduto qualche volta, non lo nego. Riflessi incondizionati, dopotutto. Ma non è questo il caso. Questo è quel caso in cui sai che qualcuno ti piace e il tuo corpo reagisce di conseguenza.

"Il mio sta reagendo", penso con un moto di frustrazione. Questo bagno sarebbe dovuto essere rilassante.

Provo a pensare a quanto sia invadente la ragazza, al fatto che, il più delle volte, è irritante come la carta abrasiva sul culo. Saputella, strana, con tutte quelle manie incomprensibili per me.

Dovrebbe passarmi in un batter di ciglia, ma la cosa sembra resistere, se non addirittura aumentare. Apro l'acqua fredda e me la spruzzo in faccia.

Dannato me. Toglitelo dalla testa, idiota. Ci vai sotto. Sei un maledetto, tenero stronzo. Caccia fuori le palle se le hai.

Mi sollevo in piedi di scatto, rischiando di perdere l'equilibrio. Afferro la cornetta della doccia. Riapro l'acqua fredda e, con un getto potente, lascio che scorra sul mio corpo, dalla testa fino ai piedi. I muscoli si irrigidiscono di colpo. Perdo il fiato e mi scappa un gemito strozzato.

Cazzo se è fredda! Ma funziona.

Basta poco perché tutto ritorni alla normalità. Esco dalla vasca come se fosse improvvisamente infestata di blatte.

Indosso l'accappatoio ed esco dal bagno. Mi accorgo che la porta della stanza di Victoria è aperta solo perché una leggera corrente d'aria fredda la fa sbattere in continuazione.
Perché diavolo non la chiude?
«Vuoi chiudere quella dannata porta?», chiedo con la solita *gentilezza* che mi contraddistingue.
Nessuna risposta.
«Victoria?».
Silenzio.
«Ma dove diavolo…».
Mi accosto all'uscio. Spio all'interno. Se la trovo nuda non rispondo di me. Scuoto la testa: Victoria non è il tipo di donna che troveresti mai nuda in una stanza, nemmeno quella da letto, ci giurerei.
In camera non c'è nessuno. Dove può essere finita?
Una volta rivestitomi, scendo di sotto. Di Victoria nemmeno l'ombra. Esco di casa. Potrebbe essere nelle stalle. Mi sembra poco probabile, ma meglio non lasciare nulla di intentato.
La verità è che sto cominciando a impensierirmi.
Gli animali riposano indisturbati. E allora? Non può essersi volatilizzata. E se si fosse addentrata nel bosco?
«Victoria!». La chiamo ancora e ricevo di nuovo il silenzio come risposta. Mi avvicino al ponte sul lago. Guardo verso l'orizzonte, poi a destra e infine a sinistra. A questo punto è come se qualcuno mi desse uno scappellotto sulla nuca. Mi desto alle prime gocce di pioggia gelata e impreco.
«Che maledetta testa di cavolo!».

17
Victoria

Sul serio mi era sembrata un'idea romantica all'inizio? A cosa stavo pensando? Cosa mi passava per la mente – evidentemente in preda allo squilibrio – quando ho deciso di salire su questa maledetta bagnarola per fare un giro *vicino alla riva*?

È risaputo che le barche, bagnarole oppure no, non sono fatte per fare giri vicino alle rive, a meno che non siano ormeggiate a un ponte o che so io. Dovevo intuirlo che la piccola deliziosa imbarcazione in legno che, da subito, mi era parsa così caratteristica, così bella con il legno consumato e la vernice rossa scrostata su entrambi i lati, avrebbe preso il largo spinta dal mio peso, dal vento, e da quel paio di colpi di remi che mi sono arrischiata a dare, forte del fatto che in tenera età mio nonno mi insegnò a vogare sulla sua canoa.

Dalla mia tenera età a quella adulta sono passati circa vent'anni. Il rischio minimo è che io abbia dimenticato come si sta su una qualsiasi superficie d'acqua.

In un attimo mi sono ritrovata al largo. Il ponte, una linea poco distinta oltre la curva scura dell'acqua. Ho provato a remare in direzione contraria, con il risultato che mi sono ritrovata a girare su me stessa al centro del lago.

Ovvio: ho dimenticato come si voga. Oppure i maledetti remi, con le pale piccole quanto cucchiaini da caffè, non sono adatti alla grandezza della bagnarola.

Mi soffermo a guardare il legno rovinato, convinta di

trovare qualche buco che presto mi farà affondare, ma sembra tutto al suo posto.

Questa temporanea sicurezza non mi impedisce di provare un brivido di paura. Improvvisamente, il lago che una volta mi era sembrato un posto incantevole, comincia ad assumere un aspetto tetro, degno di un romanzo di Stephen King.

Ha cominciato a piovere. Cadono giù gocce gelate. Pungono come spilli. Mi riparo alzando il cappuccio del giaccone, ma serve a poco. La pioggia aumenta di intensità in pochissimo tempo. Mi accorgo, con sgomento, che sono vicina alla riva opposta.

Forse è un bene. Forse una volta sulla terraferma potrò tornare a casa girando intorno al lago, anche se si tratta di percorrere qualche miglio a piedi. Mi rendo conto, però, che per farlo, dovrei passare attraverso i boschi.

Non so quanto sia prudente. La pioggia non aiuterebbe e io non conosco questi posti. Di sicuro mi perderei.

Forse sarebbe meglio restare dove sono. Nath si accorgerà della mia assenza prima o poi e manderà qualcuno a cercarmi. Se vede che la barca non è più ormeggiata al ponte, farà due più due. È un uomo intelligente: non ci impiegherà molto a capire.

Non mi resta che aspettare.

Mezz'ora dopo sento una voce familiare.

«Victoria!», sta urlando. Non sono mai stata così felice di sentirlo.

«Sono qui!». Mi sbraccio sulla barca che traballa.

«Victoria!», urla ancora.

«Ehi! Nath! Sono qui!».

D'improvviso il silenzio. «Nath!», urlo di nuovo. «Sono qui, dannazione!». Non riesco a vederlo oltre il pesante velo della pioggia.

«Prega il Signore di essere già morta congelata, oppure affogata, e che io stia ascoltando solo l'eco delle tue urla di disperazione prima della morte, altrimenti quando ti becco, ti uccido con le mie stesse mani, dannata donna!».

Le parole si bloccano all'altezza della gola. Merda! Non so quale morte sia peggiore a questo punto. E non posso nemmeno scappare.

Infine Nath mi raggiunge. La sua *bagnarola*, a pochi metri dalla mia. Solleva un remo e me lo punta contro.

«Sei una stupida. No, che dico... Un'idiota patentata, lo sai? Cosa diavolo ti è venuto in mente? Cosa volevi fare?»

«Cercavo ispirazione», butto là. Pessima giustificazione.

«Cercavi... Dio, dammi la forza!».

Solleva il viso verso il cielo, mentre piove ancora più forte. La sua barca si accosta alla mia. Mi lancia il suo giubbotto di salvataggio. Lo indosso in fretta, con gesti nervosi.

«Allunga la mano e afferra il remo», dice. «Tira e cerca di avvicinare la tua barca alla mia. Attenta, questa è di Teddy Lawson, uno dei miei vicini che me l'ha gentilmente offerta alla modica cifra di trenta dollari, il bastardo. Se gliela riporto con la vernice scheggiata i dollari diventeranno come minimo ottanta».

«Ti restituirò ogni centesimo», gli dico afferrando il remo. Tiro con cautela, osservando la superficie dell'acqua che si infrange in piccole onde. La barca affittata da Nath è lucida, scura, e sulla fiancata, sotto un paio di strisce blu e rosse, c'è scritto "Princess America".

Quando le due imbarcazioni sono abbastanza vicine, Nath allunga la sua mano e afferra la mia togliendomi il remo. «Sollevati in piedi, con prudenza».

Ubbidisco. Mi sollevo. La barca trema. Io tremo. Mi risiedo.

«Riprova, avanti. Piove a dirotto. Mi sto congelando persino il culo».

Non replico. Riprovo a sollevarmi. Stavolta più lentamente.

«Lo slow motion va bene nei film, Victoria».

«Ma se mi muovo più velocemente questa bagnarola dondola e allora...».

«E allora niente». Si solleva in piedi anche lui. Mi tende anche l'altra mano. «Ora cerca di passare sulla mia barca».

Faccio come mi ha detto e tendo un piede per raggiungere e oltrepassare il bordo della barca di Teddy Lawson. Sto tremando di nuovo. Batto i denti. Non solo per il freddo.

«Piano, fa' molto piano o qui ci...». Questa volta è lui a barcollare. «Wowow... Ehi, ehi... Calma». Fa un profondo respiro e riprende il controllo. Si china, afferra una corda e lega le due barche tramite un paio di maniglioni fissati ai lati. «Così dovrebbe essere più facile».

Mi fa di nuovo cenno di avanzare. Afferro entrambe le sue mani. Continuiamo a ondeggiare. Le barche rollano in acqua. È sempre più difficile mantenere l'equilibrio.

«Ci hai cacciato in una situazione assurda», mi rimprovera Nath.

«Non avevo dubbi che me lo avresti fatto notare».

«Ti aspettavi che non lo facessi?», mi chiede mentre mi fissa. Ha l'aria parecchio irritata.

Sembriamo davvero due idioti ora, in bilico su due bagnarole, mentre la pioggia continua a bagnarci da capo a piedi.

«Dovrei lasciarti qui per vedere come te la cavi da sola». Suona come una minaccia e tremo al pensiero che lo faccia sul serio.

«Facciamola finita e torniamo a casa, per favore», lo imploro.

«Aspetto che ti decida a salire sulla mia barca».

«Perché non sali tu sulla mia?»

«Perché il mio peso la ribalterebbe».

Saggia deduzione. Non mi resta che tentare per l'ennesima e ultima volta. Spero. Prendo coraggio e di nuovo allungo una gamba. La barca improvvisamente oscilla spinta da un'ondata più forte. Stringo le mani di Nath mentre perdo l'equilibrio.

«No... Victoria, molla... Molla... Lascia che sia io a tenerti...».

Non lo ascolto. Sono tutta concentrata a trattenere i piedi sulla barca, ma mi sembra di avere solo aria sotto di me. Vacillo. «Tienimi Nath, tienimi!», gli dico con voce distorta.

«Se mi molli, Victoria...».

Un'altra ondata colpisce la barca. Vacillo ancora. Una sferzata di vento mi coglie alla sprovvista e mi fa andare una ciocca di capelli negli occhi. Perdo definitivamente l'equilibrio e con un urlo soffocato cado all'indietro, colpisco con i polpacci il bordo della barca e finisco nell'acqua gelida, tirandomi dietro anche Nath, imprigionato nella mia presa ferrea.

Galleggio, grazie al giubbotto di salvataggio, mentre lui va a fondo. Riemerge pochi istanti dopo. Mi raggiunge e mi cinge la vita. «Tutto okay?».

Annuisco, incapace di emettere un suono. L'acqua è un ghiacciaio.

«Maledizione!», lo sento imprecare. Forse preferirebbe che fossi morta davvero. Poi mi rendo conto, seguendo il suo sguardo, che si riferisce a una ben più catastrofica conclusione: le barche si sono allontanate di parecchio spinte dal vento e dalla pioggia battente. Lontano da qui, ma non troppo, un tuono riecheggia e la luce fulminea di una saetta illumina il cielo sopra di noi.

«Maledizione! Maledizione!», inveisce di nuovo. Questo è il momento buono per un attacco di panico. Oppure no.

«Nuota, forza!», mi incoraggia, ma invece di raggiungere

le barche, mi spinge dalla parte opposta, dove si trova la riva. Mi sembra di essere in mezzo all'oceano, invece è solo un lago.

Non fa differenza. In mezzo alla tempesta è comunque un posto da non frequentare.

Impieghiamo circa cinque minuti a raggiungere il lato opposto. I cinque minuti più lunghi della mia vita, tra l'acqua gelida del lago in cui sono immersa, e quella della pioggia che mi bagna il viso e la testa.

Quando raggiungo la riva, mi sento una sopravvissuta come Tom Hanks in *Cast Away*. Nath ha le labbra viola. Trema. Qui si rischia l'ipotermia.

Senza dire una parola, mi afferra per una mano e mi trascina nel bosco poco distante dal lago. Percorsi una ventina di metri, fra l'erba bagnata, il manto di foglie variopinto che ricopre il terreno e giganteschi alberi di acero che sembrano moltiplicare la quantità di pioggia che cade, ci ritroviamo davanti a una casupola in legno. Abbastanza piccola, sembra quasi un rifugio. Rudimentale, ma molto ben fatta.

Nath scosta con le mani e i piedi il fogliame ammucchiato davanti alla porta della casetta. Con una spallata la apre ed entra.

«Muovi il culo, bella addormentata!», mi dice mentre osservo dal di fuori, ancora sorpresa.

«Ma… possiamo?»

«Anche se non potessimo, non me ne importerebbe». Esce di nuovo qualche istante, curvandosi per passare dalla porta molto più bassa di lui, mi afferra per una mano e mi trascina dentro, chiudendo la tempesta alle nostre spalle. «Questo posto è mio. Lo costruì mio nonno per mio padre e mio padre lo sistemò per me e mia sorella. Era il nostro rifugio da bambini».

Mi guardo intorno curiosa, mentre lui si muove nell'unica

stanza con sicurezza, nonostante stia ancora tremando. C'è una stufa a legna in un angolo. La ghisa nera di cui è fatta è ricoperta da uno spesso strato di polvere e terra. Non ci sono finestre, ma feritoie orizzontali, larghe non più di dieci dita, forse per impedire agli animali di entrare.

I tronchi di legno di cui è fatta la casa sembrano vecchi di molti anni, ma ancora robusti. Le pareti sono vuote e, a parte la stufa e un piccolo armadietto di stoffa, questa stanza non contiene altro.

«Non c'è legna, non posso accendere un fuoco. La stufa non viene usata da anni: non sarebbe comunque saggio metterla in moto», mi spiega. Si dirige verso l'armadio, abbassa la cerniera e tira fuori un paio di coperte, due trapunte gemelle con un motivo patchwork e due sacchi a pelo, uno rosa, uno blu.

Nath li sistema accanto a una delle quattro pareti e si toglie il giaccone fradicio. Prosegue con il maglione, infine con la maglia finché non rimane a torso nudo.

«Che… che cosa fai?»

«Tento di sedurti, non lo vedi?»

«Stai scherzando?»

«Naturale».

Mi guarda come se fossi scema e sì, lo ammetto, sono delusa dalla sua risposta.

«Non è così che si seduce una donna. La si spoglia lentamente, la si accarezza con lo sguardo, la si ama prima con gli occhi… E poi, tutto il resto», dice. Sembra sapere bene come si fa.

«Sei un esperto».

«Stiamo davvero parlando di questo?»

«Come ti pare».

«Ti consiglio di seguire il mio esempio: spogliati o ti beccherai uno di quei malanni che non dimenticherai facilmente».

«Non ci penso nemmeno».

«Okay. Resterò a guardare mentre raggiungi lo stato di ipotermia». Lui indica qualcosa sul mio viso. «Ecco, vedo già i primi segni: le labbra viola».

Continua a spogliarsi come se nulla fosse, come se io non fossi lì, a guardarlo, ad analizzarne tutti i movimenti, ad ascoltare il suono dei jeans bagnati che cadono sul pavimento. Me lo ritrovo in boxer, di quelli larghi, a righe verticali. Non il genere che avrei immaginato per lui. Che ne so... Qualcosa alla Calvin Klein per esempio. Neri, fascianti, che mettano in evidenza glutei sodi e cosce muscolose.

Questi sono quanto di meno sexy si possa trovare in commercio, eppure...

«Attratta da qualcosa in particolare?»

«Cosa?». La sua voce e quel tono da presa in giro mi distolgono dai miei pensieri sulla sua biancheria intima.

«Mi stavi fissando il culo o sbaglio?».

Rinuncio a difendermi ancora prima di provarci. «Quella roba la indossava mio nonno».

«Tuo nonno doveva essere un uomo pratico».

«Mio nonno era un uomo anziano».

«Dovrei leggere qualcosa fra le righe? Stai cercando di dirmi che mi vesto come un vecchio?»

«Solo per quanto riguarda la biancheria intima».

Nath sorride. Il suo è un sorriso sghembo, di chi è sempre troppo sicuro di sé. Almeno è così che sembra.

«Se la visione di questi boxer ti disturba tanto...».

Soffermo lo sguardo un secondo di troppo quando, prendendomi del tutto alla sprovvista, si cala giù la biancheria con la nonchalance degna di un attore hard.

Mi volto in fretta. «Tu sei fuori di testa».

«Lo sei tu, se sei ancora lì a congelare con quegli abiti bagnati addosso».

Lo sento arrivarmi alle spalle, poco dopo. Trattengo il fiato. Se mi tocca, scappo. Lo giuro. Le sue mani si posano sulle mie spalle e io rimango lì, immobile come una statua di sale. Una nuvola sotto i piedi, le montagne russe nello stomaco.

Ma non dovevo scappare? Mi sorprendo di come quest'uomo riesca a trattenere le mie paure, ad aggirarle. Forse è perché dà l'impressione di essere così forte, pur essendo, il più delle volte, un vero zoticone.

Finora ero abituata a uomini di tutt'altro genere. Quei tipi tutti imbellettati che sembrano usciti dalla rivista «Vogue», per capirci. Uomini che dello stile hanno fatto una ragione di vita. Uomini che per il primo appuntamento ti portano a teatro o a un concerto per pianoforte e che per fargli uscire una parolaccia dalla bocca devi sparare alla loro madre. Uomini che ti portano a letto e mentre fanno l'amore con te ti dicono cose come: "Spostati... Più a destra. Così, brava... Ora tocca lì, ora qui... Aspetta... Ci sono quasi... Fatto". Quei tipi che non spogliano mai la donna lentamente, non l'accarezzano mai con lo sguardo. Quegli uomini che ti fanno desiderare un uomo che lo faccia.

Mi volto di nuovo. Nath ha avuto il buongusto di coprirsi con una coperta.

«Avanti, Victoria, non vederci niente di sconveniente in questo, ti prego. Lo dico per te: ti ammalerai se non ti togli quella roba bagnata di dosso. Non ho desideri repressi, te lo garantisco».

«Già, il procione». Faccio un sorriso sbilenco. «A chi vuoi darla a bere, Nath?».

Lui riduce gli occhi a due fessure. «Troppo sicura di te, Letterata, troppo». Scuote la testa. «La verità è che non vorrei una come te nemmeno se mi pagassero».

«Non per andarci a letto, ma per pagare i tuoi debiti sì».

Scelta di parole infelice, Victoria, molto infelice. Mi do della stupida, ma ormai il danno è fatto.

Lui serra la mascella. I pugni si chiudono sul bordo della coperta che lo tiene al caldo.

«Ti piace ricordarmelo, vero? Ti fa sentire... Come? Importante? La star della letteratura americana che ha preso a cuore le sorti di un poveraccio del Vermont. Io ci scriverei un libro se fossi in te».

«Non sono una star. Smettila di ripeterlo. Smettila di pensarlo! Mi fa infuriare».

«Ti comporti come tale».

«Solo perché sei tu a voler vedere questo. Sono una come tante».

«No, non lo sei. Se c'è una cosa di cui sono sicuro, è questa. Tu e le tue manie. Tu e il tuo impicciarti in affari che non ti riguardano. Tu e le tue fottute, strane idee. Guarda dove ci hai portato».

«Sei una bestia!».

«Forse, ma sono di certo migliore di te, che sembri tanto dolce e sotto sotto sei una vipera».

«Dovevi lasciarmi in mezzo al lago, allora». Sto urlando, ma tanto qui, in mezzo al nulla, nessuno mi sentirà.

«Forse avrei dovuto, già. Nella vita si prendono un mucchio di decisioni sbagliate».

Sta urlando anche lui. È rosso in volto. È furioso. Ricordargli che sono qui per pagare i suoi debiti deve aver fatto più male di quanto immaginassi. Perché mi sorprendo? Nath è un uomo orgoglioso, e io sono una vera idiota. A volte mi chiedo perché non penso prima di dare fiato alla bocca.

«Maledico il giorno in cui sei entrata nella mia vita, Victoria Stevenson. La più grande, enorme spina nel fianco della storia».

Mi mordo il labbro per trattenere un leggero tremore. Se

anche l'idea di scusarmi mi avesse sfiorato, è passata oltre senza lasciare tracce.

«Il giorno in cui me ne andrò, io ti mancherò, Nath Owens», gli dico con sfacciata sicurezza. So che sarà così, nel bene o nel male.

«Contaci», risponde prima di mettersi a sghignazzare.

Un tuono fa tremare il pavimento, il vento ulula. Senza rendermene conto mi accuccio e mi copro le orecchie con le mani, tappandole così forte che non sento più niente. «È passato?», urlo.

Nath muove le labbra, ma non riesco a sentirlo. Infine mi si avvicina, mi stacca le mani dalle orecchie, con il rischio di far cadere la coperta e offrire di nuovo spettacolo delle sue nudità da maschione insensibile, maleducato e con i boxer più orribili sulla faccia della Terra, e dice: «Un'altra delle tue insensate paure?»

«Avere paura dei temporali non è insensato. Dei tuoni e peggio ancora dei fulmini... Sai quanta gente è rimasta colpita?»

«Secondo me tu sei una di quelle colpite e non te lo ricordi».

«Invece tu...».

«Ah ah! Stavi per dire che il fulminato sono io, vero? Pessimo. Sei una scrittrice: usa un po' di fantasia».

«Io non...».

«No no, pessimo davvero».

«Non ho ancora...».

«E non lo farai».

«Ma perché... se...».

«Se, ma... domande, domande».

«Fammi finire una dannatissima frase!», sbotto.

Lui tace, ma ha l'espressione di uno che ha vinto l'ennesima battaglia. Lo detesto.

Si stende nel sacco a pelo sul pavimento. «Appena spiove, avvisami».

«Magari prima ti uccido nel sonno».

«Figurati. Immagino la scena. Dopo lo sgozzamento, impazziresti per tutto il sangue schizzato. Il disinfettante per le mani non basterebbe».

«Con un cuscino sul volto farei un lavoro pulito».

«Dovresti riuscire a tenerlo il cuscino sul volto. Lascia perdere, Victoria. Ogni cosa che dici suona solo ridicola».

Lui si mette comodo. Cinque minuti dopo sembra dormire sul serio. Il suo respiro è regolare, tranquillo. Io me ne sto qui a congelare e a chiedermi come mi possa piacere un tipo simile, perché, nonostante tutto, Nath Owens mi piace. E credo che mi piaccia più di prima.

Stimola ogni mio senso. Nath è l'assassino della mia apatia. Con lui è solo una scarica di adrenalina continua. Nessuno mi fa infuriare come lui. Adoro questa cosa, perché mi fa sentire viva. Viva davvero. Un applauso per la mia incoerenza.

Smette di piovere circa un'ora dopo. Non lo so per certo, dato che il mio orologio digitale da polso non dà più segni di vita, ma non sembra passato tanto da quando questa specie di incubo è iniziato.

In fondo era solo un temporale, non l'apocalisse.

Nath dorme. Ancora. Come faccia non lo so. Nel frattempo ho seguito il suo consiglio e ora mi ritrovo nuda come un verme, avvolta in una coperta sorprendentemente calda, e infilata a mo' di salsiccia nel sacco a pelo rosa. Vicino al suo. Il temporale ha smorzato il mio coraggio. Non sono riuscita a restare in disparte, lontana da lui.

Devo ammettere che non è una sensazione spiacevole.

Dovrei svegliarlo, ma non è che abbia molta voglia di

riprendere a litigare, perché sono certa che è questo che succederà. Tornerà a rinfacciarmi il fatto di essere finiti in questa assurda situazione, di essere la sua spina nel fianco, invadente, stramba, di rovinargli la vita, di fare la star e di essere la causa della fame nel mondo, magari.

Volto il capo a guardarlo. Mi dà le spalle. Un braccio fuori dal sacco a pelo. Scoperto. Forse avrà freddo.

Non me ne importa. Si congeli pure. Torno a fissare il soffitto di legno.

Un minuto dopo, sono di nuovo lì a fissarlo. Non ce la faccio. È più forte di me. Quando mi prende, la sindrome da crocerossina non lascia scampo. Tiro fuori un braccio, lo allungo verso il suo e come se stessi maneggiando una mina antiuomo, afferro, con la punta dell'indice e del pollice, il minuscolo pezzo di coperta che sbuca dal sacco a pelo.

Tiro piano, molto piano. Serro gli occhi e i denti come se aspettassi un'esplosione. Arriva quando, d'un tratto, una mano afferra la mia con forza. La sua mano. Calda. Non sta affatto congelando. Stupida io.

Non si è ancora voltato, ma lo sento sorridere. Immagino la sua faccia da schiaffi con il solito ghigno.

Non sbaglio. Quando si volta a guardarmi, infatti, è lì, in bella mostra sulle sue labbra.

«Frughi di nuovo?», dice. Ha l'aria disordinata come sempre. I capelli scarmigliati, la barba troppo incolta. Il personaggio dannato, ecco chi è lui. Quello che non perdona mai e per cui si perde sempre la testa. Un classico, insomma. Odio il classico in un romanzo. Ma questo non lo odio proprio per niente. Questo non è un romanzo.

Arrossisco come una ragazzina. Non che mi riesca difficile.

Continua a tenermi la mano. Si appoggia su un gomito e si allunga verso di me.

«Hai tolto gli abiti bagnati. Brava ragazza». Si avvicina

ancora di più. La cerniera del suo sacco a pelo si tende e scende giù, scoprendo parte delle sue spalle tese. Mi fissa senza dire altro ed ecco che la mia fantasia iperattiva riparte a immaginare scenari romanzeschi.

Nath, o meglio, il Nath nella mia testa, tende la mano verso la cerniera del mio sacco a pelo, la sfiora. Con movimenti lenti la abbassa. La coperta ancora mi avvolge. Lui sfiora anche quella, dove la stoffa è tesa dalle mie forme. Il seno, i fianchi, la curva delle ginocchia. Allontana la mano per qualche secondo, solo per aprire definitivamente la cerniera del suo sacco a pelo. Si solleva in piedi, lasciando la coperta sul pavimento. Seguo con lo sguardo ogni centimetro del suo corpo. Il corpo di un uomo forte, dedito al lavoro. I suoi non sono muscoli di plastica, di quelli tipici da palestra, sono di quelli che se avvolgono una donna, la tengono al caldo, al sicuro, e la fanno sentire come a casa.

Mi tende la mano. Io l'afferro. Con un piccolo slancio mi solleva e mi attira verso di sé. I nostri corpi si toccano. La pelle sembra bruciare. Mi scosta una ciocca di capelli dal viso, passa le dita sul collo, segue la linea delle spalle, percorre le braccia. I suoi occhi sono lucidi. Appoggia il capo nell'incavo del mio collo e mi costringe, dolcemente, a fare lo stesso con il mio.

Mi sta abbracciando. Le sue labbra fanno avanti e indietro sulla mia spalla. Le mani disegnano cerchi sulla schiena, scendono giù, mi accarezzano i fianchi e infine mi tocca. Mi tocca davvero. Mi tocca fino in fondo. Mi tocca come nessuno ha mai fatto. E mi abbandono completamente a lui.

Il Nath fuori dalla mia testa mi riporta alla realtà allontanandosi e grattandosi senza pudore. Incrocia le braccia dietro la testa e se ne esce con: «Hai un piccolo livido sul fianco destro, proprio all'altezza dell'inguine. Qualche spigolo?».

Aggrotto la fronte. Solo pochi secondi dopo mi rendo conto di cosa implicano le sue parole.

«Mi hai spiata?», domando prima, con un filo di voce. «Mi hai spiata!», esclamo infine.

Sorride beato, stiracchiandosi, mentre cerco di riprendermi dall'imbarazzo.

«Se una donna si spoglia e io sono nella stessa stanza, credimi, la guarderò. Ho potuto ammirare i tuoi crateri lunari», dice.

«Crateri lunari? Non credo di capire».

«La tua cellulite».

Spalanco la bocca. Questa è...

«Per essere così magra, hai un bel culo svizzero. Se non hai capito nemmeno questa, intendo come il formaggio».

«Hai paragonato il mio sedere al formaggio svizzero?»

«E alla Luna».

Il bastardo mi fa l'occhietto. *Eri meglio, molto meglio nella mia testa, Nath Owens.*

Troppo imbarazzata e offesa persino per riuscire a mandarlo al diavolo, mi libero del sacco a pelo e con gesti goffi e insicuri, tento di tenermi su la coperta. Recupero vestiti e scarpe messi ad asciugare sul pavimento, ma ancora completamente bagnati, e faccio per uscire.

«Dove vai? Ti rivesti fuori? Ormai ho visto tutto quello che c'era da vedere. Resta pure».

Ride di nuovo. Questa è la volta buona che lo uccido sul serio, se non fosse bastato l'accenno al culo svizzero.

Taccio ancora. Le uniche parole che mi premono sulla punta della lingua sono irripetibili.

«Victoria?». Si alza in piedi avvolto dalla coperta. «Stavo

scherzando, avanti. Okay, non hai il culo svizzero, non troppo, almeno. L'ho detto per farti arrabbiare».

«Ci sei riuscito».

«Ma che vi prende a voi donne quando si toccano certi argomenti? Scommetto che se ti avessi detto che sei una pessima scrittrice non te la saresti presa in questo modo».

«Provaci! E comunque prima di dire una cosa del genere, dovresti leggerlo un mio libro. Ammesso che tu sappia leggere, zotico ignorante e guardone».

«Questa era pesante come offesa, soprattutto per uno laureato con il massino dei voti».

«Questo non fa di te un uomo intelligente. Ora, se vuoi scusarmi…». Una ventata di aria fredda mi investe quando apro la porta, ma non desisto e sono già con un piede fuori dall'uscio quando, di nuovo, la mano di Nath afferra la mia.

«Aspetta, testarda. Esco io, va bene?».

Mi libero dalla sua presa con uno strattone. «Mi fai un favore. E capisco perché quella Faith, chiunque fosse, se ne sia andata, perché se n'è andata, vero? Ti ha lasciato perché sei un uomo insopportabile, impossibile! E ti rode ancora».

Potrei raggiungere l'apice della vergogna se ora mi dovesse dire che è… non so, morta?

«Sì, mi ha lasciato, Stevenson, e questa te la potevi risparmiare. Infantile, direi».

Infantile è tutto questo discorso, ma sono tesa, probabilmente stressata da troppe emozioni, troppe fantasie su un uomo che non sopporto, ma che ho scoperto di volere, invece.

Una giornata indimenticabile questa. Sul serio. Nella classifica delle giornate da ricordare, questa le batte tutte, persino quella in cui mi è stato detto che avrebbero pubblicato il mio primo romanzo.

Quella volta, dopo l'iniziale incredulità durata appena un paio di giorni, è subentrata la mia solita razionalità, il voler restare a tutti i costi con i piedi per terra. Le delusioni, in questo modo, si evitano molto più facilmente. Nonostante ciò, la ricordo come una giornata davvero memorabile. Credo di averla segnata in rosso sull'agenda di qualche anno fa e di averci fatto dei cuori intorno.

Ma questa... questa giornata è stata un vero delirio. Il tuffo imprevisto nel lago, il temporale, Nath nudo. Sarebbe bastato solo quest'ultimo dettaglio a renderla leggendaria. Almeno per me, una stupida, incoerente romantica con il vizio di vedere scene d'amore dove ci sono solo contadini che invece di tutto il resto – per altro apprezzabile – notano il culo svizzero. Per la cronaca, non è messo così male.

E pensare che era partita benissimo. Sembrava sarebbe stata la giornata della tregua, quella delle scoperte sensazionali. Soprattutto quella che riguarda Ragazza Stupida che si rende conto di essersi presa una cotta per Ragazzone Buzzurro.

Forse è solo colpa degli ormoni, non lo so. Si sa, alle volte impazziscono. Non mi succedeva da così tanto tempo di provare questo genere di sensazioni. Certo, a me succede sempre con la persona sbagliata. Eppure sono così belle che fai fatica a liberartene. Non le vuoi lasciare andare e permetti loro di renderti una vera idiota.

Una. Vera. Idiota.

E così ti capita di finire al largo di un lago, spogliarti in una casupola di legno in mezzo al bosco con un tipo senza tatto che dorme in un sacco a pelo blu, e pare, poi, che quel tizio senza tatto ti piaccia pure.

Ditemi: questa può essere classificata come stranezza o sono nella media?

Abbiamo camminato, forse, per oltre tre miglia, percorrendo la striscia di bosco che affianca il lago, fino a giungere a casa. Siamo entrambi come usciti da una lotta nel fango. Ancora bagnati, con le scarpe e i pantaloni imbrattati di terra, i capelli appiccicati al volto. Nath non mi ha rivolto la parola per tutto il tragitto. Sul portico si è limitato a dire: «Ti lascio il bagno, io mi cambio e vado a recuperare le barche. Non so bene a che ora rientrerò. Probabilmente, dopo, passerò per i campi per controllare che non ci siano danni alle colture».

Le frasi sottintese erano: "Se quando rientro non ti trovo, mi fai un favore". Perlomeno è quello che voglio credere.

Nel bagno trovo un disastro. Il pavimento è bagnato, nella vasca c'è ancora dell'acqua, i vestiti di Nath sono ammucchiati in un angolo dietro la porta, e il mio bagnoschiuma all'olio di Argan è aperto.

Sospiro e scuoto il capo. Nath è un bambino troppo cresciuto e ha bisogno di qualcuno che si prenda cura di lui.

Ripulisco il bagno come meglio posso e finalmente mi concedo una doccia calda. Indosso un maglione bordeaux a collo alto e un paio di pantaloni di velluto beige. Infine mi siedo sul letto con le mani sulle ginocchia e penso.

Penso.

Penso.

Giungo così a una conclusione: devo andarmene. Per un po', solo per un po'. In fondo era previsto che lo facessi per Natale. Sto solo anticipando di qualche giorno per dargli lo spazio che gli ho tolto. E forse per dare la possibilità a entrambi di digerire questa giornata.

Non ho motivo di aspettare.

18
Nath

Charlie mi corre incontro mentre scendo dal pick-up, di ritorno dai campi. Mi chino ad accarezzargli le piume infangate. Il papero sbatte le ali e mi becca la mano in modo gentile. Strano papero, ma senza di lui non sarebbe lo stesso.

Recuperare le barche non è stata un'impresa semplice. Sono dovuto andare in paese a chiedere l'aiuto di Tacker, il meccanico di Pretty Creek, l'unico a possedere un acqua-scooter. La barca di Teddy Lawson, per fortuna, non ha subìto danni, così mi sono risparmiato il mio bel centone, che non avevo.

Anche i campi erano a posto. La terra ha assorbito tutta la pioggia. Questo ha evitato allagamenti. Meno lavoro per me e acqua gratis per le coltivazioni.

Mentre percorro il viale che porta alle scale del portico, mi accorgo di alcune impronte di scarpe. Le seguo. Arrivano al sentiero, dove segni di pneumatici – non quelli del mio furgone – si allontanano fino a scomparire quando la strada piega in una curva a gomito.

Rientro in casa con uno strano presentimento. Non chiamo Victoria, salgo direttamente in camera sua. La porta è aperta. La stanza vuota. Mi affaccio verso il bagno. Nessun rumore di acqua che scorre. Apre sempre il rubinetto quando fa pipì, probabilmente la imbarazza che io possa sentirla dalla mia camera.

La sento lo stesso.

Il letto è rifatto. Ora sono io che sto invadendo la sua privacy, ma me ne frego. Spalanco le ante dell'armadio. Vuoto. Lo scrittoio è in ordine. Nessun computer a campeggiare sulla superficie. Solo un foglio.

Mi avvicino. Lo prendo. Lo giro. Lo leggo. Lo rileggo. Impreco.

Caro Nath, visto come si sono messe le cose nel giro di poche ore, temo di dover anticipare la mia partenza. Ti ringrazio per questi giorni strani, curiosi, meravigliosi. Mi dispiace ancora per quello che è successo. Stamattina quando ho frugato nel tuo furgone, non era mia intenzione curiosare, ma ammetto di non averne potuto fare a meno. Forse perché volevo conoscere un po' più di te, di quello che pensi, di quello che provi. Ma hai ragione, è la tua vita e la condividerai solo se e quando deciderai tu. Mi scuso anche per essere stata così avventata e aver messo entrambi in una condizione spiacevole che, forse, ha esacerbato una situazione, la nostra, già precaria, costringendoci a comportarci come due ragazzini idioti e a insultarci gratuitamente. Voglio sperare che la maggior parte delle cose che hai detto, non le pensassi sul serio. ~~E non mi riferisco solo alla… Svizzera ;)~~

Da parte mia, posso dirti che non ti ho mai ritenuto un ignorante, forse solo un po' troppo schietto per i miei gusti, ma questo non lo considero davvero un difetto. In fondo sei solo sincero, e la sincerità è sempre e comunque un dono, per chi la concede e per chi la riceve.

Vado via perché tu hai bisogno di tranquillità, di spazio, di vivere come una volta. Capisco che avermi tra i piedi ventiquattro ore su ventiquattro non sia stato affatto facile per uno che ha passato buona parte della sua esistenza senza condividere nemmeno il pane a pranzo. In questi giorni, invece, hai condiviso fin troppo e di questo non posso che esserti grata.

Vado via perché fra poco è Natale e tu devi passarlo solo con le persone che ami. ~~Non credo di essere fra queste.~~

Ti auguro ogni bene.

~~Tua~~ Victoria

P.S. Non sapevo che i taxi arrivassero fino a qui: anche questa è stata una scoperta. D'altra parte è il Vermont, non è il Sahara.

Alla fine se ne vanno tutte.
Alla fine nessuna trova una ragione per restare.
Accartoccio il foglio e lo stringo nelle mani. In fondo, quali ragioni ho dato a Victoria? Perché avrebbe dovuto? Perché, io stesso, avrei dovuto volere che restasse fino alla fine? Per i soldi? Certo, per salvare la mia fattoria, per cos'altro? E forse, dirle di andarsene non l'ha esattamente convinta del fatto che non lo intendevo sul serio.
Ora mi ritrovo al punto di partenza. Per colpa del mio caratteraccio. Per colpa della mia lingua lunga. Per quello che non ho, per quello che non posso dare: agi, sicurezza. Non che Victoria ne abbia fatto espressamente richiesta, ma so come funziona. Questa è stata la colpa di mio padre. Questa sarà anche la mia colpa.
Viene di nuovo tutto a galla. Ogni volta che provo a cambiare, a migliorare me stesso, ad abituarmi a una donna, succede che divento stronzo come nessuno e allora mi ricordo chi sono davvero: un contadino ignorante del Vermont senza arte né parte, con un papero convinto di essere un cane.
Riduco la lettera di Victoria in minuscoli pezzettini che spariscono nella pattumiera. Cancello ogni frase dalla mente, soprattutto un paio di quelle che, nella lettera, ha cancellato anche lei. Non ci penso più. O almeno ci provo.

19
Victoria

Di solito, il Natale passa quasi inosservato. Sembra un giorno come un altro nella tradizione della famiglia Stevenson. Questa volta, però, c'è stato un discreto pranzo in compagnia dei miei, con mia madre che si è affannata tutto il giorno preparando manicaretti, lei che, in tutta la vita, il massimo che si è concessa è stato quello di aprirmi le scatolette di tonno prima di correre in ospedale.

Ora è in pensione e può dedicarsi alla cucina, ha detto. E a sua figlia, ha aggiunto. Meglio tardi che mai, anche se, a questo punto, le scatolette di tonno riesco ad aprirmele da sola.

Non ho mai amato troppo il Natale. O le festività in genere. Forse perché a casa mia non si è mai celebrato davvero niente.

Non sono una di quelle che cominciano a festeggiarlo due mesi prima né a cui si illuminano gli occhi davanti alle luci che addobbano la città. Non penso ai regali. Detesto la confusione che crea. Sono un po' come il Grinch. In questi giorni così festaioli, desidererei solo una coperta calda sulle gambe e l'ultimo libro di King da leggere.

L'ultima pietanza che mia madre porta in tavola, preceduta da un tacchino ripieno con contorno di purè e asparagi, è un ciambellone ricoperto di cioccolato fondente, quello che mi piace di più.

«Mamma, non fai il ciambellone da quando andavo alle

elementari», le dico, sorpresa. Mia madre ha un'espressione soddisfatta. È sempre stata fiera dei suoi successi, sia che si trattasse del proprio lavoro, dove ha sempre dato il massimo, sia che si trattasse della vita privata, dove però, non è mai stata un granché.

«Tuo padre ne va ghiotto», dichiara, mentre guarda l'uomo che, distrattamente, consulta un libro di storia. Anche a tavola, sì. Lo ha sempre fatto che io ricordi. Mia madre non se ne è mai lamentata. Come lui non si è mai lamentato del fatto che lei trascorresse più tempo al lavoro che in casa, con noi.

Sarà per questo che ho iniziato a scrivere. Per sfuggire alla loro indifferenza. Per ritagliarmi un mondo in cui le mie parole contavano qualcosa, o per creare un'esistenza ideale, dove esiste il dramma e la pena, necessari, però, a condurmi lì dove ho sempre voluto giungere: al lieto fine. Come nelle favole. Perché nella vita non è affatto scontato e, se lo trovi, puoi dire di aver raggiunto davvero il successo.

Mia madre serve una generosa porzione di ciambellone a mio padre. Lui le sorride, ripone il libro di storia sulla libreria e torna a sedersi. Con una forchettina, taglia un pezzetto di dolce e se lo porta alla bocca, gustandolo a lungo. Non parla prima di aver ingoiato.

Mio padre è sempre stato un uomo che della buona educazione ha fatto una ragione di vita. Se ne dimentica giusto quando legge a tavola. È un gentiluomo, taciturno, onesto, che non esce di casa senza la sua giacca di tweed perfettamente stirata. Un padre che, la maggior parte delle volte, da ragazzina, mi ha fatto venire voglia di urlare per la frustrazione, quando decideva che anch'io dovevo essere perfetta, come lui.

«Victoria», comincia pulendosi le labbra che non presentano tracce di briciole, «come va con il tuo ultimo libro?». Lo chiede ogni volta che ci vediamo. È una domanda di rito. In realtà non è nemmeno certo che io stia scrivendo un nuovo romanzo. Non li ha mai letti i miei lavori. Il professor Edward Stevenson non legge niente che non tratti di storia o che si avvicini, anche lontanamente, a uno di quei best seller che le case editrici propinano a una massa di lettori ignoranti, neanche se a scriverli è sua figlia.

Stephen King per lui è un visionario. Grisham è noioso. Crichton è uno strambo. Tolkien e la sua *banda di nani* non sono da prendere nemmeno in considerazione.

«Bene, papà. Nel Vermont ho ritrovato un po' dell'ispirazione che cercavo da tempo», butto lì.

La sua espressione resta imperturbabile quando chiede: «Vermont?».

Stringo le labbra, incerta su cosa dire, ma è da un pezzo che non mi importa più del consenso dei miei genitori o del loro biasimo per non essere la figlia che avrebbero sempre voluto, cioè quasi invisibile.

«Mi sono trasferita nel Vermont per un po'. Vivo con un uomo...». Attendo. «Un agricoltore». Attendo ancora. «In una fattoria che cade a pezzi. Gli pago i debiti e in cambio lui mi dà ospitalità». Niente, neppure un battito di ciglia. «Sapete? Il Vermont è il luogo ideale per scrivere. Natura selvaggia, poco traffico, brava gente. Tutta tranquillità».

Mia madre, che mangia ancora la sua fetta di ciambellone, solleva lo sguardo sul mio viso. Come mio padre, sembra non avere espressioni. A volte mi sembra di parlare con due robot.

«Il Vermont è un posto delizioso», si limita a dire.

«Ha ragione tua madre. Il Vermont è un posto delizioso. Ricordo di esserci stato una volta, con i miei genitori, quando ero molto giovane...». Mio padre si lancia in un racconto sul suo soggiorno di un paio di giorni nella capitale del Vermont. Il resoconto è interessante tanto quanto stare a guardare l'acqua che bolle nella pentola. Dimentica il mio romanzo, dimentica ogni cosa che gli ho detto oppure, semplicemente, non gli interessa.

Mi sale l'ansia, procurata dall'insoddisfazione. Alla mia età dovrei averla superata la delusione per la loro freddezza, ma ogni volta che mi ritrovo in situazioni simili, mi viene voglia di fare qualcosa di folle. Non so… Sollevare il tavolo e scaraventare tutto sul pavimento, compreso il loro fottuto ciambellone, solo per generare una reazione, per provare a me stessa che anche loro, in fondo, sono esseri umani.

Mi viene da pensare che, se si ritrovassero davanti Nath, o dovessero vivere nella sua fatiscente fattoria, sarebbero come due delicate rose in mezzo a un campo di fiori selvatici e gramigna.

L'ansia di colpo allenta la sua gelida presa. Nath. Solo lui riesce a calmarmi. Ripenso al suo modo di affrontarmi, ogni volta. Vivo, forte, coinvolgente. Non c'è niente che mi faccia pensare alla freddezza in lui. Lo preferisco all'atteggiamento dei miei, persino quando è scontroso e arrogante. Sempre meglio dell'assoluto disinteresse.

Di colpo sento la necessità di averlo qui, accanto a me. Pagherei per vederlo mettere in difficoltà i miei genitori con la sua aria spavalda. Mi viene da ridere se ripenso a quando si è denudato davanti a me con tutta la calma del mondo. Mi sale il rossore sulle guance. Mi dimentico dell'ansia e stringo le mani l'una nell'altra quando il respiro mi viene fuori con un singhiozzo. Sorrido ancora. Mi alzo dalla sedia, mentre mio padre racconta la sua *avventura* nel Vermont, qualcosa che riguarda una gomma bucata e un procione, e mi dileguo. Forse neppure se ne accorgono.

Mia madre mi raggiunge solo quando sto indossando il cappotto per andarmene. Mi pianta in mano un sacchetto con del ciambellone avanzato e dice: «È stato bello rivederti, tesoro. Speriamo di rifarlo presto».

«Quando vuoi, mamma», rispondo senza troppe illusioni.

«Magari ti chiamo io, va bene? Io e tuo padre abbiamo programmato una serie di viaggi nei prossimi mesi e... Sai... Ora che siamo in pensione...».

Mio padre ci raggiunge, mi sorride e appoggia una mano sulle spalle di mia madre. Come lei, sembra volersi scusare.

«Va bene, mamma, non preoccuparti», le dico con sincerità. Non è colpa loro se sono fatti così. Loro sono di quelle coppie in cui uno basta all'altra. Non avevano il desiderio di avere figli, ma sono arrivata. Quello che posso fare è essergli grata di non essersi liberati di me quando potevano.

Saluto entrambi con un bacio e qualche secondo dopo mi ritrovo per le vie di Chicago.

Il vento è quasi la regola, qui, nella *Windy City*. Freddo e sferzante, mi spazza via i capelli e il cappotto che subito abbottono e stringo in vita con la cintura. Non si ferma un taxi neanche a pagarlo oro e, come se non bastasse, sono parecchio lontana dalla stazione della metro.

Nevica da un po'. Sembro essere l'unica deficiente che, il giorno di Natale, va a spasso per la città. Da sola.

Attraverso le finestre delle case o le vetrine dei ristoranti, vedo le famiglie americane festeggiare attorno a tavole imbandite, oppure davanti al camino, accanto agli alberi di Natale, a scartare i regali.

Scenari da cartolina anni Cinquanta, mi dico. All'improvviso realizzo che vorrei una festa in famiglia, proprio io che non avevo mai considerato la cosa, oppure, forse, vorrei solo che la mia famiglia fosse lui. Ce ne staremmo seduti sul dondolo sotto il portico, abbracciati, con la mia testa che combacia perfettamente con la curva del suo collo, a guardare la neve cadere sul bosco di aceri.

Dio, mi sto innamorando e mi sto innamorando, come non mi era mai successo, dell'unico uomo di cui non avrei mai creduto possibile innamorarmi.

Nath è uno che va dritto al cuore, uno che ti lascia senza fiato. Non sa di averlo fatto con me.

Noi due siamo così diversi, come cielo e terra. Io sono la terra, arida per certi aspetti, incolta, bisognosa di cure. Lui è il cielo che contiene la pioggia che mi fa rinascere. E io ho bisogno di lui, come la terra secca ha bisogno di tutta la pioggia del cielo.

Sorrido, mentre la neve aumenta di intensità. Me ne accorgo solo ora: lui è stata la mia ispirazione fin dall'inizio. In un modo del tutto imprevisto, prima facendosi detestare, infine facendosi amare, mi ha portato a scrivere quello che sto vivendo. Sofia, la ragazza stramba che dipinge, sono io. James, il ragazzo in bicicletta, scostante e a volte gentile, forte e caparbio, orgoglioso e determinato, è diventato Nath.

Ripenso a ogni capitolo, ogni frase che lo descrive e so che è così.

Non era questa la storia che avevo in mente, ma dal Vermont in poi lo è diventata.

Adocchio un taxi che sembra vuoto. Sollevo un braccio per richiamare l'attenzione del conducente. L'auto si ferma accanto a me. Sollevata, salgo in macchina e dico all'autista l'indirizzo da raggiungere.

Una decina di minuti dopo sono in ascensore, diretta al venticinquesimo piano, dove si trova il mio appartamento. Non bado al tizio sudaticcio dietro di me, con una scatola di ali di pollo fritte in mano – un altro sfigato come me, mi dico – né alla coppia di ragazzi che si sbaciucchia come se non ci fosse un domani, né alla vecchietta che si porta dietro una borsa piena di regali. «Per i miei nipotini», mi dice, quasi giustificandosi.

Le faccio un cenno di saluto quando arrivo al mio piano. Percorro in fretta il corridoio illuminato a giorno dalle lampade al neon, un tocco di modernità in questo palazzo edificato più di cento anni fa, sulle cui pareti c'è ancora la carta da parati originale – verde, con dei motivi floreali stilizzati, bianchi –, e raggiungo il mio appartamento.

Mi libero del cappotto, appendendolo con cura all'attaccapanni. Dopotutto, non riesco a liberarmi delle mie *sane* abitudini. Mi accingo ad accendere il camino. Quando un vigoroso fuoco riscalda il salotto, volo sotto la doccia.

Cinque minuti appena e sono in pigiama. Torno in salotto. Appoggio una tazza di tè sul bordo in marmo del camino e sistemo la coperta sul divano foderato di stoffa rossa. Nath sarebbe orgoglioso del fatto che non ho un divano in pelle.

Mi metto comoda. Non leggo Stephen King, non stasera. Stasera ho altro da fare.

Penso a Nath. Penso a come starà passando il Natale. Me lo chiedo da un po', da quando ho chiamato sua sorella per farle gli auguri e ho scoperto che è andata con la sua famiglia a Disneyworld. Un regalo del marito che non vedeva da mesi e che per l'occasione ha ottenuto una licenza.

Se telefonassi anche a lui? Potrebbe non rispondere. Non ci siamo lasciati troppo bene l'ultima volta.

Sono troppo codarda per rischiare, ma troppo curiosa per non sapere, quindi opto per una via di mezzo e gli mando un messaggio via WhatsApp.

Lui e il suo cellulare non si frequentano molto, infatti, l'ultimo accesso all'applicazione risale a tre giorni fa.

Ci provo comunque. È tarda sera. Se conosco le sue abitudini, a quest'ora starà leggendo il giornale seduto sul divano, con Charlie che gli sonnecchia accanto.

VICTORIA: *Salve, Nath, volevo augurarti buon Natale. Spero tu lo abbia passato bene.*

Formale quanto basta. Forse troppo. Ma così non rischio di essere mandata al diavolo.
Resto in attesa. Guardo in continuazione la barra superiore dell'applicazione, quella che mi dirà quando sarà online.
Appare dopo circa tre minuti. Li ho contati.
Nath Owens *sta scrivendo...*
Il cuore fa un capitombolo. L'ansia sale. La sua foto profilo con l'immagine del papero Charlie sembra prendersi gioco di me.

NATH: *Salve, Victoria, buon Natale anche a te.*

Basta. Nient'altro. Reprimo il moto di delusione che rischia di farmi desistere e continuo.

VICTORIA: *Lo hai passato bene?*

Immagino una risposta del tipo: Sono affari miei. Invece...

NATH: *Non male.*

Una conversazione calda quanto un iceberg.

VICTORIA: *Non vedo l'ora di tornare alla routine a cui ero abituata.*

NATH: *Da quella non scapperai, almeno.*

Avverto dell'astio in questa frase. Capisco anche perché.

VICTORIA: *Mi dispiace essermene andata in modo così frettoloso. Eri arrabbiato e io ero arrabbiata quanto te, forse.*

NATH: *È stata una tua scelta, Victoria. Non è un problema per me.*

Doccia gelata.

VICTORIA: *Allora... ti lascio alle tue cose. Mi ha fatto piacere sentirti di nuovo. Buonanotte, Nath.*

NATH: *Buonanotte.*

Ho voglia di scaraventare il telefono contro il muro, ma dovrei avere la forza di sollevare il braccio, invece ho solo voglia di seppellirmi sotto le coperte. Sensazione che dura l'arco di un secondo. Non ho intenzione di cedere e, due minuti dopo, sto facendo le valigie per tornare nel Vermont. Domani o dopodomani al massimo rivedrò Nath, che lui lo voglia o no.

20
Nath

«Che schifo di Natale, vero, Charlie? Ma magari per te non lo è. In qualche altra famiglia saresti la portata principale. Ti è andata piuttosto bene».

Gli faccio una carezza sulla testa bianca. Lo spingo con gentilezza perché scenda dal divano. Richiudo il giornale che stavo leggendo e porto il papero fuori casa.

Trotterella verso la casetta di legno che è la sua cuccia e sparisce al suo interno.

Se la vita potesse essere facile come quella di questo papero, mi dico.

Sono quasi tentato di riprendere il telefono in mano e di richiamarla. Dirle che, in fondo, non fa niente se ha sbirciato nella mia vita privata o se ci ha costretti a fare una nuotata nel lago con queste temperature, o peggio ancora, se mi ritiene un fallito: ha ragione. Ma sono troppo orgoglioso per farlo, troppo testardo e, forse, troppo idiota.

Salgo in camera da letto e mi butto sopra le coperte ancora vestito. Non è stato un bel Natale, non come quelli che ho passato con mia sorella e la sua famiglia gli anni scorsi, nemmeno come quelli passati con mia madre.

Il Natale è sempre stata la sua passione. Lo aspettava con largo anticipo e spesso aveva desiderato di passarlo a New York, tra la confusione generale. I tranquilli festeggiamenti di provincia, nonostante le fiere di paese, le sono sempre andati stretti.

Ma riconosco che, nonostante tutto, si impegnava perché riuscissero. Addobbava un albero gigantesco al centro del salotto, pieno di luci. Alle pareti appendeva dei festoni colorati e fuori, lungo tutto il perimetro della casa, ancora luci.

Mio padre trovava tutto molto eccessivo, ma la lasciava fare. Le concedeva tutto, ingoiando amaro a volte, fino a che non ha permesso che andasse via.

Lo ricordo come se fosse ieri.

Non ero un ragazzino e abitavo già per conto mio, in una piccola dépendance che ora è un capanno degli attrezzi.

Sentii i miei genitori litigare. In modo più vivace del solito. Cercai di non farci caso, ma le urla di mia madre aumentavano. Quando andai per vedere cosa stava succedendo, trovai alcune valigie sull'uscio di casa. Mia madre si stava infilando il cappotto.

Le chiesi spiegazioni. Me le diede in modo approssimativo. L'ultima frase che mi rivolse prima di uscire per sempre dalle nostre vite fu: «Sei abbastanza grande da potertela cavare senza tua madre. Ho fatto più di quanto dovevo. Sono rimasta per te… Per tua sorella, ma ora non avete più bisogno di me».

Da allora le occasioni per rivedersi diminuivano via via che il tempo passava. Quando mio padre morì, mia madre non si presentò. Non so se mi fece più male questo, o l'aver perso l'uomo che, più di chiunque altro, mi aveva voluto bene.

Lo aveva lasciato ancora. Dopo che lui l'aveva amata più della sua stessa vita. Non gli aveva concesso nemmeno l'estremo saluto.

Da quel giorno ho promesso a me stesso che nessuno mi avrebbe mai ferito in questo modo e invece, seppur in maniera più lieve, ho permesso a qualcuno di farlo.

Sorrido al soffitto mentre piego un braccio dietro la testa.

Ci penso troppo spesso. È come un livido doloroso l'assenza dell'abitudine. Mi rende debole.

Il telefono è sul comodino. È ancora acceso. Basterebbe poco. Torna a litigare con me, le direi. Torna e rendimi quello a cui mi ero abituato. Torna e basta. Perché lo voglio. Perché lo vuoi. Torna. Perché hai detto che mi saresti mancata e sei stata profetica.

Afferro il telefono. Le mani tremano e sorrido ancora. Nervosamente. Impreco a denti stretti. Maledico il giorno che, su quel cartello, in aeroporto, ho letto "Victoria Stevenson".

Non si torna indietro da qui. Spengo il cellulare. Chiudo gli occhi e dico basta a ogni pensiero. Mi spengo anch'io, per questa notte.

21
Victoria

Sono arrivata qui, la prima volta, con una valigia piena di abiti inadeguati e scarpe scomode che non ho mai più indossato, e con aspettative molto basse sulla riuscita di un lavoro che, fin dal principio, non mi dava nessuna emozione.

Sono andata via riportando indietro abiti e scarpe scomodi, emozioni inesistenti. Ho lasciato tutto a Chicago.

Sono tornata con una valigia piena di speranza, un cuore colmo di sensazioni che mi fanno tremare le gambe. La vita.

Cosa mi aspetto di trovare? Forse qualcuno? Come il primo giorno in aeroporto. Solo che stavolta conosco la strada e so da chi devo arrivare. Quindi prendo un'auto a noleggio.

Percorro la strada dei boschi. La neve è arrivata, dopo un autunno piuttosto mite. Così aveva detto Nath.

Non è alta. Copre appena l'asfalto. Sembra quasi lo accarezzi. Piccoli cristalli, di tanto in tanto, si posano sul parabrezza.

Chissà come sarà il lago sotto la neve. È la mia prima tappa. Il cuore batte forte nel petto. Come a una bambina spaventata. Come a una donna innamorata.

Non posso fare a meno di pensare che non sarà affatto facile rivedere Nath.

Sono stata via solo pochi giorni, eppure mi sembra che sia

passata una vita. Curioso, strano, destabilizzante quanto mi sia mancato, quanto avrei voluto essere con lui, invece che con i miei.

Lui è quello che aspettavo?

Ci si avvicina molto.

Perché sono di nuovo qui? Per dirglielo? Per terminare il mio romanzo, ormai giunto quasi al termine? Per trascorrere con lui altro tempo prezioso?

Forse tutte queste cose insieme, e la verità è che tornare è sempre stato nei miei piani.

Questo posto è meglio di quanto immaginassi sotto i minuscoli cristalli di ghiaccio. Ma Nath non c'è. Busso e nessuno risponde. Charlie mi saluta a modo suo: si struscia sui miei jeans e torna nella sua cuccia. Gli animali riposano nella stalla. Il gallo è silenzioso a quest'ora della sera. Sono le sette in punto.

Il furgone non è nel vialetto. Poi ricordo. Guardo la data sul quadrante dell'orologio ed è oggi, sì, proprio oggi. La fiera in paese.

Saranno tutti lì, mi dico. Rimonto in macchina senza pensarci e mi dirigo in paese. Con una certa fretta. Una certa ansia e una certa voglia di urlare. Per l'eccitazione, la paura e il fiume di adrenalina che mi scorre nelle vene.

Mille scenari si dipingono nella mia mente. Ad aspettarmi c'è una piazza gremita. Le strade del centro sono addobbate a festa, le bancarelle sono illuminate, ricoperte di stoffe verdi su cui sono attaccate foglie variopinte.

L'odore di pane caldo, zenzero, cannella, dolci, zucchero filato e sciroppo d'acero mi stordisce la mente e il cuore.

È tutto così... Mi viene in mente solo il termine "magico". È perfetto.

Cerco il suo volto tra la folla. Non dovrebbe essere difficile notarlo, considerata la sua altezza.

Mi aggiro per il mercato in modo frenetico. Non ho mai voluto vedere qualcuno così tanto in tutta la mia vita.

Invece di lui, trovo sua sorella. La piccola Zoe è la prima a notarmi e tira la giacca di sua madre, infine mi indica con l'indice.

Susan sorride e mi fa un cenno di saluto da lontano, seguita dai suoi tre bambini che, per l'occasione, hanno indossato una tunica nera e una sciarpa gialla e rossa. Tutti e tre reggono una scopa di saggina in mano, di misura variabile a seconda della loro altezza.

Quando mi raggiungono sorrido loro. «Grifondoro?». Annuiscono. «Lo sono anch'io».

Zoe sembra soddisfatta e piega la testa da un lato con una smorfia curiosa. I più piccoli, incuranti della mia presenza, si sfidano a colpi di bacchetta magica.

Ho subito voglia di chiedere dove si trova Nath, ma non oso e, soprattutto, non voglio sembrare disperata.

Susan mi abbraccia come se fossi la sua migliore amica e non mi vedesse da anni, infine, con la solita curiosa intraprendenza, mi scuote per le braccia ed esclama: «Sei tornata, allora? Lo sapevo. E sei tornata al momento giusto».

«Al momento giusto? Per cosa?», le chiedo, mentre colgo un luccichio nei suoi occhi.

«Vedi... Lucy Perkinson ha la mononucleosi, così, improvvisa, da due giorni».

«Chi è Lucy Perkinson?»

«Una di qui, un'amica». Intanto mi accompagna per le vie della fiera, tra le bancarelle, continuando a parlare. E io continuo a non capirla, finché non si ferma. «Insomma, hai capito, no? Serve una sostituta, e ora che sei qui, credo che tu sia perfetta. È per l'orfanotrofio, Victoria».

«Cosa dovrei fare?».

Susan mi indica un'insegna in legno appesa a un piccolo

chiosco che somiglia un po' al carretto dei gelati. Leggo quello che c'è inciso: "Banco dei baci".

Guardo Susan. Guardo di nuovo l'insegna e tutto diventa chiaro. Faccio un passo indietro. Non posso.

«È per i bambini dell'orfanotrofio», ripete Susie. «Ogni bacio costa un dollaro. I soldi servono a riparare il tetto. Tutti vorranno baciarti, carina come sei. E poi sei nuova del posto. Faremo un sacco di bei soldi, vedrai».

Come faccio a dire no senza sembrare un'insensibile? Ma baciare degli sconosciuti...

«Saranno dei bacetti superficiali, non preoccuparti». Si china verso il mio orecchio perché non la sentano i figli. «Nessuno ti infilerà la lingua in bocca. Credo».

Bella rassicurazione.

Mi guardo intorno in cerca di una via di fuga, mentre Susan mi spinge all'interno del piccolo chiosco. Comincia a chiamare i primi clienti e a chiedergli il denaro.

Vorrei solo sparire, e poi il mio sguardo incrocia il suo. Nath.

Riconosco accanto a lui la ragazza bionda che incontrammo fuori dal supermercato, qualche tempo fa. Ci guardiamo senza staccarci gli occhi di dosso, ma non sono sicura che lui non stia pensando a un modo per farmi fuori.

Intanto, per un attimo, ho dimenticato il banco dei baci.

«Toh, guarda: mio fratello!». Susan gli fa cenno di raggiungerci. Nath saluta la ragazza che si allontana con un'altra donna, in compagnia di un bambino molto piccolo.

Sento il cuore capitombolarmi nel petto e la familiare sensazione di vuoto alla bocca dello stomaco. Non so decifrare il suo sguardo. È impenetrabile. Mi sembra quasi un sogno. O un incubo. Non riesco a decidermi.

Quando è a pochi passi da noi, non dice nulla. Sua sorella lo spinge nella fila. Lui la guarda, forse sorpreso, forse no, ancora non lo capisco. Infine guarda me. Niente. La sua espressione resta di ghiaccio.

«Tu partecipi, vero fratellone? È per i bambini dell'orfanotrofio».

«Se è per i bambini...». Nath si ficca una mano nella tasca dei jeans e tira fuori alcune banconote stropicciate. Le conta. «Tre dollari», dice. «Tre baci».

Deglutisco più volte. Ho la salivazione azzerata. Prima di lui ci sono altri quattro baciatori. Un ragazzo che avrà sì e no vent'anni è il primo. Lo vedo controllare se l'alito è a posto.

Sono in subbuglio.

Per i baci che dovrò dare agli sconosciuti, ma soprattutto per quelli che dovrò dare a Nath. Di colpo, mi sento disposta a baciare tutti questi tizi pur di arrivare a lui.

Sono patetica, lo so. Ma non mi importa.

Il ragazzo mi sorride e mi dice che si chiama Tom. Gli sorrido di rimando e continuo a lanciare sguardi a Nath.

Tom posa le sue labbra sulle mie. Le sfiora appena. Quasi non le sento. Il primo è andato. Il secondo è un vecchietto che si regge a malapena su un bastone. Mi sorride anche lui. Si presenta. «Il mio nome è Bastian Ferguson, signorina».

«Piacere di conoscerla, Bastian». Allungo la mia mano, l'anziano la afferra e posa le sue labbra fredde e strette sul suo dorso. «Mi limito a questo, signorina. Se la bacio davvero, rischio di perdere la dentiera». Sghignazza. Gli ridono gli occhi. Mi fa tenerezza e nella mia testa lo rivedo giovane e aitante in compagnia di belle ragazze.

La sua storia l'ha vissuta. Ora ne ha un'altra da raccontare.

Il terzo baciatore è un uomo di mezza età. Accompagnato dalla moglie che lo guarda con malcelata gelosia. L'uomo si limita a uno sfioramento leggero di cui gli sono estremamente grata. Cosa che non fa il quarto baciatore, un uomo sulla trentina che tenta di darci dentro. Lo tengo a distanza con le mani.

Infine, un'altra mano – quella di Nath – lo afferra per il collo da dietro e lo allontana. «Amico, hai dato. Vai, ora».

L'uomo borbotta qualcosa, lascia il suo dollaro in un piccolo cestino sul banco e si allontana.

Eccomi. Faccia a faccia con lui.

Nath ha uno sguardo severo, dapprima. Poi qualcosa nella sua espressione cambia. Si addolcisce. Mi fa vedere i tre dollari e li mette nel cestino.

Si avvicina. Lentamente. Sento una sensazione strana, come se la pelle si sollevasse da me. Temo di non riuscire a respirare. Ho il cuore in gola.

Nath allunga una mano e la mette sul mio fianco, poco sotto la vita. In quel punto sento la pelle sollevarsi di più. Un pizzicore, simile al solletico, mi sorprende. Ho le gambe molli, la bocca secca.

La mano di lui forza, mi avvicina. L'altra mano ora è sull'altro fianco. Sono nel suo cerchio e non ricordo posto in cui mi sono sentita più sicura.

Ho ancora il volto basso. Sono imbarazzata eppure dannatamente impaziente.

La mano di lui scivola sulla mia schiena, il suo corpo sfiora il mio. Mi solleva il volto con le dita. I suoi occhi chiari, lucidi, si muovono sui miei tratti.

Il suo capo è chino, le labbra socchiuse. Le avvicina alle mie. Le allontana e mi guarda di nuovo, forse per assicurarsi di volerlo fare davvero.

Sembra una danza propiziatoria.

Le mie mani, guidate da una volontà propria, si posano sul suo ventre, infine una si sposta sul suo petto. È forte. È caldo. Lo sento sollevarsi sotto il respiro regolare, mentre il mio corre all'impazzata. Il cuore, il respiro, i pensieri, tutto di me è una tempesta di violente emozioni. Le sento trascinarmi in un vortice che, sono sicura, se non ci fosse lui a tenermi, mi strapperebbe dal terreno.

Smetto di pensare all'improvviso, perché, senza accorgermene, le sue labbra sono sulle mie. Sono fresche, e salate. No, anche un po' dolci. Si muovono appena.

Sento il suo respiro quando le socchiude. Non oso muovermi. La sua barba, lunga di qualche giorno, mi solletica il mento.

Sento il cuore che sta per scoppiarmi nel petto.

Non credevo... Non sapevo di poter provare simili sensazioni. È un po' come volare: esaltante e allo stesso tempo spaventoso. La speranza di poter restare quassù per sempre è reale. L'idea di cadere è intollerabile.

D'un tratto si stacca da me. Mi guarda in silenzio.

«Come siamo messi con la tua fobia del contatto?», mi chiede poco dopo, mentre le sue mani vanno su e giù sulla mia schiena.

Sbatto più volte le palpebre. È come se mi destassi da un lungo sonno. «Terapia d'urto, hai detto una volta?», chiedo. «Credo che funzioni».

«Quindi... continuo?», sussurra.

«Continua pure».

Non attende oltre e le sue labbra sono di nuovo sulle mie. Stavolta lo fa più in fretta della precedente ed è come se riempisse tutto il vuoto che ho nel cuore e nell'anima, solo con la sua bocca che, in questo bacio, è più avida.

Spinge contro la mia, mi costringe a socchiuderla. È come se mi stesse mettendo alla prova, o come se mi stesse dando il tempo di decidere cosa voglio fare, o ancora se sono in grado di sopportare un bacio più profondo.

Lo sono. Con lui lo sono. Lo so. Non ho paura. Questo

bacio mi dà la sensazione di proteggermi da tutto il resto. Lo voglio. Lo voglio disperatamente questo bacio.

Gli allaccio le mani intorno alla vita e stringo. Nath si stacca di nuovo. Vacillo sulle gambe, in punta di piedi. Lui mi sorregge.

«Tre dollari». Sembra avere il fiato corto. «Tre baci. L'ultimo». Sospira.

Con coraggio, prendo l'iniziativa. Mi sollevo di nuovo in punta di piedi, gli allaccio le braccia al collo e mi stringo a lui. La mia bocca è sulla sua.

Lo sento sorpreso, per un attimo, poi mi stringe a sé con una tale forza che quasi mi spaventa.

Le mie mani risalgono verso la sua testa, fra i suoi capelli in disordine. Le sue mi stringono la vita e mi sollevano di più.

«Ecco, con un bacio del genere mi sarebbe saltata la dentiera». È il vecchietto del baciamano che ha parlato. Lo riconosco. Mi scappa da ridere, ma non mi stacco da Nath. Spezzare questo sogno sarebbe da incoscienti.

«Fratellone...», Susan chiama Nath. «Fratellone, ci sarebbero altri dollari da guadagnare. Con i tuoi tre siamo solo a sette».

Nath si stacca, guarda Susan e sbuffa. Torna a posare il suo sguardo su di me e dice: «Non ho abbastanza dollari per comprare altri baci».

«Potresti... Potresti non avere bisogno di comprarli», mi arrischio a dirgli. Lui sorride, ma non aggiunge altro. Si allontana di poco, lasciandomi addosso una frustrazione che a malapena riesco a sopportare.

Vorrei corrergli dietro e tornare a baciarlo, ma oltre che patetica e disperata, sembrerei anche pazza.

«Dai i tuoi baci, Victoria, sono per i bambini dell'orfanotrofio». Si allontana ancora, camminando all'indietro. «Quando avrai finito, ti aspetto», aggiunge, voltandomi le spalle e allontanandosi definitivamente. Si mischia alla folla e non lo vedo più.

Susan mi passa un bicchiere d'acqua recuperato da non so dove. «Hai l'aria di averne bisogno», mi dice con un mezzo sorriso. Sento soddisfazione nella sua voce, e credo di sapere il perché. Ma forse sta correndo troppo con la fantasia, esattamente come sto facendo io. Nessuna delle due ha fatto i conti con i sentimenti di Nath.

Ho bisogno di una sedia. E di un cardiologo, probabilmente.

22
Nath

Quando baci qualcuno come se non ci fosse un domani, comincia a farti delle domande, mi dico.

In verità, alcune domande ho cominciato a farmele da molto prima di questi baci. Dall'esatto momento in cui ho creduto che fosse andata via per non tornare più.

E invece eccola qui. Di nuovo. Ed è come se non se ne fosse mai andata. Mi ha riportato il suo fascino ingenuo, la confusione e le lentiggini sul naso.

Ho tentato di fare l'offeso per quanto? Tre secondi? Poi ho visto il banco dei baci. Lei, al banco dei baci, e l'equazione si è risolta da sola.

Non pensavo di rivederla, davvero.

Quando è successo ho temuto di avere le allucinazioni, dato che, per giorni, non ho fatto altro che pensare a lei. Ho combattuto con me stesso per non farlo, per non cadere di nuovo in trappola, ma era una battaglia persa in partenza, avrei dovuto saperlo.

Desidero questa donna. In tanti modi. La desidero per quello che dice, per quello che pensa, per come sorride, per come si infuria, per i suoi attacchi di panico, per le manie, per le lentiggini sul naso. Per gli occhiali storti mentre scrive. Per la passione che ci mette. Per le nottate passate a lavorare, senza stancarsi.

La desidero perché mi contraddice ogni volta, tranne quando mi ha baciato. La desidero per quei baci. La desidero perché so che solo i baci non mi bastano. E la desidero perché so che non bastano nemmeno a lei.

Victoria è una strega senza scopa. Mi ha incantato senza che me ne accorgessi.

Tremo al pensiero di dove mi porterà tutto questo, perché lei è davvero fuori dalla mia portata. Lo è chiunque in questo momento.

Non sono quello che si dice "un buon partito". Non ho niente, sono pieno di debiti. Gli ultimi dollari che avevo li ho spesi per baciarla. Dovrò aspettare di vendere altro sciroppo e altra verdura per rimettere in piedi le mie finanze.

Cosa posso darle? Una fattoria fatiscente? Un rozzo… Come mi chiama? Sì, un rozzo buzzurro, ignorante, vegano e con un caratteraccio.

Non mi vorrei neanche io a queste condizioni.

L'ultimo suo bacio sembrava dirmi altro, ma conosco la storia. L'ho già vissuta.

Seguo da lontano l'avvicendarsi di clienti al banco dei baci. Seguo il suo sguardo, a volte perso, a volte distratto, a volte disgustato. Lo seguo mentre mi cerca.

Fino a che, lungo la fila che porta al banco, non noto una presenza poco gradita.

Bob Sullivan si sta avvicinando. Si passa un dollaro da una mano all'altra. Nel suo sguardo leggo qualcosa che non mi piace. Bramosia.

Victoria si accorge di lui. Dà di gomito a mia sorella, mentre in fretta, mi faccio largo tra la folla per raggiungerli.

In un attimo sono dietro Bob. Passo davanti a un altro cliente che si lamenta. Non lo ascolto. Afferro Bob per una spalla e all'orecchio gli sussurro: «Toglitelo dalla testa».

Si volta verso di me con lo sguardo agguerrito. Puzza d'alcol e di erba. Un mix esplosivo.

Mi spintona. Mi colpisce una spalla con una manata. Non reagisco, ma devo serrare la mascella per contenermi.

«Nath, lascia perdere». Susan mi prega con lo sguardo.

«È un banco aperto a tutti, no?». Bob mi sventola il suo dollaro sotto al naso.

«Tranne ai figli di puttana. Quindi vedi di levarti dalle scatole». Sono stato troppo gentile.

«Fottiti, Owens. Avrò il mio bacetto». Con uno slancio degno di un rugbista, spinge via il ragazzo prima di lui e passa avanti nella fila. Afferra Victoria per un braccio e la tira verso di sé. Lei riesce a liberarsi con uno strattone piuttosto violento. Mi guarda in cerca di aiuto che, prontamente, le offro.

Non devo fare altro che allungare un braccio per acchiappare un lembo del giaccone di Bob. Tiro con forza, gli prendo un polso e lo ruoto all'indietro. Bob geme di dolore.

«Questo è niente al confronto di quello che ti farò se ti avvicini ancora a lei».

Intorno a noi comincia a crearsi un capannello di persone curiose.

«Se vuoi che chiami lo sceriffo devi solo dirmelo, Bob», proseguo.

Bob si rilassa. «No, per favore Nath. Mi vuoi rovinare davvero? Non sono… Non sono pulito».

So che si riferisce alla marijuana che, è probabile, sia la roba più leggera che si porta dietro. Ecco dove spende i soldi del suo lavoro, ecco perché desidera tanto vendere al greco.

«Vattene, Bob, prima che cambi idea».

Bob non se lo fa ripetere due volte e, appena lo mollo, si allontana quasi correndo. Di tanto in tanto lancia qualche sguardo verso di me, forse per assicurarsi che non mi muova da lì.

Quando sono certo che sia abbastanza lontano, mi avvicino a Victoria. La prendo per una mano e con gentile fermezza le faccio fare il giro del banco dei baci, infine guardo mia sorella e le dico: «Fatti baciare tu, ora. Ce l'hai la bocca, no?».

Non aspetto risposta e mi allontano, mentre sento Susan urlare alla folla: «Baci, baci per tutti. Baciate labbra usate parecchio da un marito marine, ma è un usato sicuro. Un dollaro, un bacio. Per i bambini dell'orfanotrofio. Forza, non siate tirchi, non ho mangiato aglio».

«Tua sorella è fuori di testa», dice Victoria, mentre si volta a guardarla. Susan ha raccolto accanto al banco dei baci un gruppo di vecchi amici pronti a sostenere la sua causa e altri concittadini. I baci sono quanto di più casto abbia mai visto, non esattamente come quelli che ho dato a Victoria. «E grazie… Per Bob… Se avessi dovuto… Sai…».

Lei continua a parlarmi, ma io non l'ascolto davvero. Non ho idea di quello che sta dicendo. Mi racconta qualcosa sul Natale appena passato, mi riferisce di un ciambellone, di sua madre. Ha un tono nervoso, imbarazzato forse, soprattutto quando mi chiede: «Dove diavolo mi stai portando?».

Dal canto mio, non riesco a pensare ad altro se non alla sua bocca sulla mia. Per questo, dopo aver attraversato la piazza colma di gente, schivato un paio di affezionati clienti pronti con un ordine per dello sciroppo d'acero, sostato due secondi netti, solo perché lei sembrava interessata, davanti al gazebo dove il coro gospel di Pretty Creek intona *All of Me* di John Legend, la trascino, con molta poca grazia, nel magazzino della ferramenta dell'amico Matt.

Non le do modo di parlare, anche se tenta di farlo. Né io mi do occasione per pensare e magari trovare un milione di motivi per non baciarla di nuovo. Senza nessuno a guardarci. Solo io, la Letterata e le sue lentiggini sul naso.

Quelle dannate lentiggini che mi hanno fatto arrivare a questo punto.

Okay, cercherò di essere onesto. Non solo le lentiggini. Ci sono diverse qualità di questa donna che mi attraggono come una calamita, e non tutte si vedono con gli occhi. Anche se quelle che riesco a vedere non mi dispiacciono affatto.

Senza indugiare oltre la prendo per la vita e la stringo a me. Un attimo dopo la sto baciando. Sembra resistere, ma non è così convinta. Forse è solo sorpresa, di certo non spaventata.

Mi sento un po' stupido, ma non posso smettere, soprattutto nel momento in cui la sento rispondere al bacio.

Qualche giorno fa avrei voluto strozzarla, adesso voglio solo ricoprirla di baci dalla testa ai piedi, e voglio farlo fino a quando non rinsavirò e mi renderò conto che *me stesso* è tutto ciò di cui dispongo e che me stesso non sarà mai abbastanza per lei.

«Mi dispiace», le dico quando riesco ad allontanarmi.

«Ti dispiace?». Victoria sembra stordita mentre lo chiede. «Per cosa esattamente?», prosegue tornando lucida. «Per avermi baciata?»

«No, mio Dio no!», le rispondo con foga. «Ti bacerei per ore... Giorni, se potessi». Mi spaventa e mi eccita questa verità. È come una doccia gelata. «Mi dispiace per la discussione che abbiamo avuto prima che te ne andassi. Sono stato...».

«Cafone?»

«Stavo per dire scortese, ma se cafone ti piace di più... Okay, sono stato cafone». Sospiro e mi gratto il mento. Ho la barba troppo lunga e forse quando ho baciato Victoria non sono stato troppo delicato. Pensieri inutili, questi, che mi frullano per la testa quando sono nervoso.

«E arrogante», continua lei.
«Arrogante, va bene».
«Indelicato. Presuntuoso…».
«Anche?». Lascio andare un sospiro grattandomi la testa, pensando che abbia finito, e invece…
«Un bel po' stronzo».
«D'accordo, credo di meritarlo, anche se…».
Lei stringe le labbra e mi guarda con vago sospetto. «Continua, ti prego».
«Niente… Solo che… Anche tu non sei stata proprio un angelo».
«Io? E sentiamo, cosa ti ha turbato del mio atteggiamento?»
«Il fatto che tu abbia frugato fra le mie cose…».
«Ti ho detto che non è stato intenzionale». Tace per qualche secondo. Sembra riflettere, infine riprende: «Forse solo un po'. Ma ero troppo curiosa, dannazione!», sbotta, sbattendo i pugni contro il muro dietro di lei. «E poi… Una vera nuziale… Cavolo! Insomma, eri sposato? Apprenderlo così… Non è mica stato bello, sai? Una si fa un'idea e poi la vede crollare come un castello di carte a un soffio di vento».
«Gelosa?»
«Sconvolta. Sapere che uno come te, così… Argh… Cocciuto, prepotente e…».
«Un bel po' stronzo, sì, questa parte la conosciamo. Prosegui».
Victoria gonfia le guance e sbuffa in modo rumoroso. «Sapere che uno come te è stato sposato è incredibile. La donna che ti ha tollerato non doveva essere sana di mente».
Sorrido davanti a questa sceneggiata recitata *quasi* alla perfezione. Nel quasi sono compresi diversi dettagli che mi convincono del fatto che Victoria mente. Il rossore, che non è dovuto alla rabbia, visto che arrabbiata non lo è affatto.

Il tremore delle labbra, indecise fra un mezzo sorriso e una specie di broncio, piuttosto finto. Una delle sue mani che, nonostante tutto, cerca la mia.

«Faith non era mia moglie. Ma lo stava per diventare. Grazie al cielo ha deciso di fare dietrofront sul più bello».

Victoria tace, mi guarda fisso negli occhi. Forse cerca di scrutarmi, di sondare la mia anima attraverso di essi, per tentare di coglierci qualche emozione. Rimpianto, magari. Ma è passato il tempo dello struggimento. Sono guarito da un pezzo, ormai.

«Mi dispiace». Si morde il labbro inferiore. Vedo che cerca di non sorridere.

«Sei un bel po' stronza anche tu, lo sai?»

«E va bene!», ammette. «Non mi dispiace poi così tanto. Se tu fossi stato sposato io…».

«Non avresti potuto baciarmi come hai fatto?». Tento di avvicinarmi di nuovo, e allungo una mano sul suo fianco, ma lei mi allontana scuotendo il capo.

«Se tu fossi stato sposato, Nath, io non avrei potuto prendere in affitto la stanza alla tua fattoria. Non credo che un'eventuale moglie sarebbe stata felice di avere questo bel pezzo di letterata in casa. Bella e intelligente. L'accoppiata vincente, amico».

«Non sarai mica il tipo di donna che se la tira troppo, tu, vero?»

«Perché mentire? Parola di procione col sedere svizzero».

Sollevo un angolo della bocca quando mi ricorda i miei ridicoli insulti. Questa è una donna che, di certo, non si fa troppe fisime riguardo all'aspetto fisico. Questa è il tipo di donna che piace a me. Il tipo che mi tiene testa, che non lascia mai l'ultima parola a qualcun altro. Il tipo che non si rinchiude in camera a piangere, ma che, nonostante abbia dubbi e paure come tutti, tenta di affrontarli, che siano un gatto pulcioso, i germi sulle maniglie delle porte dei bagni, i rospi pustolosi, i contadini presuntuosi.

«Ecco perché scrivi: hai una grande fantasia, Letterata».

«Dici?»

«Dico. E mi piaci per questo».

«Ah, quindi ora ti piaccio?».

23
Victoria

Sono io, qui, adesso? Oppure è solo un altro frutto della mia fantasia iperattiva che non mi permette di vedere la realtà per ciò che è davvero?

«Non montarti la testa, ma sì, solitamente se bacio una donna è perché mi piace. Resti comunque una spina nel fianco, ma adesso non fa troppo male». La voce di Nath allontana ogni dubbio.

«Carino. Delicato. Gentile come un nobiluomo». In realtà sto sorridendo. Lo so che il suo è solo un modo per apparire più sbruffone di quanto in verità dimostri di essere. D'altra parte, non è anche il mio metodo, questo?

«Hai dimenticato buzzurro».

Nath si china sul mio viso a dirmelo. La sua bocca sussurra parole a pochi centimetri dalla mia. A un certo punto sorride e dice: «È una fortuna che io non abbia mangiato aglio».

Trattengo una risatina. Stringo le labbra e penso a tutte le volte che in un romanzo ho letto che l'alito di lui sapeva di menta, persino al mattino appena sveglio. Impensabile.

Quello di Nath non sa di nessuna erba aromatica. Sa di... Non lo so, forse cannella. Qualcosa di dolciastro comunque, misto a un vago sentore di birra.

«Vieni a casa con me?», mi chiede all'improvviso, vicino, così vicino che non riesco a focalizzarlo bene.

Un milione di pensieri mi affollano la mente, un milione di emozioni. La sua richiesta è inequivocabile. Lo comprendo dalla sua espressione, dagli occhi lucidi, dal tono un po' incerto. Ha paura anche lui, come me. Questo cambia ogni cosa. Questo significa… Cosa significa? Significa tutto, per me. Mi chiedo se per lui abbia la stessa importanza. Di certo non penso a chiederglielo ora.

Deve aver notato il mio silenzio, perciò mi chiede: «Hai ancora problemi con…».

Lo blocco all'istante. So cosa sta per dire. «No», scuoto la testa. «No», ripeto più convinta. «Non sono un caso disperato. Ho avuto altri uomini e non è che abbia trascorso le serate a guardare la TV con loro».

«Sì, ricordo che me lo hai detto. Ma se provi disagio, io…».

Lo fermo un'altra volta e gli impedisco di proseguire parlando. «A meno che non si tratti di baciare degli sconosciuti – ma quello è più un problema di disgusto e paura di beccarmi come minimo l'herpes labiale o la mononucleosi, tutto riconducibile alla mia ipocondria – il mio rifiuto del contatto è un problema di origine affettiva. Pochi abbracci da bambina, poche attenzioni, poco amore, mi hanno abituata molto male. I miei genitori non sono mai stati… Per così dire… Propensi alle coccole. Da un lato è stato un bene perché, nonostante abbiano generato in me mille paure, hanno temprato il mio carattere al punto tale da permettermi di affrontare la vita senza dovermi appoggiare per forza a qualcuno: uomo, amico, vizio. Ho imparato presto a camminare sulle mie gambe. Nath…», lo fisso dritto negli occhi, sperando che colga la vera me, «non sono così fragile come sembro».

Lui fa uno strano sorriso. Ammirazione? Rispetto? Ho quasi paura a credere che si tratti di questo.

«Se c'è qualcosa che non ho mai pensato di te, è che tu sia fragile». Poi solleva lo sguardo verso il soffitto, si gratta il mento, come se stesse riflettendo su un particolare molto importante e infine dice: «Tranne quando hai avuto a che fare con il povero Croc».

«Croc...». Abbasso la testa mentre nascondo un sorriso dietro i capelli che scivolano in avanti. «Croc sarebbe potuto diventare un perfetto principe azzurro, ma io lo preferisco...».

«Buzzurro», diciamo all'unisono. Stavolta non posso negarmi una risata, spenta solo dalle mani di Nath che afferrano il mio viso e dalla sua bocca che, in modo del tutto inaspettato, si posa di nuovo sulla mia mentre rido ancora.

Le sue labbra sono perfette contro le mie. Come la tessera di un puzzle. L'incastro che mancava. E il suo sapore, così dolce, salato, vero, concreto, è la prova che stavolta non sto sognando.

Il rumore di una porta che si apre mi strappa a quel bacio. Sussulto. Nath mi fa cenno di fare silenzio. «Se Matt ci becca qui, diventerò lo zimbello del pub per almeno i prossimi tre anni», dice. Si guarda le spalle, mi afferra la mano, alla svelta riapre la porta da dove siamo entrati e mi spinge fuori dal magazzino, mentre dall'interno giunge la voce di uomo che, con tono nervoso, dice: «Chi è là? Chi è là? Guardate che sto chiamando il 911!».

Nath richiude la porta. Ha un'espressione che la dice lunga su quanto sia divertito da questa situazione. «Matt è un *cagasotto*. C'è il rischio che chiami davvero il 911. Meglio filarsela».

Mi trascina lungo il vicolo. Cade un leggero nevischio, molto simile alla pioggia. Sollevo lo sguardo verso il cielo quasi scuro. Un cono di gocce cristallizzate mi colpisce il volto, ma non ho tempo di goderne perché Nath non sembra apprezzare il lato romantico di questo scenario.

Svoltiamo l'angolo del vicolo e passiamo davanti alla vetrina della ferramenta dell'amico Matt. L'uomo ci vede e in un lampo ci raggiunge. «Avete visto qualcuno correre via dal retro della ferramenta?», chiede tutto trafelato.

«No, nessuno», dice Nath con una faccia innocente. «Passavamo di qui per caso».

Matt si guarda intorno con aria sospetta, fino a quando non fissa lo sguardo su di me e dopo qualche secondo, in cui sembra cercare di ricordare dove mi ha vista, dice: «Tu sei quella del calcio nelle palle, vero? La gatta selvatica. La scrittrice folle».

Guardo Nath che tira su col naso e abbassa lo sguardo nascondendo un mezzo sorriso. «Già, sono proprio io. Victoria Stevenson, lieta di conoscerti».

«Matthew, per gli amici Matt. E per la cronaca... Quel calcio nelle parti basse se lo meritava».

«Gliene avrei rifilati un paio, se non avessi pensato di compromettere la sua capacità di procreare. Ma dato che *scrittrice folle* mancava alla collezione di insulti proferiti da quest'uomo, potrei anche cambiare i miei programmi e dargli il secondo calcio».

«Si è fatto tardi. Non credi che dovremmo andare, Victoria?». Nath è un po' in difficoltà, ma cerca di mantenere un atteggiamento sfrontato.

«Ghiaccio e tanta birra, amico. Dimenticherai presto il dolore. Torno a controllare il retro».

Matt ci abbandona con la stessa fretta con cui ci ha raggiunto. A questo punto mi permetto di dare un leggero scappellotto a Nath. «Scrittrice folle?».

Lui si massaggia la testa, fingendo di provare dolore. «Insomma... Un po' lo sei, no?»

«Hai questa strana idea degli scrittori, tu».

«Vi immagino tutti ubriaconi e con l'animo tormentato». Sorride con un angolo della bocca. Ho scoperto che adoro vederglielo fare.

«Ti sembro un'ubriacona?»

«No, ma hai un po' l'animo tormentato».

«Se ti racconto che conosco scrittori che sembrano dei ragionieri per quanto sono razionali e pragmatici, e che conducono vite noiose quanto quelle di una cicala attaccata alla corteccia di un albero, distruggo il tuo mito?»

«Direi proprio di sì. Lasciami immaginare voi altri come un mucchio di ribelli col cuore straziato, che danno voce al loro dolore attraverso la parola scritta».

Mi scappa da ridere dopo questa descrizione, perché così lontana dalla realtà. Almeno per molti che conosco. Nel mio caso, però, spesso veritiera. Di tanto in tanto ho dato voce al mio dolore attraverso la scrittura. Un modo come un altro per esorcizzarlo.

«"Gli scrittori si forgiano nell'ingiustizia come si forgiano le spade". Ernest Hemingway», cito.

«Ecco, lui mi pare che fosse tormentato», ribatte Nath.

«Un genio che ne ha viste troppe, forse».

All'improvviso, Nath scuote il capo e sorride. «Non credere a tutto quello che dico».

«Non l'ho mai fatto».

Di nuovo quel sorriso da mascalzone che mi fa avvertire le proverbiali farfalle nello stomaco. Se questa cosa fra me e Nath non dovesse funzionare... Questa cosa che non ho ancora ben capito cosa sia, sarebbe dura da mandare giù. Non è che mi stia fasciando la testa prima di essermela rotta. Il punto è che ogni percorso di vita che ho fatto, l'ho fatto con i piedi di piombo, e alla fine, quando raggiungevo il traguardo, comunque andasse, ero preparata a sopportarne le conseguenze.

Stavolta, invece, sembra essere diverso.

Lui che mi sembrava intollerabile, ora mi sembra perfetto così com'è, difetti compresi. Comincio ad avere fantasie curiose, tenere e forse impossibili: io e lui seduti su un dondolo sotto il portico della fattoria, a guardare il lago al tramonto, vecchi e innamorati. Io, lui e dietro di noi anni e anni di una storia d'amore da raccontare.

Il sogno che sto facendo è così bello che, quando lui incrocia le dita con le mie, mentre camminiamo sotto il nevischio, ho un sussulto. Nath se ne accorge, lascia la mia mano e mi mette un braccio intorno alle spalle, infine mi calca il cappellino di lana sulla testa, come farebbe con una bambina.

È solo un piccolo gesto, per qualcuno senza significato, ma a me scalda l'anima.

Ecco, io non ho mai avuto chi lo facesse. Ora aspetto solo che mi rimbocchi le coperte e poi sarò davvero sua, nel caso ci fossero dei dubbi sul fatto che io non lo sia ancora. Sua col cuore.

Sua con la mente.

Sua con tutta me stessa.

Nessuno di noi due parla. Restiamo in silenzio, mentre percorriamo a ritroso la piazza ancora piena di gente per nulla spaventata dal maltempo. Anzi, qualcuno ne sembra entusiasta, soprattutto i bambini che, coperti da cappelli di lana, guanti e infagottati nei cappotti, sembrano divertirsi un mondo rincorrendosi sotto la pioviggine.

Vicino al banco dei baci vedo ancora Susan che dispensa caste carezze con le labbra a qualche giovinastro che sembra volerci provare. La donna ci vede, sorride, fa un leggero cenno col capo. Ha l'aria soddisfatta. Non lo so cosa sperasse per suo fratello, ma se sperava *me*, non sarà una fatica esaudirla.

Sotto il gazebo, il coro gospel intona a cappella *Halo* di Beyoncé, e un gruppo di nonnette, ai margini della struttura di legno bianco, sotto un tendone allestito in caso di maltempo (lo so perché c'è un cartello piantato nel terreno con su scritto "In caso di neve o pioggia"), è impegnato ad assemblare una trapunta patchwork.

I pezzi di stoffa sono di diversi colori: celeste, lilla, giallo, rosso. Alcuni hanno delle fantasie floreali, altri motivi a righe o a quadri. Al centro della trapunta vedo nascere un paio di nuvole azzurre e tutto intorno, sparse qua e là, sui riquadri con i differenti disegni, sembrano svolazzare le foglie d'acero rossastre, tipiche del Vermont.

Ho sempre desiderato una trapunta patchwork lavorata a mano, così, senza dire una parola, trascino Nath verso il gruppo di ricamatrici. Una volta sotto il tendone, ne vedo diverse in vendita, ma quella che stanno cucendo è in assoluto la mia preferita.

«Quanto per questa?», chiedo senza esitazione.

L'anziana donna al centro del gruppo, quella che sembra guidare tutte le altre, solleva lo sguardo su di me. Lo sposta per salutare Nath e infine torna a osservarmi, incuriosita, forse, dalla mia eccitazione malcelata.

«Pago qualsiasi cifra», dico infatti, con il rischio di apparire arrogante. «Questa trapunta è un sogno», aggiungo per chiarire.

La vecchietta si passa una mano dietro un orecchio. Raccoglie una ciocca di capelli incanutiti, sfuggiti ai pettinini dorati della crocchia. Sorride alle sue amiche e infine a me, prima di dire: «Non vale qualsiasi cifra, ma solo trenta dollari».

Afferro il portafogli dalla borsa e faccio per pagare la donna, ma l'anziana scuote il capo in segno di diniego.

«Non è ancora pronta. Quando lo sarà potrai averla, figliola».

«Quanto tempo ci vorrà?»

«Ci vorrà il tempo necessario. Le cose belle come questa

non possono essere fatte in fretta. Vanno curate nei dettagli».

Il suo discorso non fa una piega. Sto per dire che non so se sarò ancora qui quando sarà pronta, ma non lo faccio. Guardo Nath, il suo sguardo è abbassato, fisso sulla trapunta. Ne accarezza la stoffa e sembra pensare a chissà che.

Vorrei saper leggere nel pensiero.

Annuisco verso l'anziana donna, rimetto il portafogli nella borsa e afferro di nuovo la mano di Nath. Lui sembra destarsi da chissà quali sogni a occhi aperti. Mi sorride e dice: «Vedrai che non ci metteranno molto, vero, Lucinda?».

La donna con cui ho parlato annuisce. Non mi stupisco che si conoscano. Pretty Creek è davvero piccola. Sospiro e sorrido anch'io. Ci allontaniamo dal tendone. Sono certa che quella trapunta sarà mia e coprirà le mie notti solitarie oppure quelle che spero di trascorrere tra le braccia dell'uomo che ho accanto.

Il nevischio è diventato neve. I fiocchi si attaccano alla punta dei miei stivali, al giaccone, al cappello di lana, alla pelle scoperta delle mani, all'anima. Sono freddi, ma non mi procurano fastidio.

C'è lui, Nath, il più arrogante e adorabile uomo contro cui la mia vita è andata a sbattere.

24
Nath

Quanto tempo era che non mi sentivo così bene? Quanto tempo è passato dall'ultima volta che ho abbracciato così una donna, quanto dall'ultima volta che ho provato questa stretta al cuore che fa un po' male e un po' rassicura?

La guardo di sottecchi di tanto in tanto, quando penso che lei non se ne accorga. Ammiro le sue lunghe ciglia scure, i suoi occhi, spesso adombrati e qualche volta lucidi. Osservo il suo profilo imperfetto, le lentiggini che ricoprono il naso e le guance, le labbra atteggiate in qualcosa che assomiglia a un sorriso.

Guardavo così Faith tanto tempo fa? Strano che non lo ricordi più. Non rammento più l'emozione che essere innamorato di lei mi dava. Non adesso che ne provo una più intensa.

«Cosa mi stai facendo, Victoria?», domando ad alta voce, senza accorgermene.

«Cosa?», ribatte lei.

«Cosa?», replico io.

«Hai detto…».

«Lo so cosa ho detto». Sorrido e mi sento un vero idiota.

«E io ho sentito cosa mi hai chiesto». Sorride di rimando, con l'aria un po' colpevole, un po' compiaciuta. «Ma dovrei essere io a chiedertelo», aggiunge, stavolta con un'espressione seria e con il dubbio che le attraversa lo sguardo.

«Non lo so», dico con sincerità. «Non resta che aspettare e vedere come andrà».

«Il *come andrà* mi ha sempre fatto paura. Non ti puoi mai fidare del futuro. È un tempo infido», commenta lei stringendosi al mio braccio. Con questo gesto, in maniera inconsapevole, mi dà la risposta che speravo, o forse temevo. Victoria è una donna che cerca certezze, stabilità, non è certo una sprovveduta. La domanda è: gliele posso garantire? Il responso, come sempre, mi lascia una sensazione amara nel cuore. Io non posso darle un bel niente.

«Molti affermano che sia un tempo di speranza», dico, con un ottimismo che in realtà non provo affatto.

Lei mi guarda, con quegli occhi fiduciosi e lo sguardo pieno di aspettative che non voglio deludere. Accanto a me, stretta al mio braccio, con le dita esili intrecciate alle mie, c'è una donna speciale. Una di quelle con cui vorresti perderti, con cui faresti l'amore per sempre, con cui litigheresti e poi rifaresti di nuovo l'amore. In qualsiasi modo ti venga in mente: su un letto, contro un muro, sul divano del salotto, su un tappeto. Una di quelle donne speciali che ti costringono a implorarle di amarti, con gli occhi lucidi, con le mani giunte a preghiera se è necessario. Una di quelle diverse da tutte le altre, che si illuminano non appena aprono gli occhi al mattino, e che ti fanno ripetere "Ti amo, amore mio", come un disco rotto, senza stancarti mai, come una lenta e inesorabile nenia che, sei consapevole, avrebbe il potere di straziarti il cuore e renderti l'uomo più infelice della Terra se solo non avessi l'opportunità di dirglielo sempre.

Questa è Victoria, Letterata arrivata nella mia vita con le sue ossessioni da incorniciare, le paure incomprensibili, le dolci follie, le nottate a ticchettare sulla tastiera del PC perché dalle sue dita nascano altre vite, lo sguardo perso nella meraviglia mentre osserva il lago, le gite impreviste in barca; le parole sputate senza pensare, i sorrisi, i gesti, le movenze che riesco a vedere solo in lei, forse perché i miei occhi non sono più quelli di una volta. Forse ora vedono. Lei è questa. Quella del: "Resta con me, e restaci per sempre". Quella del: "Ti seguo in capo al mondo se me lo chiedi". Quella da stringere e amare tutta la vita, tutti i giorni, per ogni suo pensiero. Quella da: "Ti darò tutto anche se non ho niente", perché hai l'impressione che lei sia una di quelle che si accontenterebbero del niente pur di stare con te. O almeno ti piace crederlo perché ti fa comodo farlo, perché così ti senti meno fallito.

Se non avessi creduto che se ne fosse andata per non tornare più, non sarei mai giunto a questa conclusione, o forse ci avrei solo messo più tempo. Sta di fatto che non so se questa consapevolezza mi aiuti a vivere meglio o complichi ulteriormente la mia incasinatissima vita.

È una di quelle novità che avresti preferito fossero arrivate in un momento più roseo, per godertele appieno. Ma in questa fase della mia vita, i momenti migliori sono da cercare con il lanternino, fino a che non riuscirò a sistemare la mia situazione finanziaria, perlomeno.

«A cosa stai pensando di bello?», mi chiede all'improvviso, Victoria.

La guardo incuriosito. «Come fai a sapere che è qualcosa di bello?»

«Perché hai la faccia da pesce lesso».

Mi passo una mano sul mento ispido. «Te ne faccio passare un po' troppe, Stevenson. Pesce lesso, a me, non lo hai mai detto nessuno».

«Sai come si dice: c'è sempre una prima volta».

Il sorriso che nasconde voltandosi dall'altra parte lo vedo lo stesso.

Ormai siamo vicini al mio pick-up, parcheggiato in una zona periferica abbastanza lontana dalla piazza.

Svoltiamo in un vicolo piuttosto isolato e mi accorgo che, appoggiati al cofano del mio furgone, ci sono tre uomini vestiti di scuro, con lo sguardo abbassato.

Capisco che c'è qualcosa che non va quando mi rendo conto che uno dei tre impugna una mazza da baseball e un altro un piede di porco. L'istinto mi porta a mettermi davanti a Victoria che si blocca di fronte a una simile scena.

«Stai tranquilla», le dico, ma in realtà c'è poco da stare tranquilli.

I tre tizi sono di spalle, con il volto nascosto in parte dal cappuccio del giaccone, così non li riconosco. Mi risulta ancora più difficile quando, al cenno di uno di loro, coprono il viso con dei passamontagna scuri. Solo allora si girano verso di noi.

Più li osservo, più sono sicuro di riconoscere in uno di loro Bob Sullivan. Può coprire la sua faccia quanto gli pare, ma il suo modo di muoversi, un po' dinoccolato e incerto, lo riconoscerei ovunque.

È lui quello che tiene in mano il piede di porco, è lui che sferra il primo colpo al furgone, andando a colpire, con chirurgica precisione per uno che è ubriaco la maggior parte del tempo, uno dei fari. Colpisce anche l'altro, mentre il secondo uomo sfoga la sua furia contro il parabrezza, ridotto in men che non si dica a una ragnatela di vetro incrinato, fino a che non lo sfonda del tutto. Infine passa a una delle fiancate.

Stanno distruggendo l'unico mezzo che ho per spostarmi. Peggio: stanno distruggendo l'unico mezzo che mi permette di lavorare.

«Resta qui», dico a Victoria.

«Dove diavolo vai? Sei impazzito?».

Non la ascolto e con passo spedito mi dirigo verso i tre delinquenti, mentre a gran voce urlo: «Ehi! Ehi voi?». La mia voce risuona cupa nel vicolo, sembra rimbalzare sulle pareti, così come il suono del legno e del ferro che si abbattono con ferocia sul mio furgone. Sto attento a non avvicinarmi troppo: sono in minoranza e non sono tanto spavaldo da affrontare quei tre da solo.

Fingo di cercare il cellulare nella tasca del giaccone, ma il telefono è rimasto a casa, come sempre. Allora guardo Victoria, ma sembra avermi preceduto perché è già col cellulare all'orecchio.

Uno dei tre, quello che presumo sia Bob, si accorge di quanto sta succedendo. Lascia cadere il piede di porco ed estrae una pistola.

La impugna e la punta ora contro di me, ora contro Victoria. «Molla quel telefono», dice con la voce ovattata. «Mollalo!», urla.

Sollevo le mani e faccio un cenno a Victoria. Lei, con movimenti lenti, appoggia il cellulare sull'asfalto nel vicolo.

«Lancialo verso di me», le ordina l'uomo, mentre gli altri due osservano la scena restando comunque in guardia.

Victoria fa come le è stato detto, e con un leggero calcio, spinge il cellulare verso il farabutto. Pochi attimi più tardi, il telefono è ridotto a un cumulo di pezzi sparsi qua e là, dopo il volo contro il muro.

La pistola è ancora puntata contro Victoria. L'uomo si avvicina sempre di più. Il vicolo è deserto, come la strada che lo incrocia. Sono tutti alla fiera.

«Sta' calmo, amico».

«Fatti da parte, Owens».

Mi ha chiamato per nome. Non ho dubbi che sia Bob.

«Perché non te ne vai, puttana?».

Victoria indietreggia. Le sue labbra tremano mentre sussurra il mio nome in cerca di aiuto. Devo smascherare Sullivan e devo fargli sapere che l'ho riconosciuto.

«Bob, questo scherzo ti costerà caro, te lo garantisco».

Lui si blocca. Sembra inciampare sui suoi passi colto alla sprovvista. Ne approfitto per estrarre un mazzo di chiavi dal giaccone e glielo lancio dritto sulla testa.

Non si rende bene conto di cosa sia e si scansa per evitarlo. Nel mentre riesco a raggiungerlo, lo spingo contro il muro del vecchio negozio di dolci e riesco a fargli perdere la pistola. Faccio in tempo ad allontanarla con un calcio, poi vengo colpito da un pugno sulla schiena. Mi piego all'indietro, con un rantolo.

Sento solo le urla di Victoria: «Fermi! Lasciatelo stare!». Poco dopo mi investe una raffica di calci e pugni che mi tolgono il respiro. I tre si accaniscono su di me con spietata rabbia, fino a quando, stanchi, mi lasciano inerme disteso sull'asfalto, con il volto gonfio e ogni parte del corpo dolorante. Ho paura che possano fare del male a Victoria, ma fuggono, spaventati dal suono insistente del clacson di un'auto di passaggio.

L'ultima cosa che riesco a vedere, con gli occhi tumefatti, annebbiati dal sangue, è il volto pallido di Victoria che si piega su di me. Sta dicendo qualcosa. Forse piange. Forse…

25
Victoria

Ho il cuore che sta per scoppiarmi nel petto. Scuoto Nath, ma non dà segni di vita. Sembra quasi…

«Dio ti prego… Ti prego…». Non so nemmeno come si prega davvero, non è che lo abbia fatto spesso nella mia vita, ma stavolta mi sembra l'unica soluzione possibile per non impazzire, l'unica plausibile. «Dio ti prego!», continuo a dire mentre le mie mani sfiorano la maschera di sangue che è il viso di Nath. Ho paura di toccarlo, ho paura di fargli ancora più male, ma se sentisse dolore, almeno mi darebbe prova che è ancora qui. Non lo sento respirare, non sento un accidenti di niente.

Sarà anche colpa dei singhiozzi che mi scuotono il corpo, delle lacrime che mi annebbiano la vista, della paura che non mi permette di essere lucida.

Alla fine ritrovo un po' di lucidità. Corro in strada e grido aiuto. Suono i campanelli di qualche casa lì intorno, sento chiedere più volte chi è. «Hanno picchiato un uomo. Ha perso i sensi», dico. Chiedo di chiamare il 911 e un'ambulanza. Qualche passante si avvicina, mi chiede cosa è successo, un paio di macchine si fermano, qualcuno mi mette una mano su una spalla. Un uomo di mezza età mi dice di essere un medico, mi chiede se sto bene, gli dico che nel vicolo Nath è stato massacrato di botte.

Quando lo raggiunge la prima cosa che fa è cercare di sentirgli il battito. Appoggia due dita sul collo e la sua espressione non muta di una virgola. Non so se sia un bene oppure no. Sento le viscere attorcigliarsi, le mani tremano di più e il cuore mi si è annodato su per la gola. Mi rendo conto di stringere i denti solo quando la mascella comincia a dolermi. La rilasso nel momento esatto in cui sento l'uomo dire: «È vivo. Ma è messo piuttosto male».

È vivo. Queste parole riecheggiano nella mia testa, rimbalzano contro l'anima e affondano nel cuore. È vivo. L'uomo gli presta le prime cure, fino a che, qualche minuto dopo, sento giungere un'ambulanza seguita dalla polizia.

I paramedici si occupano di Nath, lo caricano sul mezzo per portarlo all'ospedale più vicino, mentre due agenti chiedono le mie generalità e quelle dell'aggredito. Quando sentono il nome di Nath Owens, si scambiano un'occhiata incuriosita. Mi spiegano che circa un'ora fa hanno intercettato una comunicazione dei pompieri perché pare che la fattoria sul lago, quella di Nath, stesse andando a fuoco. Incendio doloso, hanno appurato. Una tanica di benzina che i piromani non si sono nemmeno preoccupati di nascondere.

Mi sento morire. Non ho idea di come faccia a reggermi ancora in piedi. Per un attimo, ringrazio il cielo che Nath non possa ascoltare quello che ho appena saputo. La fattoria, quella per cui ha tanto lavorato, quella che voleva salvare, la casa di suo padre, incendiata.

Sono certa che l'aggressione e l'incendio siano collegati fra loro. Non ho il minimo dubbio al riguardo. I paramedici mi chiedono se sono una parente. No che non lo sono, dannazione, ma mento in modo spudorato e dico: «Sono la sua fidanzata». Non dovrebbero comunque farmi salire sull'ambulanza, ma chiudono un occhio.

Arriviamo all'ospedale della capitale, Montpelier. Un paio di medici mi impediscono di seguirlo. Mi rassicurano dicendo che andrà tutto bene. Nel frattempo avverto Susan. Un'ora dopo, mi raggiunge in ospedale, senza i bambini, trafelata e sotto shock. Nessuno sa dirci ancora niente. Chiedo all'infermiera seduta dietro la reception. La donna, in tenuta azzurra, solleva lo sguardo dal computer per posarlo svogliatamente sul mio, in trepida attesa. Niente.

Passa un'altra lunghissima ora, Susan avrà bevuto almeno cinque caffè. Continua a ripetere che andrà tutto bene, il suo fratellone è impossibile da spezzare. Lui si piega e basta. Di fatto, tre contro uno spezzerebbero chiunque. Tengo il pessimistico commento per me, cercando di assorbire un po' dell'ottimismo di Susan.

Più di un'ora dopo, un dottore ci raggiunge.

«Come sta?», gli chiede immediatamente Susan.

«Gli organi interni sono in buone condizioni, ma ha avuto un'emorragia che non è stato facile arrestare. Siamo intervenuti molto rapidamente, questo dovrebbe fare la differenza. Ora, non resta che aspettare. Trascorse dodici ore, sapremo se si riprenderà».

Le parole del medico sono incoraggianti per alcuni versi, sconfortanti per altri. Non mi è mai piaciuto aspettare, tantomeno ora. Vorrei che fosse già domani, vorrei che fosse fra un mese, fra un anno, vorrei riavere l'arrogante contadino che ho conosciuto, vorrei stare vicino a lui, adesso.

Prima di andarsene, il dottore ci dice che potremo vedere Nath non appena sarà possibile. Mi siedo su una scomoda sedia di plastica nera nella sala d'aspetto del pronto soccorso e piego la testa sulle ginocchia.

Susan si siede accanto a me. Mi accarezza la testa con una mano.

Mi sollevo, le lacrime agli occhi sono uguali a quelle di Susan. Lei mi abbraccia senza dire una parola. Non le ho ancora detto della fattoria. Quando sto per farlo mi precede. «So tutto. Uno dei più cari amici di mio marito è un pompiere. Era lì durante l'incendio».

«Come... La fattoria... Cosa è rimasto?», balbetto.

Susan scuote il capo. I suoi occhi mi danno la risposta. «È tutto perduto. La fattoria, il granaio con le provviste, la stalla... Gli animali».

«Charlie!».

Susan scuote ancora il capo, ma stavolta sembra sorridere. «Charlie è vivo, un po' affumicato, ma sembra che sia riuscito a non finire arrosto anche stavolta. Se ne stanno occupando alla caserma dei pompieri».

Mi chiedo come farà Nath a reagire alla notizia. Ha dato tutto per la fattoria e ora non ha più niente, meno di quanto avesse prima.

Non ho tempo di farmi altre domande perché ci dicono che possiamo vederlo. Una alla volta. Lascio che sia Susan a entrare per prima. Non può restare molto nella camera della terapia intensiva dove Nath riposa.

Resto seduta per qualche minuto. Le mani stringono le ginocchia che tremano. Le spalle sono così irrigidite che mi fanno un male cane. Mi scappa uno sbadiglio rumoroso, mi metto una mano sulla bocca, imbarazzata e nervosa. Non è colpa del sonno, ma dell'ansia. Quando mi succede mi viene sempre da sbadigliare. Mi manca il fiato.

Comincio a camminare lungo il corridoio del reparto. Conto i miei passi per tenere la mente distratta, ma è come impormi di dimenticare il mio nome. Non riesco a fare altro che pensare a Nath, al modo brutale in cui è stato picchiato. Sarebbe potuto morire. Il pensiero mi serpeggia con un brivido lungo la schiena e sussulto quando la mano di Susan si posa sulla mia spalla.

«Va' da lui».

«È sveglio?».

Mi fa cenno di no. «Lo terranno sedato per qualche ora».

Tiro un sospiro. Mai nella vita ho provato un disagio tale, la sensazione di cuore in gola mi strozza. La voragine nello stomaco è come un buco nero.

Con passi ora lenti, ora svelti, raggiungo la camera di Nath. Apro piano la porta, convinta di svegliarlo altrimenti. Non riesco a mandare giù il nodo in gola e quando lo vedo, inerme, in questo letto che sembra troppo piccolo per lui, con la testa piegata di lato sul cuscino, un paio di tubicini nel naso, il viso pesto, violaceo, gli occhi gonfi, le labbra tumefatte, d'istinto mi copro la bocca con le mani. Soffoco un gemito e mi dico che non devo cedere.

Mi avvicino e lentamente gli afferro una mano. È calda. Su un monitor accanto al letto vengono registrati i battiti del cuore. Sono regolari. Con un po' di timore poso una mano sul suo torace scoperto. Lo sfioro e infine mi fermo a sentire il suo battito. Lo avverto anche così. È più forte e sembra accarezzarmi il palmo.

C'è una piccola poltrona di stoffa accanto al letto. Mi siedo. La mano di Nath è stretta nella mia, nell'illusione che lui possa sentirmi.

Dicono che parlare in questi casi fa bene, ma io non riesco a respirare, figuriamoci a parlare. Mi limito a fissarlo, a tenergli la mano, ad accarezzarne il dorso, le nocche, il palmo. Conto i calli da lavoro, le linee che lo tratteggiano. La sua mano non è delicata, è forte, è dura, è bellissima. È la mano che vorresti ti sciogliesse i capelli la sera prima di andare a letto. È la mano che guideresti sul tuo seno mentre fate l'amore.

D'improvviso il nodo in gola va giù, e con esso si liberano anche le lacrime. Appoggio la fronte su quella mano, la faccio scivolare sul mio viso, mentre, in un sussurro appena udibile, pronuncio il suo nome.

Quando l'amore arriva e ti si pianta nel cuore come una freccia, sai che farà male per un po', ma se nessuno la sposterà, non sanguinerà e sarà possibile sopravvivere. Oggi, quella freccia mi è stata tolta con feroce violenza, e sento tutto il rumore che provoca ora che il cuore sta sanguinando.

Se credessi nei miracoli ne chiederei uno. Vorrei Nath prima di oggi. Lo vorrei sfrontato e pieno di… Pieno di sole, come quello che ho intravisto nei suoi occhi, come quello che ha illuminato la mia solitaria vita. Io e lui. Non più io e poi lui, due cose distinte. Io e lui. Prima soli, ora insieme. Ma deve tornare. Deve.

Sollevo la testa dalla sua mano solo quando un'infermiera, con gentilezza, mi avverte che il mio tempo col paziente è scaduto. Chiedo altri cinque secondi. La donna, una giovane signora dallo sguardo gentile, me li concede e mi lascia di nuovo sola. Mi sollevo dalla poltrona, mi piego sul viso di Nath. «Rivoglio il tuo sole. Ridammelo, perché con il tuo avevo finalmente ritrovato anche il mio». Sfioro le sue labbra con un bacio leggero e mi allontano. Lascio la stanza cominciando ad aspettare quel miracolo.

26
Victoria

Riposare è quasi impossibile, nonostante senta tutte le ossa a pezzi, le gambe molli e la testa che sembra un palloncino sul punto di scoppiare.

Una volta lasciato l'ospedale, con Susan ci dirigiamo verso la centrale di polizia dove spiego per l'ennesima volta la dinamica dell'incidente. Mi chiedono se ho dei sospetti.

Faccio subito il nome di Bob Sullivan, racconto loro del perché potrebbe avercela con Nath dichiarando che il mio non è solo un sospetto. Tutto questo è opera di quel bastardo ubriacone.

Il cuore mi si spezza in due quando, dopo circa un'ora, mi ritrovo con Susan davanti a quello che rimane della fattoria di Nath: un cumulo di legna bruciata, cenere, travi annerite, fumo. Un paio di scarpe da ginnastica sformate dal calore. La stalla e il granaio hanno subìto la stessa sorte. Non è rimasto nulla. Gli animali devono essere stati portati via.

Sento una stretta al cuore all'idea di quelle povere creature spaventate, incapaci di liberarsi, preda del fuoco. Penso a quanto questo farà male a Nath. Sarà una ferita difficile da rimarginare. Amava i suoi animali più di qualsiasi altra cosa.

Susan si guarda intorno con una mano sul cuore. Non nasconde le lacrime e continua a scuotere la testa. Riconosco il dolore sul suo volto, lo strazio nel suo cuore. Sa che questo potrebbe uccidere l'anima del fratello.

«Non lo sopporterà», dice infatti. «Non ce la farà. Questa fattoria era tutta la sua vita. Ha lottato, ha tenuto duro per tirarla avanti, ha sacrificato tutto per questa stramaledetta fattoria, per salvarla dalla rovina, e ora...». Le sfugge un singhiozzo. «Ora eccola qui... A pezzi. Non è rimasto niente. Niente. Non rimarrà niente neanche di lui. Viveva per questa casa. Se solo avesse venduto... Se solo...».

Ascolto le parole di Susan in religioso silenzio. Non le servono le mie frasi fatte, non le serve consolazione, ha bisogno solo di muta comprensione.

Mi volto a guardare il lago. Luccica ancora, lui, sotto lo sguardo amorevole della luna spuntata da poco da dietro un cumulo di nuvole. Nonostante il fuoco, il fumo, la cenere, il buio, è sempre lì che risplende con i suoi diamanti di luce sulla superficie liscia. Quel poco di neve che cade ancora, gli si posa addosso come una sposa devota, e nel leggero soffio di vento che l'accompagna sembra sussurrargli: sono tua, sei mio.

Mi piego sulle ginocchia, sfioro la terra accanto ai miei piedi e per un po' penso che sia tutto come prima. Chiudo gli occhi. Sono le 4:59 del mattino. Fra un minuto esatto, dalla radio sveglia qualcuno canterà. Nath si alzerà dal letto intonando quella canzone, alzerà la voce. Lo farà apposta perché sa che così mi sveglierò anch'io. Farà più rumore possibile, come le prime volte. Oppure, spegnerà la sveglia dopo neanche un minuto, si muoverà in silenzio, con passi lenti, per lasciarmi riposare tranquilla, come faceva ultimamente. Uscirà di casa senza sbattere la porta, si avvicinerà a Charlie che, fedele, lo aspetterà alla base delle scale del portico, in attesa della sua carezza mattutina. Caricherà il furgone di attrezzi da lavoro, e dopo essersi sgranchito le braccia con lo sguardo rivolto verso il lago, monterà sul pick-up e andrà al lavoro nei campi.

Riapro gli occhi. Il minuto è trascorso e niente è come prima. È cambiato tutto.

A un tratto, tutti i miei problemi di controllo delle emozioni, le paure, le manie, le ossessioni, il pensiero che potrei fallire come autrice, i compromessi, l'ambizione… tutto svanisce davanti a questo dolore che soffoca ogni cosa.

Rimane la solitudine. Il pensiero di un uomo che ha pagato il fatto di voler proteggere il ricordo di suo padre e di non volersi arrendere alla legge del più forte.

Trascorro le successive due settimane a fare da pendolare fra la casa di Susan che, con molta gentilezza, mi ha offerto il posto di suo marito nel letto matrimoniale, e l'ospedale della capitale, dove Nath si sta riprendendo abbastanza bene, anche se ci vorrà ancora del tempo perché torni quello di prima.

Parla a fatica per le labbra tumefatte. La mandibola ha subìto diversi traumi, così l'occhio destro. Niente che non possa essere recuperato con tanta pazienza e cura. L'addome e la schiena sono cosparsi di lividi giallognoli e violacei e muoversi gli costa molto dolore.

È stato interrogato dalla polizia. Si prosegue con le indagini per l'incendio e l'aggressione subita. Neanche a dirlo, il primo sospettato è Bob Sullivan che, come immaginavamo tutti, si dichiara innocente.

Non c'è stato modo di parlare da sola con Nath, anche se lo avrei voluto con tutta me stessa. Le visite durano relativamente poco e con noi c'è sempre sua sorella Susan che si preoccupa di sprimacciargli il cuscino, aiutarlo a mangiare, coccolarlo in maniera ossessiva.

Non la biasimo.

Una sera, dopo aver messo i bambini a letto, mentre siamo a tavola, Susan mi racconta di come Nath sia sempre stato un testardo, di come non si sia mai arreso davanti a niente, ma che stavolta ha l'impressione che non sarà così.

Stavolta le sembra che abbia esaurito le forze, soprattutto dopo aver saputo della fine che hanno fatto i suoi adorati animali e la fattoria. Ero presente quando Susan gli ha comunicato la notizia, un paio di giorni dopo che si è risvegliato.

Sebbene la sorella abbia usato tutto il tatto possibile, la reazione di Nath è stata spropositata. Ha tentato di strapparsi l'ago della flebo sul dorso della mano. Voleva scendere dal letto, nonostante non avesse la forza per farlo, e gemiti di rabbia gli risalivano in gola. Si è arreso solo dopo qualche minuto, stremato, senza fiato, abbandonandosi a lacrime che mi hanno fatto capire ancora di più la grandezza del cuore di quest'uomo.

Susan mi confessa che la preoccupano di più le ferite morali, piuttosto che quelle fisiche. Ammetto che la sua preoccupazione è anche la mia. Ma ho fiducia in Nath, nella sua voglia di vincere, nel suo orgoglio che più volte mi ha dimostrato di possedere in misura, direi, quasi esagerata.

Faccio presto a ricredermi. Circa tre settimane dopo, Nath viene dimesso dall'ospedale. Sta meglio. Le ferite sono rimarginate, il volto ha un aspetto più umano, le labbra e gli occhi non sono più gonfi, anche se i lividi persistono, ma sono stati scongiurati danni interni.

Susan lo ospita, com'è normale che sia. Gli lascia il letto matrimoniale. Ha bisogno di riposo e di spazio, dice. Lei si trasferisce nella camera dei figli. Cerca di sistemarmi sul divano in salotto, ma io insisto per trovare un posto in qualche pensioncina o in un bed & breakfast. Pretty Creek ne avrà pure uno.

Sono fortunata a quanto pare. Poco distante dalla piazza, a circa un miglio dall'abitazione di Susan, c'è la locanda di Trudy Birgenson, rammenta Nath alla sorella quando quest'ultima insiste perché io rimanga a casa con loro, nonostante non possa offrirmi un letto comodo.

Lo fa presente a pranzo, mentre mangiamo un dolce alla soia, che sa poco di dolce e molto di soia. Non sollevo lo sguardo su di lui. Non gli faccio vedere che il suo commento, pronunciato con un tono sterile, privo di qualsiasi emozione, ha lasciato un gusto amaro nei miei pensieri.

Mi viene il sospetto che non mi voglia fra i piedi. Non è che questo dubbio mi sia venuto in questo momento, dopo il suo velato invito a levare le tende. È solo la naturale conseguenza del suo comportamento degli ultimi tempi.

È scostante, freddo. Se ne sta rinchiuso per la maggior parte del tempo in camera da letto, o in giardino a sfogliare il quotidiano in compagnia del papero Charlie. Parla di rado e, se lo fa, pronuncia quasi sempre monosillabi, tranne adesso, quando riesce a dire tutto d'un fiato che la locanda di Trudy Birgenson è disponibile a poca distanza da qui.

Gliela faccio passare solo perché è stato pestato a sangue, perché è evidente che sta soffrendo – e un uomo che soffre è come un leone con una spina nella zampa – e perché ha bisogno di tempo per superare la *perdita*.

Ma non posso fare a meno di pensare che prima di tutto questo era pronto a fare l'amore con me. E io ero pronta per lui.

Dopo pranzo raccolgo in fretta le mie cose – non ne ho molte, ho imparato la lezione – e, salutata Susan e i suoi pargoli travestiti da tre porcellini con delle maschere fatte in casa dalla loro madre, esco di casa trascinandomi dietro il trolley.

Susan insiste nel volermi accompagnare, ma io preferisco

fare una bella passeggiata di un miglio, quel tanto che basta per schiarirmi le idee.

La donna desiste davanti alla mia risolutezza e, dopo avermi abbracciata con forza, mi lascia andare.

Nath è in giardino. Se ne sta in piedi davanti allo steccato. Charlie zampetta lì intorno beccando qualche vermiciattolo.

Sono certa che è qui perché vuole salutarmi come Dio comanda. O forse no. Comunque sia, sono felice di stare un po' da sola con lui, fosse anche per un minuto.

Lo affianco. Sospiro. Metto le mani nelle tasche del giaccone. Le sue sono in quelle dei jeans.

«Eccoci qui», dico.

Eccoci qui?

Lui non mi guarda. Continua a tenere gli occhi bassi.

«Allora... io vado».

Lui annuisce, senza dire altro.

Reprimo il moto di delusione, ma non mi do per vinta.

«Nath...», comincio, «il minimo che tu possa dire a una con cui stavi per fare l'amore, perché è quello che sarebbe successo se non ti avessero conciato per le feste, è: "Ciao, stammi bene"».

Finalmente solleva lo sguardo sul mio. Di scatto. E ha il buongusto di arrossire.

«Ciao, stammi bene», pronuncia. Ha un'aria sconfitta e mi dico che, forse, è il caso di lasciar perdere. Quest'uomo ne ha subite troppe negli ultimi tempi. Non gli servono altri argomenti per sentirsi in colpa.

Afferro il mio trolley e tentando di simulare un'aria sicura, quando invece mi sento sul punto di urlare, percorro il viale del giardino fino a ritrovarmi sul marciapiede, diretta a un dannato miglio da qui.

Lui non si muove. Non mi guarda. Non parla.

Ho appena svoltato l'angolo dello steccato, sto per attraversare la stradina costeggiata da un lato e dall'altro da imponenti aceri che fanno quasi da arco sopra di me, quando lo sento pronunciare il mio nome a voce alta.

Non mi fermo subito. Lo costringo a ripeterlo ancora. Un po' perché mi piace udirlo dalla sua voce, un po' perché non voglio rendergli le cose troppo facili.

Mi volto al terzo richiamo, quando lui è già abbastanza vicino. Un secondo dopo è più vicino. Il secondo dopo ancora, le sue mani mi circondano il viso. La sua bocca è sulla mia. Mi bacia. E ancora. E ancora, come se avessero dato l'annuncio di un'apocalisse imminente e lui non volesse perdere l'occasione di un ultimo bacio.

Le mani lasciano il viso per raggiungere i miei fianchi, cingerli e premerli contro i suoi. Poi si stringono sull'incavo della mia schiena, scendono più giù, per stringermi ancora.

Le sue labbra sono calde sulle mie. Le accarezza, le mordicchia, si insinua nella mia bocca e lo fa con una foga tale che, a un certo punto, credo che voglia fare l'amore qui, in mezzo alla strada.

In un mondo ideale, in un posto immaginifico, nel mio universo, glielo lascerei fare. Anzi, lo sta già facendo. Lo stiamo facendo.

Mi lascia andare sul più bello per riprendere fiato. Le sue mani tornano sul mio volto mentre quello che prima era un vortice che mi risucchiava, torna a essere quasi calma piatta.

Mi posa la bocca sulla fronte. La bacia. Poi più in su, sulla testa. La bacia. Infine si sposta sulla guancia. La bacia. Torna sulla bocca. La bacia e dice: «Ciao, stammi bene». Mi abbraccia stretta, così stretta che mi pare di sentirgli il cuore battere pur non avendo l'orecchio appoggiato al suo petto. Trema per qualche secondo e all'improvviso ho paura.

Ho paura di quello che può significare questo abbraccio.

Il suo *non sorridere*. Il suo *non parlare*. Ha tutto il sapore dell'addio. È come il suo maledetto dolce alla soia. È un dolce non dolce.

Mi lascia per tornare al suo steccato. Mi lascia percorrendo il marciapiede con le mani in tasca. Si volta quelle due, tre volte. Anche questo ha il sapore dell'addio.

Supera lo steccato e, nascosto dal viale alberato, non lo vedo più.

Con il mio trolley, le mie inquietudini e il mio desiderio crescente di Nath, un passo alla volta, percorro il miglio di distanza che mi separerà da qui. Da lui. Un miglio lungo una vita.

Temo che soffrirò e non potrò fare niente per evitarlo.

27
Nath

Riconosco uno sguardo di biasimo quando lo vedo. È quello che Susan tiene posato su di me da circa un quarto d'ora. Il tempo trascorso dall'uscita di Victoria da questa casa.

Non è stato facile per me, ma ho ritenuto che fosse inevitabile. Mia sorella non può comprendere. Lei ha una visione della vita troppo romantica. Pensa che si possa risolvere tutto con l'amore, ma non è così.

Nell'aria aleggiano insulti di ogni tipo, insulti che non tardano ad arrivare nel momento in cui, verso le nove di sera, i bambini sono a letto.

«Sei una grandissima testa di cazzo». Susan abbassa la voce sull'ultima parola, ma non è che così perda il suo effetto scenico. In definitiva, resto una testa di cazzo.

Non le rispondo. Mi limito a fare spallucce fingendo noncuranza. Dentro sto ribollendo come lava incandescente.

«Rispondimi dannazione!».

Guardo mia sorella con la fronte aggrottata. Non riesco a capire se fa sul serio oppure cerca solo di impressionarmi con la sua aria da dura. No, credo faccia sul serio, dato che non vacilla nemmeno per un secondo con lo sguardo. Di solito le scappa da ridere, ma stavolta il sorriso è l'ultima cosa che vedo sulle sue labbra strette.

«Poteva restare qui, poteva…».

«Non poteva», mi affretto a correggerla.

«Non poteva? Non volevi».

«Non volevo, e allora?»

«E allora sei una gran testa di…».

«Okay! Credo tu abbia chiarito a sufficienza questo punto».

«Non lo ribadirò mai abbastanza».

«Che cosa pensi che succederà, Susan, dimmelo». Mi siedo sul divano, mentre in TV trasmettono una qualche partita di football di una qualche squadra che nemmeno conosco.

«Io non ne ho idea, ma potevi darti una possibilità. Lei è affezionata a te, è…».

Ancora una volta non la lascio finire. «Lei. È. Fuori. Dalla. Mia. Portata. Quando te ne renderai conto, allora potremo riparlarne».

«Continui a svilirti, a non ritenerti all'altezza, invece…».

«Ora basta!», sbotto, alzandomi di scatto. «Basta, Susan. Questo non è uno dei tuoi dannatissimi romanzi dove alla fine nessuno perde e tutti vincono, sfidando le regole dell'impossibile. Questa è la vita vera, e nella vita vera, un qualunque contadino del Vermont, senza casa, senza il becco di un quattrino, con una marea di debiti da saldare e senza un lavoro, non se la fa con una come… Come Victoria Stevenson. Una che… Una che…».

«Ti vuole bene, Nath. Te ne vuole, ne sono certa».

«Me ne vorrà ancora quando non potrò darle quello che le serve?»

«Cosa ne sai tu, di quello che le serve?»

«Non lo so. Ma so cosa vorrei darle io e non posso».

Susan sembra desistere. In fondo le faccio pena.

«Sono praticamente un barbone. Se non ci fossi tu a ospitarmi…».

«Ci sarebbe Rosetta. Ti adora come se fossi suo figlio».

«Se non ci fossi tu o Rosetta, sarei per strada».

«Non è vero, e lo sai. C'è Matt, c'è Katherine...».
«D'accordo, tentare di sembrare pietoso con te non funziona, è evidente. Quello che cerco di dire è che comunque, per restare a galla adesso, devo contare su qualcun altro».
«È così brutto dover contare su qualcuno?»
«No, non lo è. È solo umiliante».
Susan sbuffa. E io sono troppo orgoglioso per cedere.
«Quando Victoria ti darà l'assegno...».
Sollevo la mano. Scuoto la testa. La interrompo un'altra volta. Susan alza gli occhi al cielo.
«Non ci sarà nessun assegno. Questa storia è stata sbagliata fin dall'inizio. Non avrei mai dovuto darti retta né avrebbe dovuto farlo Victoria. Non approfitterò della sua pietà. Mi rimetterò in piedi. Da solo».
«Ma... Eri d'accordo». Susan sembra non capire.
«Non sono mai stato d'accordo. Ammetto di averci pensato sul serio per un po', ma alla fine non avrei mai accettato i suoi soldi. Volevo solo... Volevo solo che Victoria, dopotutto, avesse la possibilità di finire il suo romanzo in tutta tranquillità».
«Volevi che rimanesse con te perché ti stavi innamorando di lei. Sii onesto una volta per tutte».
Il silenzio è la mia unica risposta.
«Non vuoi farlo, lo sapevo». Susan comincia a raccogliere i giocattoli dei bambini sparsi per il salotto. Credo lo faccia per riempire il silenzio che mi sto imponendo, finché non dico: «Non posso, Susan. Forse prima dell'aggressione lo avrei fatto, quando avevo ancora una casa, la possibilità di ripartire da qualche parte, ma non ora. Ora non ho più niente da offrire, soprattutto a una donna come Victoria. Sarebbe un'altra Faith. E non lo sopporterei per la seconda volta».
«Così preferisci farla finita tu e non rischiare niente».

Annuisco, convinto che, finalmente, abbia capito cosa intendo.

«L'ho detto: sei una gran testa di... *Cavolo*. E pure vigliacco». Raccoglie un birillo e me lo punta contro. «Mi dispiace per quello che stai passando, mi dispiace per i tuoi animali, la fattoria. Non posso neanche immaginare come ti senti. Se io perdessi tutto sarebbe terribile. Ma sono certa di una cosa: se perdessi tutto e avessi comunque qualcuno accanto a me, qualcuno che posso amare e che mi ama, avrei la forza di andare avanti. Rischierei il tutto per tutto, tanto cosa avrei da perdere?»

«Il cuore?»

«Temo che quello tu lo abbia già perso».

Con questa specie di sentenza di morte, Susan lascia la stanza augurandomi la buonanotte. Resto solo con i miei pensieri. Cerco di riordinarli meglio che posso perché sono come impazziti. Mi risiedo sul divano. Spengo la TV e il fastidioso rumore della partita di football. Mi prendo la testa fra le mani. Ogni tanto avverto ancora delle fitte violentissime all'altezza della mascella, dove mi hanno colpito con un calcio.

Mi sto solo proteggendo, mi dico, e sto proteggendo Victoria. Lo so che quello che prova per me è ben più di una semplice attrazione, ma non posso permetterle che sia così. Se la illudessi, se le dessi false speranze, le stesse che avevo deciso di darle prima di quel maledetto giorno in quel vicolo, prima dell'incendio, prima di perdere anche quel poco che ancora avevo, me ne pentirei perché so come andrebbe a finire: con me quasi sull'altare ad aspettare qualcuno che non arriverà mai.

Devo spegnere il pensiero di lei. Devo farlo. Ma come lo spengo il desiderio per lei? Come? Al momento mi sembra la cosa più difficile che abbia mai fatto nella vita.

È una specie di tormento. Come alcol bruciante e sale su una ferita. Se Victoria fosse rimasta qui, non avrei avuto il coraggio di starle lontano. Mi basta guardarla negli occhi per desiderare di strapparle i vestiti di dosso.

Lei non è per me. Lei, così ordinata e precisa, puntuale sempre in ogni cosa, con la sua sofisticata eleganza persino mentre indossa un semplice paio di jeans e un anonimo maglioncino. Davvero ho pensato che potesse essere così? Che potessi andare bene per lei? Sono patetico.

Le botte che ho preso, soprattutto quelle alla testa, forse sono state un bene. Mi hanno fatto rinsavire. Hanno rimesso tutto al loro posto.

Sì, sono davvero patetico, perché continuo a pensare a lei, continuo a volerla. Se fossi meno codardo, o meno prudente, percorrerei il miglio che ci divide in un battito di ciglia, le direi: Resta con me a tutti i costi, e ci farei l'amore fino a domani, senza smettere mai, e poi ricomincerei daccapo fino a quando entrambi avremmo forza.

Invece afferro le chiavi dell'auto di Susan e vado dall'unica persona in grado di capirmi, in questo momento.

Maleficent, appostata ai piedi della porta, raccolta in un involucro di pelo grigio, socchiude gli occhi assonnati, fa uno sbadiglio stiracchiandosi e mi rivolge una specie di ghigno mentre si sposta per farmi passare.

Rosetta è ancora sveglia. Con lo sguardo un po' severo, un po' comprensivo, mi fa entrare. «Ti pare questa l'ora di disturbare una signora?», finge di rimproverarmi, andandosene in giro per casa con un trasportino dove tiene una bombola d'ossigeno che la aiuta con il suo enfisema polmonare.

«Mancano un quarto alle dieci. Non sei mai andata a letto prima di mezzanotte, che io ricordi», le rammento, sedendomi al tavolo della cucina al centro del quale campeggiano solitarie una teiera e una tazza colma di tè. Rosetta ne riempie una per me e me la porge.

«Come stai? Ho saputo quello che è successo. Mi dispiace non essere venuta a trovarti in ospedale».

«Come potevi? L'unico che ha la pazienza di scarrozzarti in giro di qua e di là era mezzo morto».

«Per essere uno che è stato mezzo morto, te la passi bene. Quelle cicatrici sul labbro ti rendono molto più affascinante». Rosetta si siede di fronte a me. Fatica a respirare persino quando si muove.

Sorrido del suo commento. «Me le sono fatte fare apposta».

«Vuoi far colpo sulla giovane scrittrice, vero?».

Sorrido un'altra volta e scuoto il capo. «La giovane scrittrice è off limits».

«Davvero? Vorresti che non lo fosse?»

«I miei *vorrei* non hanno mai incontrato i miei *posso avere*».

«Voi ragazzi di oggi di stronzate ne sparate parecchie», sentenzia la donna, sorseggiando con calma il suo tè. «Se la vuoi, vai a prendertela. Sei autorizzato ad avere questa faccia da funerale solo nel caso in cui lei decida di non *dartela*».

Quando sono con Rosetta non posso fare a meno di sorridere.

«Ai miei tempi…», comincia con un sospiro, lo sguardo dritto davanti a sé, le mani incrociate in grembo. «Ai miei tempi gli uomini erano anime semplici. Non si ponevano tante domande. Corteggiavano e se era un sì, allora te ne sposavi uno. Se ti andava bene invece ci finivi solo fra le lenzuola».

«Non credo che Victoria sarebbe una da lenzuola e basta».

«Glielo hai chiesto?»

«Tu che dici?»

«Glielo hai chiesto. Te l'ha detto?»
«Sì».
«Quindi?»
«Non le basterebbe».
«Allora sposatela».
«Non credo sia fattibile».
«Secondo me le lenzuola non basterebbero neanche a te, se ti conosco bene».
Sollevo le mani come a volerla fermare. «Non scherzare. A un passo dall'altare ci sono già stato una volta e sai bene com'è finita».
«Sai, figliolo, dicono che le persone siano tutte diverse fra loro. Gira questa voce».
Lo so. Victoria non è Faith, ma quello che propone Rosetta è una cosa che non prendo nemmeno in considerazione. Per tutta una serie di illuminanti motivi.
Uno di questi è: «Conosco Victoria da poco».
«E allora? Ho sposato la buonanima di mio marito dopo soli tre mesi. Il nostro matrimonio è durato quarantacinque anni, prima che il cielo lo reclamasse. Devi accertarti solo di una cosa, ragazzo: che a letto il gioco valga la candela».
«Rosetta, possibile che tu non pensi ad altro?». Sorseggio il mio tè ormai tiepido, mentre Maleficent, rientrata in casa, salta dritta sulle mie gambe, strusciandosi contro di me.
«Femmine», commenta Rosetta con una smorfia, infine prosegue. «Cosa c'è di più bello dell'amore fra due persone che si amano?»
«Qui l'amore non c'entra», le dico accarezzando la gatta, mentre questa mi sfiora il viso con la sua coda.
«Ah no? E allora di cosa abbiamo parlato finora?»
«Non ho niente, Rosetta. Non ho nemmeno una casa».
«Guardati: sei vivo, stai bene, hai tua sorella. Non è vero che non hai niente».

«Mi sembra di sentir parlare Susan».

«Ha perfettamente ragione. Stai solo cercando delle giustificazioni per non affrontare il problema perché hai paura di fallire un'altra volta. Ma se non ci provi non lo saprai mai. Vuoi vivere con questo rimpianto?». Rosetta tossisce abbastanza forte, abbastanza a lungo. Mi alzo e le batto una mano sulla schiena, come se questo bastasse ad aiutarla, ma sappiamo entrambi che non è così.

Mi fa cenno di smetterla, tossisce ancora un po' e infine torna a respirare sistemandosi i tubicini nel naso. «Dannato coso. Mi fa venire voglia di starnutire». Si schiarisce la voce e continua. «Figliolo, ti voglio bene come al figlio che non ho mai avuto, o il nipote, data la tua giovane età e la mia più vicina a quella di Matusalemme, ma la vita non sempre ci offre una seconda occasione o l'opportunità di rischiare per qualcosa a cui teniamo. Vedi... Il mio medico mi ha detto che non dovrei avere un gatto con il mio problema, ma tu credi che io lo ascolti? So che, comunque, fra non molto, mi tocca morire – Dio voglia che sia presto – e per quanto io sia una donna indipendente, non ho proprio voglia di ritrovarmi da sola quando accadrà. La mia adorata Maleficent sarà lì con me, mi si struscerà addosso e si accoccolerà accanto a me. Probabile che mi pisci addosso quando vedrà che non le porto i suoi amati croccantini, ma per allora sarò morta e non me ne fregherà più un granché».

Nonostante la parte finale, il discorso di Rosetta non fa una piega. Ho paura, questo è il punto, e so che adesso, dopo tutto quello che è successo, non ho armi per combatterla. Quelle di Rosetta sono belle parole, ma sono solo parole e io sono troppo sordo per ascoltarle.

«Sarà meglio che vada».

Rosetta allarga le braccia. Resta seduta e annuisce. Le do

un bacio su una guancia. «Stammi bene», le dico. «Verrò presto a trovarti».

«Presto, ragazzo, presto. Sento che il mio Jeff è dietro l'angolo che mi aspetta. Non manca molto».

«Non parlare così, Rosetta».

«Non vedo mio marito da così tanti anni, Nath. Parlo così, eccome».

In fondo, anche Rosetta, come la maggior parte delle donne che conosco, è una gran romantica.

«Si sistemerà tutto, figliolo. Ne sono convinta. Ma prima devi crescere un altro po'».

«Conto molto su questo».

Rosetta mi sorride e mentre vado via, sento che chiama Maleficent accanto a sé.

Sulla via del ritorno decido di passare davanti alla fattoria o a quello che resta di essa. Quando arrivo uno spettacolo desolante colpisce i miei occhi. Mi sale un groppo in gola. Lo mando giù e asciugo una lacrima imprevista.

La mia casa. La mia vita. Andate in pezzi.

Guardo verso la stalla e stringo i pugni. Quanto avranno sofferto i miei animali? In questo momento vorrei la stessa sofferenza per chi ha fatto questo.

A volte vorrei non essermi svegliato, per non dover vivere questo incubo.

Ho bisogno di una birra, forse due. Facciamo tre. Sono certo che al pub troverò qualcuno che me le offrirà, tanto la faccia l'ho già persa da molto tempo e se sono patetico, meglio farlo valere.

28
Sofia e James

Sofia aveva trovato un po' di stabilità. Al mattino presto aiutava il padre nella bottega, durante il pomeriggio si dedicava al ricamo in compagnia della madre e della sorella maggiore. La sera, finalmente, si rinchiudeva nella sua mansarda a disegnare, a cantare, a pensare a James.

Qualche volta usciva a fare una passeggiata, spesso da sola. La sorella era fidanzata, e il suo promesso sposo, Salvatore, non gradiva che se ne andasse in giro senza di lui.

Un giorno, sul calar della sera, mentre se ne stava in piedi, in fila davanti a una bottega di dolciumi per un po' di zucchero filato, si avvicinò un gruppo di ragazzi che abitavano nel suo stesso quartiere.

Per natura diffidente, colpa soprattutto di un'educazione molto severa, Sofia si limitò a un tenue sorriso, nient'altro che un saluto per buona educazione. I ragazzi, però, sembrarono incoraggiati ad avvicinarsi ancora di più. Erano in quattro. Quattro grossi ragazzotti americani. Un po' come James, ma senza la sua dolcezza nello sguardo.

«Italiana», esordì uno di loro, un certo Bobby Lawson.

Sofia rimase con lo sguardo fisso a terra.

«Italiana», continuò Bobby. «Sei sorda?». I suoi compagni risero.

Sofia si vergognò e scosse la testa. Bobby le si mise accanto. Vicino. Troppo vicino. Cosa avrebbe pensato la gente?

«Italiana, sei sorda?», proseguì lui con il viso piegato contro il suo orecchio. Sofia si scostò. Le braccia dritte, le mani che si torcevano l'un l'altra, strette.

Sofia detestava quando la chiamavano "Italiana" con quel tono. Lo facevano sembrare un insulto, una brutta parola, come "cagna". Lei non era una cagna.

«Il mio nome è Sofia», disse con un moto d'orgoglio.

«Sofia l'Italiana». Risero ancora. Le persone in fila davanti a Sofia non si preoccuparono nemmeno di voltarsi. «Il tuo accento è così... Divertente», la derisero. Ripeterono la frase che aveva detto imitando il suo accento, ridicolizzandola, umiliandola. Quei ragazzi erano davvero perfidi.

«Sofia l'Italiana ignorante».

Questo insulto era dovuto al fatto che a diciassette anni non andava più a scuola, come faceva la maggior parte dei ragazzi in America. In Italia funzionava in modo diverso. Quando in una famiglia c'era bisogno di lavorare, tutti i suoi componenti dovevano contribuire. La guerra aveva fatto il resto.

«Sofia l'Italiana ignorante, bassa e scura», aggiunse un altro di loro, uno di cui la ragazza non ricordava nemmeno il nome. Sofia non era come le ragazze americane, non era bionda, non aveva la pelle diafana come quella delle modelle che osservava sui giornali, non era alta.

Era piccola. La sua carnagione era scura, tipica della sua terra baciata perennemente dal sole. Aveva i capelli neri come l'ebano e mossi, un po' crespi. Li teneva a bada raccogliendoli in una lunga treccia che sistemava sulla sommità del capo, come le aveva insegnato la nonna materna.

Sofia non era per niente americana.

Dopo svariati insulti, i ragazzi la lasciarono in pace. Sofia decise che era più saggio tornare subito a casa, senza il suo zucchero filato. Svoltò l'angolo di una stradina e, in modo del tutto inaspettato, si ritrovò di nuovo tutti e quattro i ragazzi davanti.

Si avvicinarono con aria minacciosa. Stavolta non c'era nessuna fila, seppur silenziosa e indifferente, a proteggerla.

Sofia cercò una via di fuga, da loro, dai loro risolini divertiti, ma l'avevano chiusa in un cerchio. Aveva paura.

«Italiana, facci vedere le tue mutandine, dài», disse Bobby. «Io ti mostrerò le mie, e anche il mio...». Sofia si tappò le orecchie per non sentirlo. Qualcuno la toccò. Si scostò con uno scatto. Girava su se stessa per tenerli tutti d'occhio, ma le mani cominciavano a essere troppe sul suo corpo.

Non voleva essere toccata da loro, da nessuno che non fosse James. E nemmeno lui lo aveva fatto ancora.

Bobby le stava sollevando la gonna. Sofia lo graffiò sulla faccia e tentò di scappare, ma la presero per un braccio, la strattonarono e finì lunga distesa. La gonna si sollevò rivelando le calze di nylon lunghe fino al ginocchio. Era in trappola. La strada era deserta e i ragazzi tentavano di trascinarla all'interno di un palazzo disabitato, in fase di ristrutturazione.

Scalciò, colpendo Bobby sul volto. Riuscì a sollevarsi, a sgattaiolare dalle loro mani e poi udì uno scampanellio familiare. Sollevò lo sguardo e le si illuminarono gli occhi. James era lì, sulla sua bicicletta.

Nessuno dei quattro si mosse più. Tutti avevano paura di lui, tutti avevano paura dei suoi pugni.

Le fece cenno di raggiungerlo. Sofia corse da lui, salì sulla bicicletta, davanti.

«Se vi becco un'altra volta con le mani addosso alla mia ragazza, vi faccio ingoiare i denti uno per uno».

La sua ragazza? Sofia tremò. Aveva davvero detto "la mia ragazza"? Non era mai stata la ragazza di nessuno, tantomeno di uno come James, uno di cui non capiva la maggior parte delle cose che diceva in inglese. Uno che le aveva promesso che l'avrebbe baciata, ma poi non lo aveva mai fatto e lei aveva pensato che l'avesse solo presa in giro perché era giovane, era straniera, era piccola e per niente americana e soprattutto perché lo aveva offeso e non lo aveva creduto innocente. E poi la trovava un po' stramba, visto che lo fissava ogni giorno dalla sua mansarda. Lui la sentiva cantare a squarciagola oppure la vedeva fare disegni di coppie che si amavano, per regalarglieli. Era stramba, già. Eppure era la sua ragazza. Forse.

James cominciò a pedalare. La portò lontano da lì, la portò in un posto che lui chiamava "il mio posto segreto", o almeno così aveva capito Sofia. Era distante dalla città, in una periferia piena di fabbriche, di fumo e di fuliggine.

Non era come se l'era aspettato, ma era con James e tanto le bastava. Con lui sarebbe andata in capo al mondo.

«Qui è dove mi alleno, quando non vado in palestra», disse lui facendola entrare in una fonderia in disuso. «Capisci, Sofia?».

Lo capiva. Lui sorrise comprensivo e disse: «In fondo le parole non ci servono a molto».

Sofia annuì, sorrise anche lei. Sorrise di più quando lui si fermò al centro della fonderia, tra utensili buttati alla rinfusa qua e là, attrezzi e carbone, e le accarezzò una guancia. «Mi hai perdonata?», chiese. «Mi dispiace. Io ti credo. Ti credo, James. So che tu sei buono».

Lui non rispose come lei si sarebbe aspettata.

«Avevo detto che ti avrei baciata sotto la pioggia, ma non piove da settimane e non posso più aspettare. Mi sei mancata. Devo baciarti, Sofia. Mia Sofia. Posso?».

Sofia aveva capito l'ultima parte di quello che le aveva detto e senza esitare disse: «Sì, puoi».

James le prese il viso tra le mani, con i pollici le accarezzò le guance, mentre la sua bocca sfiorava quella di lei. In modo gentile. Piano. Lentamente. Sofia si strinse a lui e il bacio cambiò. Non era più gentile. Era vigoroso. Era affamato. James la teneva quasi sollevata da terra. I suoi piccoli piedi sfioravano il pavimento della fonderia con le punte, come quelli di una ballerina dell'opera. Ed era così che si sentiva, adesso, come se potesse ballare sulle punte, come se fosse in grado di volteggiare decine e decine di volte, come se potesse volare tra le braccia di lui, grandi come il cielo, come l'universo.

«Ti amo», gli disse lei, nella lingua di lui.

«Ti amo», le rispose lui in italiano.

«Voglio che sia tu e nessun altro. Voglio che sia tu».

James sapeva a cosa si riferiva Sofia. Voleva fare l'amore con lui e, Dio, quanto lo voleva lui. Dalla prima volta che l'aveva vista, affacciata all'oblò di quella mansarda, con il sole che le baciava la pelle dorata del viso e quei capelli neri che sfidavano la lucentezza del cielo e del lago. Lo voleva da allora, ma da allora aveva cercato di non volerla perché sembrava una ragazza così perbene, con idee troppo romantiche, con la testa sempre fra le nuvole e da lì, da quella mansarda, era più facile raggiungerle.

Lui era solo un pugile, che faceva a botte nelle bettole di terza categoria per guadagnare quanto bastava per sé e per la madre. Si accompagnava a prostitute o a qualche ragazza compiacente, ma niente più di questo. Le brave ragazze non facevano per lui, e Sofia lo era. Non era ricca, ma veniva da una famiglia onesta. Suo padre, invece, era morto da ladro, quasi assassino, qualche anno prima, accoltellato da un tizio irlandese durante una rissa per una storia di scommesse.

Molti, nel suo quartiere, credevano che lui avrebbe fatto la stessa fine. La mela non cade mai lontano dall'albero.

Nonostante ciò, voleva quella ragazza perbene, la voleva per sé, per ridare colore alla sua vita e per farla sua, tutte le volte che voleva.

Sofia gli si stringeva contro e non aveva idea dell'effetto che gli faceva, di quanto fosse difficile resisterle.

«No», le disse. «Non lo farò in una vecchia fonderia. Meriti molto di più».

La trascinò fuori dalla fabbrica, risalirono sulla bicicletta e la portò nell'unico posto dove avrebbe potuto offrirle almeno un letto. A casa sua. Sua madre non c'era, prestava servizio come governante in una ricca famiglia di origine inglese e mancava da casa fino a tarda sera.

James la fece entrare nella sua stanza, spartana, quasi spoglia. Un letto, uno scrittoio e un armadio erano tutto ciò che possedeva. Sofia se ne stava ritta in mezzo alla stanza e sembrava ancora più piccola. Le fece tanta di quella tenerezza che non riuscì a trattenersi dall'abbracciarla e stringerla forte, baciandola sulla fronte, sulle palpebre, sulle guance.

Poi la baciò sulla bocca. Si allontanò per guardarla. Le sue guance erano rosse, gli occhi lucidi, le labbra tremavano, tentavano di nascondere un sorriso o qualcosa di simile.

«Sofia. Io sono tutto per te, se mi vuoi». Tentò di mimarlo nel caso lei non capisse, ma la ragazza fece cenno di no col capo.

«Ho capito», disse. «Ho capito tutto. Io sono tutta per te, se mi vuoi», disse con quel suo accento particolare che gli faceva tremare il cuore.

Aveva paura di toccarla con le sue mani rozze, mani rovinate da colpi dati con forza in faccia ai suoi avversari, contro i loro denti, le ossa. Mani che non sapevano toccare un angelo senza insozzarlo.

La fece sedere sul letto, restò a guardarla, ammirò la sua timidezza e si chiese se fosse certa di quello che stava per fare.

Le scostò una ciocca di capelli dietro l'orecchio destro, dove c'era un piccolissimo neo al centro del lobo. Ne fu attratto come una calamita. Quasi senza accorgersene, si piegò su di lei e lo mordicchiò. La sentì trasalire e si spostò. Ma lei lo trattenne. «No», disse, «non fermarti».

Quel "non fermarti", quasi sussurrato, uscito dalla sua bocca in una specie di singhiozzo, con tutte le lettere scandite perfettamente, risultò come la melodia di una canzone.

Le labbra raggiunsero di nuovo le sue. Avevano il sapore dell'autunno, di caldarroste e di meringa affogata nella cioccolata bollente. Lo facevano sentire al sicuro.

Lentamente, con mani indecise, le aprì i primi bottoni del vestito. Portava un abito semplice, senza troppi fronzoli. Era color crema, con un cinturino scuro in vita che James slacciò subito dopo.

«Spogliami», le disse e la vide arrossire di più. Gli sfilò la giacca, poi sollevò la maglia bianca sotto di essa. La pelle di lui incontrò le mani di lei. James trasalì. Rabbrividì. Tremò.

Non aveva mai tremato, nemmeno davanti al suo avversario più forte, eppure, davanti a quella ragazza, non riusciva a trattenere il tremore, il batticuore.

James si sollevò, e tese la mano a Sofia perché facesse lo stesso. Le sfilò completamente il vestito, lasciandola con solo la sottana addosso. Era pura meraviglia.

Si slacciò i jeans e se ne liberò. Sofia distolse lo sguardo, ma James la costrinse gentilmente a guardarlo. «Lo vuoi ancora?».

Sofia non rispose subito. Sospirò e infine fece cenno di sì con la testa.

James sapeva che era una cosa del tutto nuova per lei, ma lo era anche per lui con una come lei. «Ti prometto che ti tratterò col dovuto rispetto», le disse, ben sapendo che quello che stava per fare non era affatto rispettoso. Ma non poteva non desiderarlo. E lei gli aveva detto di sì.

Per un attimo pensò alla famiglia della ragazza. Sapeva di padri che avevano picchiato i pretendenti dello loro figlie per molto meno. Non conosceva Giuseppe Mantico, ma se lui avesse avuto una meraviglia di figlia come Sofia, avrebbe rotto le ossa a chiunque avesse osato anche solo pensare di toccarla.

Lui avrebbe fatto molto più che toccarla. Lui l'avrebbe amata. Completamente.

Smise di pensare quando Sofia, prendendo l'iniziativa, dopo un sospirone, si liberò della sottana rimanendo con solo la biancheria intima.

James non ragionò più. La prese per una mano e l'attirò a sé per baciarla come non aveva mai baciato nessuna donna. L'aiutò a stendersi sul letto, stretto per loro due, affiancato al muro freddo. La coprì con una coperta patchwork che, anni prima, aveva cucito sua nonna Lucinda. Con gesti frettolosi si liberò degli ultimi indumenti. Fece lo stesso con lei, sempre guardandola negli occhi. Lei non distolse mai lo sguardo, nonostante il rossore.

La mano di lui scivolò sul suo seno, Sofia ebbe un fremito. La mano scese giù, fino al ventre, si fermò ad accarezzarle l'ombelico. I sospiri di lei erano come fuoco che alimentava il desiderio fino a renderlo insopportabile, ma non voleva che finisse subito, voleva che durasse in eterno, se fosse stato possibile.

James sapeva che doveva mostrarle più o meno tutto. Sofia era una pagina bianca, immacolata, che lui stava per scarabocchiare. Si chiese se fosse giusto, ma a quel punto era troppo tardi per tirarsi indietro.

Le sollevò le ginocchia. «Non avere paura», le disse. La baciò per rassicurarla, le accarezzò la fronte, le guance. Sospirò come un ragazzino alla prima esperienza quando, tra le sue gambe, la trovò.

Sofia trasalì, strinse le labbra. Sembrò chiedergli perché facesse così male, ma lui non si fermò, nonostante lei avesse quasi smesso di respirare. Non poteva fermarsi.

«Ora passa», ansimò su di lei.

Sofia non parlò. James si chiese se stesse bene. Si fermò. Dovette farlo. La guardò. «Tutto bene, Sofia?»

«Fa male», sussurrò lei.

«Lo so, la prima volta è così. Vuoi che smettiamo?». Pregò che dicesse di no o sarebbe impazzito.

Lei esaudì le sue preghiere e scosse il capo. Lui ricominciò a muoversi piano per darle modo di abituarsi a quello che stava succedendo, allungò la mano fra loro e con le dita la aiutò a rilassarsi. Sofia spalancò gli occhi e arrossì ancora. Dalla sua gola salì un gemito. Sentì che cominciava a muoversi sotto di lui. Istintivamente.

James continuò a toccarla, continuò ad amarla, con sempre più forza. Lei rispondeva con la stessa foga finché non la vide spalancare gli occhi e annaspare. Allora capì e si lasciò andare anche lui.

Aveva appena amato un angelo ed era stato meraviglioso.

«Ti amo, Sofia. Voglio che tu stia con me, sempre».

Lei annuì e disse le stesse cose. Lui rise. «Imparerai perfettamente la mia lingua, vedrai. Te la insegnerò io, e fra una lezione e l'altra faremo l'amore. Questo è stato solo l'inizio. Ho ancora tante e tante cose che voglio farti».

Sofia non si rendeva bene conto di cosa stava succedendo. Sapeva solo che era nuda tra le braccia di James, nudo anche lui, e che avevano appena fatto l'amore. Sua sorella le aveva raccontato qualcosa di lei e il suo fidanzato Salvatore, ma non era mai scesa nei dettagli. Sapeva come funzionava, ma non sapeva che poteva essere così spaventoso all'inizio e così bello alla fine.

Se suo padre lo avesse saputo per lei sarebbero stati guai. L'avrebbe picchiata di certo, come aveva fatto con sua sorella quando aveva saputo che usciva con Salvatore, prima che si fidanzassero.

Pensò che prima o poi avrebbe dovuto dirgli di James. Lui aveva detto che l'amava, che voleva stare sempre con lei. Lo voleva anche Sofia, con tutta se stessa.

Cominciò a pensare a veli da sposa, navate da percorrere in una chiesa addobbata con tante margherite bianche e il suo pugile alto, biondo, con gli occhi chiari come il cielo, il sorriso scanzonato, che l'aspettava sull'altare.

Sospirò, prima che lo sguardo le cadesse sull'orologio a parete nella stanza di James. Le otto e sedici? Il sole era tramontato da un pezzo, fuori era ormai buio. Si sollevò di scatto dal letto. «Mio padre mi ucciderà», disse nella sua lingua.

«Cosa?», chiese James, scendendo dal letto. Sofia fece il gesto di tagliarsi la gola. «Mio padre», disse e indicò l'orologio.

«Sei in ritardo?».

Sofia annuì, saltando giù dal letto, infischiandosene della nudità. Si rivestì a tempo di record e fece per uscire dalla stanza. James la afferrò per un braccio. «Aspetta, ti accompagno».

«No, non puoi».

«Tuo padre?».

Sofia fece un'altra volta il gesto di un taglio alla gola, stavolta quella di James.

«Va bene, ma promettimi che ti rivedrò domani. Promettimelo. Domani, qui, alle cinque, d'accordo?»

«Alle cinque, domani, qui. Va bene», disse lei. James la strinse di nuovo a sé, ancora nudo, ancora con il desiderio di lei.

Sofia gli sorrise prima di correre via. Non era lontana da casa. James abitava a solo un miglio di distanza da lei. Quando arrivò suo padre la aspettava sulla porta. Sofia abbassò lo sguardo, si strinse le braccia al petto certa che l'amore di James si vedesse sul suo corpo.

Giuseppe non disse una parola quando la figlia gli passò accanto. Richiuse la porta. Poco dopo, da fuori si udirono soltanto i rimproveri di suo padre, un paio di sedie che cadevano, qualche «Ahia, non picchiarmi, ti prego!», e sua madre che implorava il marito di lasciar stare la figlia, che «tanto son giovani e non impareranno mai».

Sofia le prese di santa ragione, ma non si preoccupò. Quasi andò a letto con il sorriso, nonostante il deretano arrossato da un paio di colpi di cintura. Pensava al giorno seguente. Alle cinque. A James. E tutto il resto venne dimenticato.

"Bene", penso. «Direi che questo capitolo posso chiuderlo così», dico ad alta voce sollevandomi dal letto, nella mia solitaria stanza, in questo solitario bed & breakfast di Pretty Creek. «Questo è tutto l'erotico che posso darti, Rebecca». Chiudo il PC e vado in bagno a sciacquarmi la faccia e a rinfrescarmi gli occhi. «Ottimo lavoro, Victoria», dico alla mia immagine riflessa nello specchio. Infine penso a Sofia e James. I poverini non sanno ancora cosa li aspetta.

Nemmeno io se è per questo. Quello che so è che scrivere mi mette sempre molta fame e visto che in questo posto è prevista solo la colazione, sono costretta a raggiungere il pub per mangiare qualcosa.

Poco male, uscire non potrà che farmi bene.

Mi vesto e due minuti dopo sono fuori dalla stanza.

29
Victoria

Al bancone mi accoglie una ragazza bionda. “La ragazza bionda”. Quella con cui Nath si è intrattenuto più di una volta. Quella che sembrava guardarlo con gli occhi di una che voleva mangiarselo. La stessa che lui ha lasciato alla fiera per venire a baciarmi.

Quest’ultimo pensiero dovrebbe rincuorarmi, invece non posso fare a meno di provare una fitta di gelosia. Donne! Sempre maledettamente insicure. Soprattutto quando sono innamorate. Non faccio di certo eccezione.

«Cosa mi consigli?», chiedo alla ragazza, tanto per attaccare bottone.

La biondina passa uno straccio sul bancone e dice: «Il cottage pie è la nostra specialità».

«È a base di carne, vero?».

La ragazza annuisce, poi inclina il capo da un lato e fa un mezzo sorriso. «Nath ti ha contagiato con la sua mania vegan?»

«Non è esattamente una mania», dico, poi la guardo un po’ incuriosita. «Aspetta… come fai a sapere che…».

«Che conosci Nath? Sei la scrittrice, non è così?».

Annuisco. È proprio vero: in un paese piccolo come questo è impossibile rimanere anonimi. «Sembra che sappiano tutti cosa faccio».

«Pretty Creek è un piccolo centro. Quando succede qualcosa di eccitante lo vengono a sapere tutti, in un modo o nell’altro».

«Non sapevo di essere "qualcosa di eccitante"». Devo farmelo stampare su una maglietta. *Sono qualcosa di eccitante.*

«Quindi niente cottage pie».

«Portami un succo d'arancia per ora». Non le dico che mi sembrerebbe di tradirlo se mangiassi della carne, ma lei sembra capirlo lo stesso.

«Io sono Katherine».

Allungo la mano sul bancone e stringo quella della ragazza. È fredda, umida e screpolata. Deve lavorare davvero duro.

«Conosci Nath da molto?», mi arrischio a chiederle e per un attimo mi pento della domanda. Se mi dicesse che hanno avuto una lunga relazione o che lei era la sua ragazza al liceo, oppure che…

«Fin da ragazzi».

Ecco.

«Siamo solo amici, tranquilla».

«Io non… non che la cosa mi riguardi». La voce viene fuori con un tono che sa di colpevolezza. Mi riguarda eccome.

«Sei arrossita come una dodicenne davanti a Justin Bieber».

Non posso fare a meno di sorridere e dichiararmi colpevole: «Beccata!». D'altra parte, perché dovrei mentire?

«Ti capisco. Nath fa questo effetto».

«Davvero? È incredibile, appena l'ho conosciuto ho pensato che fosse un arrogante, borioso, con poca pazienza e con la tendenza alla stronzaggine. Uno da evitare come la peste, insomma».

«E poi hai capito che è tutto il contrario».

«No, è esattamente arrogante, borioso, con poca pazienza e con la tendenza alla stronzaggine». Appoggio il viso su una mano e sospiro.

Katherine solleva un angolo della bocca e mi riempie un boccale di birra. «Credo che tu abbia bisogno di questa. Non dirmi che non bevi».

«Non d'abitudine. Io, con tutta quella birra, spicco il volo, ma per una volta, posso concedermi un piccolo viaggio». Sollevo il boccale. «Agli uomini stronzi!».

«Agli uomini stronzi!», ripete Katherine. «A Nath! Che ci ha fatto innamorare di lui».

Butto giù un lungo sorso di birra. È fresca, ha un gusto un po' amaro, ma è buona. Una buona birra, davvero. Non ne bevevo da quanto? Dall'università forse. Dio, faccio schifo come essere umano. Non so più come ci si diverte.

Katherine si allontana per servire a un tavolo, poco dopo mi accorgo di non essere più sola al bancone. Mi giro per capire di chi è lo sguardo che mi sento addosso e incrocio gli occhi arrossati di Bob Sullivan. D'istinto mi sposto. Lui sorride, rivelando i denti ingialliti che trattengono uno stuzzicadenti mangiucchiato.

Tira su col naso, più volte. È strafatto. Si vede lontano un miglio.

«Come va, dolcezza? Posso offrirti qualcosa?», mi chiede il viscido.

«Sto bene così, grazie».

«Avanti, tesoro, non fare la difficile». Allunga una mano. Le nocche ruvide mi sfiorano una guancia. Lo respingo. Lui sghignazza. «Le apri solo con lui, vero? Le gambe».

«Sei disgustoso». Puzza da morire, di erba, di terra bagnata, di sudore e sporco. Ho il voltastomaco e lo stenderei con un pugno se ne avessi la forza.

«Quanto mi ti farei». Si avvicina ancora di più. Il suo ginocchio sfiora la mia gamba. Si accarezza la patta dei pantaloni e mi viene voglia di scappare. Ho il cuore in gola e d'improvviso la birra mi sembra più utile di quanto non pensassi, o meglio, il boccale che la contiene. È di vetro molto spesso. Dato in testa a qualcuno dovrebbe provocare seri danni.

Il viscido tira fuori la lingua e la muove su e giù. La sua mano si appoggia su un mio ginocchio. Con un gesto violento la scosto. Lo sgabello su cui sono seduta traballa e perdo l'equilibrio. È lo stesso Bob ad afferrarmi per non farmi cadere, ma ne approfitta per avvicinarmi a lui e con una mano sfiorarmi il seno. Lo respingo un'altra volta, pronta a colpirlo e a darmela a gambe se necessario, oppure a urlare. Ma non ho il tempo di fare nulla.

Due secondi dopo vedo la sua testa cozzare con forza contro il bancone del locale. Sollevo lo sguardo e incontro quello furioso di Nath. Quando è entrato? Ero così occupata a scansare Bob Sullivan che non l'ho visto arrivare.

«Te l'ho detto già una volta e te lo ripeto: le devi stare lontano!». Nath ha afferrato Bob per il bavero della giacca e lo ha quasi sollevato da terra. Il naso dell'uomo gocciola sangue sul pavimento del locale. Tutti intorno a noi sono ammutoliti, nessuno osa muoversi.

Lo sguardo di Nath incontra il mio, ha la mascella serrata. Bob ghigna di nuovo, nonostante la sua faccia non stia per niente bene in questo momento.

«Stai meglio, Nath?», commenta l'uomo. «Ho sentito in giro che qualcuno ti ha conciato per le feste».

Nath sorride. Un sorriso che mi spaventa, mi mette a disagio. Sembra pronto a uccidere Bob. Ho paura che lo faccia davvero.

«Potresti subire lo stesso trattamento», lo minaccia. «Senza pistole, mazze da baseball e compari non dovrei avere difficoltà a ridurti a un colabrodo, bastardo».

Bob strabuzza gli occhi, ma lo fa con enfasi, come se stesse prendendo in giro Nath. «Non so di cosa parli, Owens».

«Lo sai benissimo». Nath lo spinge contro il bancone. La schiena dell'uomo si piega contro il bordo. «Sei stato tu, vero? E hai anche dato fuoco alla mia casa... Ai miei... Ai miei animali». Spinge ancora di più Bob contro il bancone. Lo sento gemere di dolore. Qualcuno dal fondo del locale dice: «Lascia perdere, Owens, non ne vale la pena», ma Nath sembra pensarla diversamente. I suoi occhi dicono che non vede l'ora di spaccare la faccia a questo bastardo, e non posso che essere d'accordo.

La voce tonante di una donna spezza la tensione. «Fuori! Fuori dal mio locale!». Un'anziana minuta, che si asciuga con forza le mani sul grembiule, raggiunge Nath e Bob e tenta di spingerli via. Nath non si fa pregare e trascina Sullivan oltre la porta d'ingresso, sul marciapiede e infine in mezzo alla strada. Corro da loro, Katherine mi segue, così alcuni dei presenti nel locale. Altri rimangono a guardare da dietro le vetrate.

Nath non perde tempo e spinge Bob contro un palo della luce. L'uomo geme e tenta di liberarsi dopo essersi ripreso dallo stordimento, ma Nath non glielo permette e lo colpisce con un pugno dritto sul naso, così forte da mandarlo a terra. Lo solleva e lo colpisce di nuovo e ancora. Ancora. Ancora. Bob Sullivan casca di nuovo a terra. Si tira su a fatica, in ginocchio, la testa ciondolante. «Figlio di puttana», esce dalla sua bocca insanguinata.

Nath si avvicina. Penso che voglia infierire. La sua espressione promette solo vendetta. Ma si passa le mani fra i capelli, si stropiccia la faccia e con un grido rabbioso dà un calcio al palo della luce.

Ha il respiro affannoso. È stanco. Bob si solleva in piedi, pulisce il sangue da naso e labbra con la manica della giacca.

«Ti beccheranno, Bob. Alla fine verrà fuori che sei stato tu», gli dice Nath.

«Puoi andare a farti fottere, Owens».

«Non quanto fotteranno te in galera, bastardo».

Bob si allontana barcollando. Botte e droga non sono un

buon connubio. Raggiungo Nath, in piedi vicino al palo della luce. Non gli chiedo niente, lo abbraccio e basta, d'istinto, senza preoccuparmi di quello che penserà la gente.

Lui resta fermo per un po', poi mi accoglie fra le sue braccia, stringendomi forte.

Penso che finalmente tutto andrà a posto. Sistemeremo ogni cosa. Insieme. L'attimo dopo, quando lui si è allontanato da me e mi guarda come se niente potesse mai più riaggiustarsi, penso che sono facile alle illusioni. Mi è bastato un abbraccio per crederci.

30
Nath e Victoria

Victoria mi segue mentre raggiungo il parcheggio. Non dovrebbe. Dovrebbe andarsene, allontanarsi dal derelitto che sono diventato, persino violento. Avrei ucciso Bob, lo avrei fatto se non avessi letto negli occhi di lei la paura, forse il disgusto per quello che mi vedeva fare.

«È ora che parliamo, Nath», mi dice, con lo sguardo fiducioso.

Scuoto la testa. «Di cosa dovremmo parlare?»

«Di noi».

«Non c'è nessun noi».

«Stava per esserci. Stavo per fare l'amore con te. Lo stavo per fare. Dannazione, fermati!».

Non lo faccio. Non posso guardarla negli occhi, non quando mi parla di fare l'amore. Affretto il passo, lei accelera il suo.

«Perché mi tieni distante? Me lo dici?», mi chiede ancora, afferrandomi per un braccio.

«È quello che ho sempre fatto, dall'inizio».

«È diverso e lo sai».

«Ti stai illudendo».

«E tu stai offendendo la tua intelligenza, mentendo così spudoratamente».

Non le rispondo, sperando che il mio atteggiamento la infastidisca tanto da decidere di mandarmi a quel paese. Ma lei persevera e arriva a salire in macchina con me. La guardo come per dirle di scendere, ma lei incrocia le braccia e continua: «Dovrai usare la forza se vuoi farmi scendere. E non sarebbe la prima volta».

Sono tentato, ma invece metto in moto e mi avvio in strada. Raggiungo casa di mia sorella senza dire più una parola. Scendo dall'auto, Victoria dietro di me. Entro in casa. Victoria dietro di me. Salgo in camera. Victoria dietro di me. Chiudo la porta alle mie spalle. Victoria davanti a me.

Impazzisco del tutto.

La raggiungo e la bacio. La bacio come se fosse l'ultimo desiderio del condannato. La bacio tanto da non farla respirare. La spingo contro il muro e ringrazio il cielo che mia sorella e i bambini stiano dormendo.

Questo non è un buon modo per allontanare una persona, mi dico, ma non riesco a smettere. È tutto quello che voglio, tutto quello di cui ho bisogno. Lei, il suo corpo, il suo volto, le sue labbra, le sue lentiggini, i suoi capelli fra le mani. Il dolore va un po' via, resta il desiderio, così forte da far assopire qualsiasi altra emozione.

«Questo… Questo è quello che posso darti», le sussurro a un orecchio. «Non ho altro».

Cosa significa, mi chiedo stupidamente, ma in realtà lo so benissimo quello che intende Nath. Il primo uomo che mi fa provare emozioni così forti, che mi tocca la pelle ed è come se mi toccasse l'anima, il primo uomo di cui mi importa davvero, il primo contro cui non sono corazzata, il primo che non vorrei perdere mai è lo stesso che, invece, mi sta costringendo a prendere una decisione che so benissimo dove mi porterà. Lontano da lui. Quello che può darmi non mi basta.

«Credi che mi importi del fatto che non hai una casa o un lavoro?»

«Dovrebbe importarti».
«La ricostruiremo. Con i proventi del libro…».
Lui si allontana di scatto. «No!», esclama. «Non li voglio i tuoi soldi».
«Eravamo d'accordo».
«Smettila. Mi fai sentire una specie di puttana».
«Sei un idiota!», esclamo io, stavolta. «Un orgoglioso, stupido, idiota. Come puoi pensare una cosa simile?»
«Voglio riprendermi la mia vita, e voglio farlo da solo».
«Ma perché non posso aiutarti?»
«Perché alla fine ti renderesti conto che non ti basto. Vorrai di più e io non te lo potrò dare».
«Se pensi questo di me vuol dire che non mi conosci affatto».
«Esatto, Victoria. E tu, se pensi che io accetti i tuoi soldi, non conosci affatto me».
«Ti conosco meglio di quanto pensi».
«Avevo già deciso di non prenderli. Saresti rimasta fino alla fine del libro e poi…».
«E poi mi avresti portata a letto e tanti cari saluti».
«No». Mi guarda amareggiato. «Non capisci».

Se le chiedo di restare, resterà e alla fine le renderò la vita un inferno fino a che non deciderà di lasciarmi.
Vorrei dirle ancora di rimanere, vorrei dirle di fare l'amore, vorrei dirle che conta più di qualsiasi cosa, ma Victoria Stevenson non è fatta per Nath Owens e prima che decida di andarsene lei, la manderò via io.
«Torna a casa, Victoria. Torna alla tua bella vita, a Chicago».
«Che ne sai tu di quanto fosse bella la mia vita. Magari non lo era affatto».
«Non lo sarà nemmeno qui, con me».

«Solo perché tu hai deciso così, da perfetto vigliacco quale sei». Abbassa lo sguardo. Mette le mani sul mio petto e il cuore mi brucia. «Potevamo fare meraviglie io e te, avremmo scritto una storia stupenda, ma non si può scrivere una storia senza la collaborazione di uno dei protagonisti».

«Non sono io il protagonista della tua storia. Forse avrei potuto... Prima, quando avevo una base da cui partire, ma ora...».

«Non più».

«Non più».

Mi respinge. «Potevamo fare meraviglie io e te», mi ripete, poi lascia la stanza senza voltarsi indietro ed è come se mi avessero pestato un'altra volta.

31
Sofia e James

Cominciava a vedersi un leggero rigonfiamento. Ogni giorno si guardava allo specchio e si accorgeva del miracolo che le stava accadendo. Non aveva detto niente a nessuno, nemmeno a sua sorella che, di sicuro, sarebbe andata a spifferarlo alla madre il secondo dopo averlo saputo.

Si chiedeva se sarebbe stato maschio o femmina. Si chiedeva che nome gli avrebbe dato. Lo avrebbe deciso insieme a James.

Lo aveva scoperto una sera di tre mesi prima. Il suo periodo era saltato un paio di volte di troppo, aveva spesso la nausea e si sentiva poco bene, così, con il sospetto crescente che si trattasse proprio di una gravidanza, aveva consultato una levatrice in città, una che frequentava la bottega dei dolci in cui era solita andare.

Il consulto le era costato un dollaro e cinquanta, soldi che aveva rubacchiato nel cassetto della biancheria della madre, dove la donna credeva di tenere ben nascosti piccoli risparmi.

La levatrice, dopo una visita accurata, le aveva confermato ciò che temeva: Sofia aspettava un bambino.

Lo aveva detto a James, temendo la sua reazione, ma lui l'aveva sorpresa abbracciandola, facendola volteggiare nella sua piccola stanza spoglia, e ripetendole quanto l'amava.

Era stato del tutto inutile non dirlo alla sorella. Lei lo aveva scoperto lo stesso. Si era insospettita vedendo che Sofia si osservava allo specchio ogni volta in modo strano, assumendo una posizione di profilo, come se dovesse verificare se fosse ingrassata o meno. Così come sospette erano le sue uscite ogni pomeriggio alla cinque esatte. Sospetto era anche il fatto che *quel pugile*, come lo chiamavano a casa sua, sostasse spesso davanti a casa loro, aspettando chissà cosa.

Aspettava lei. Il suo saluto dall'oblò della mansarda, il suo bacio volante portafortuna prima di ogni incontro.

Era bastato fare due più due. Al terzo mese inoltrato di gravidanza, con le nausee mattutine a complicare tutto e la stanchezza per le bugie che doveva inventarsi per non farsi scoprire, era stato facile crollare davanti all'intera famiglia che, un giorno, durante la cena si era coalizzata per farla cedere e confessare quella che era ormai una certezza per tutti.

Aveva tenuto testa ai Mantico. Aveva detto che James l'avrebbe sposata e che l'onore della famiglia sarebbe stato salvo, ma sua sorella aveva pestato i piedi: era la maggiore, non si sarebbe mai sposata dopo Sofia. Sua madre si era messa a piangere blaterando parole sul disonore, su cosa avrebbero detto i parenti, su che razza di figlia avesse cresciuto. Suo cognato Salvatore si era limitato a rimanere in disparte, continuando a fumare il suo tabacco. Suo padre non aveva parlato per lungo tempo, infine si era alzato da tavola, le si era avvicinato e le aveva mollato un sonoro ceffone, rischiando di farla sbattere contro il tavolo della cucina. Sofia aveva protetto il ventre con entrambe le mani, gesto che aveva fatto infuriare di più il padre. Aveva cercato di colpirla ancora, ma la madre, che sembrava avere più buonsenso del marito e forse per una sorta di empatia, visto lo stato della figlia, si era frapposta fra lei e l'uomo.

«Non lo vedrai più!», aveva esclamato Giuseppe. «Non vedrai più quel pugile, che io sia dannato!».

Sofia aveva guardato il piccolo orologio a pendolo sulla credenza. Erano le otto, ora in cui, di solito, saliva in mansarda a salutare James che passava per recarsi in palestra per uno dei suoi incontri. Non poteva mancare il suo bacio portafortuna.

Scostò la madre, scansò la sorella e fece per salire le scale. Suo padre la afferrò per un polso e la trattenne. La madre cercò di impedirgli di picchiarla ancora, ma lui riuscì a colpirla di nuovo. Sul viso, con uno schiaffo che le fece vedere le stelle. Sofia gemette. Sentì qualcosa volare per la cucina, forse una sedia, e andare a scontrarsi contro la porta d'ingresso. Persino Salvatore saltò in piedi.

Giuseppe urlò con tutto il fiato che aveva in gola. Era certa che i vicini stessero sentendo. Intanto, non faceva che pensare che James potesse essere già lì fuori ad aspettare il suo bacio volante.

Un attimo dopo, James non era più lì fuori ad aspettare il suo bacio. James era lì, nella loro cucina. La porta era stata sfondata e lui era caracollato dentro, perdendo quasi l'equilibrio.

Sofia si teneva una mano sul volto arrossato. Quella del padre in alto, pronta a colpirla ancora. Con un ringhio rabbioso, James raggiunse Giuseppe e senza pensarci due volte, lo colpì dritto al volto. Con un pugno dritto sul naso. L'uomo barcollò all'indietro e cadde sulle scale. La moglie accorse subito da lui, gridando parole nel loro dialetto.

Guardava Sofia, sembrava accusarla. Guardava James, sembrava odiarlo.

Sofia stava per sentirsi male. Vacillò. James fu subito accanto a lei per sorreggerla. Le disse parole di incoraggiamento. Le disse che l'avrebbe portata via da lì. Ma Sofia fece un cenno negativo con la testa.

«Devi andare», disse a James. «Vai, o ti ucciderà».

In effetti, suo padre lo guardava davvero come se volesse ucciderlo. Salvatore si era fatto più vicino e aveva uno sguardo poco rassicurante. «Non uscirai di qui in piedi, se non la lasci andare», disse suo cognato. La sorella non fece niente per impedire quanto stava accadendo. Lei si preoccupava solo di non doversi sposare per seconda.

«Ti prego, James...».

«Non ho paura di loro, Sofia». Lui la guardò negli occhi. Sofia pensò che era il suo eroe, quel principe che spesso aveva sognato potesse salvarla da quella vita in gabbia. Ma i guardiani sembravano molto più forti del principe e aveva paura per lui, ne aveva per lei, per il loro bambino. Aveva paura per quello che avrebbero potuto fare.

Sofia lo implorò con gli occhi. Furono le sue lacrime a convincerlo, forse. James allentò la presa. «Stai bene?»

«Sto bene», rispose Sofia, con un filo di voce.

James fece per abbracciarla, ma poco prima che le sue braccia si stringessero attorno a lei, sulla sua schiena arrivò un calcio. Fece male e lo costrinse a piegarsi in avanti, stringendo le mani all'altezza dei reni.

Sentì Sofia urlare. Sentì il padre di lei gridare: «Dagliene ancora!». Sentì un altro colpo arrivare prima che potesse reagire. Andò a sbattere contro il pavimento. Sentì i denti ferire la lingua. Avvertì il sapore ferroso del sangue.

Si sollevò appena in tempo per evitare un altro pugno. D'istinto allungò un braccio e colpì allo stomaco il cognato di Sofia che, dopo qualche secondo senza respiro, cominciò a tossire. A quel punto vide il padre di lei scaraventarglisi contro. Lo schivò. Non voleva colpirlo, ma l'uomo non desisteva. Infine vide che prendeva un coltello da cucina e glielo puntava contro, minacciandolo. Sofia urlò più forte. James sollevò le mani. Giuseppe gli si avvicinò di più. Tentò di colpirlo a un braccio. Era evidente che voleva solo ferirlo.

Sofia si mise fra loro nel momento in cui il padre tentava di affondare il coltello in un suo braccio. James riuscì a evitarle di essere colpita girandosi di spalle e coprendola con il suo corpo. Sentì la lama tagliargli un fianco, poco sotto le costole.

Traballò. Strinse una mano sulla ferita, la tolse. Era piena di sangue. Tutti ammutolirono. La sorella di Sofia svenne tra le braccia del fidanzato che, perlomeno, ora aveva le mani occupate.

La madre si portò le mani alla bocca. Gli occhi spalancati. Il padre continuò a guardarlo, ma non era sicuro che il suo sguardo fosse ancora carico di odio, forse c'era solo paura. Paura per le conseguenze di quello che aveva appena fatto.

Per un attimo, James fu tentato di fargli credere che la situazione fosse grave, che fosse sul punto di morire, così, per fargli prendere un bello spavento, ma Sofia era lì e non avrebbe mai potuto farle una cosa simile.

«Sto bene», le disse. «È solo un graffio, non preoccuparti».

Sapeva che era giunto il momento di andare. La situazione era degenerata. «Tornerò a prenderti, amore mio», le sussurrò a un orecchio. Prima di andarsene, guardò il padre di lei. Era a pochi passi da lui, teneva ancora il coltello fra loro, ma non ne ebbe paura. Era certo che non avrebbe più tentato di colpirlo. «Io sarò anche il figlio di un ladro e non sarò degno di Sofia, ma tu ti sei appena comportato come un assassino e sei ancora meno degno di lei di quanto non lo sia io».

Con queste letali parole, James lasciò la casa dei Mantico rivolgendo il suo ultimo sguardo a Sofia. Uscì e si richiuse la porta alle spalle con un tonfo.

Sofia rimase interdetta. Non era nemmeno sicura di sapere cosa fosse accaduto. Era successo tutto così in fretta.

Suo padre la guardava con il fiato corto. Non le disse niente. Nessuno le disse niente. Allora, senza proferire parola, con il volto rigato di lacrime, salì le scale che portavano al suo piccolo paradiso e si affacciò all'oblò. James era lì sotto. Si guardarono. Gli mandò il suo bacio volante e solo allora, dopo averle mimato che sarebbe tornato da lei, se ne andò.

Ora sapeva cosa doveva fare. E lo avrebbe fatto al più presto.

32
Victoria e Nath

Non faccio che contare i giorni che passano. Non faccio che contare i pensieri che ho su di lui. Non faccio che contare i respiri che riesco a fare senza provare un dolore sordo in fondo al petto.

È passato più di un mese. Esattamente quarantasette giorni, quattordici ore, venti minuti e cinquantasei secondi da quando ho lasciato il Vermont. Sono tornata a Chicago, nel mio comodo appartamento, dove il bagno non ha le tubature arrugginite, dove i sanitari non sono quasi attaccati fra loro, dove non c'è puzza di muffa. Dove lui non c'è.

Sembra tutto così inutile qui, adesso.

Io stessa sembro inutile.

Continuo la mia vita come se niente fosse, o almeno ci provo, come se la parentesi nel Vermont non fosse mai esistita, ma posso mentire alla mia testa, non al cuore. Ogni battito mi riporta lì, su quel ponte, davanti a quel lago, tra quelle imponenti foreste che hanno riempito di colore ogni istante che ho vissuto là.

Ogni battito mi riporta da Nath, tra le sue braccia, anche se tra le sue braccia ci sono stata il tempo di un respiro. Eppure riesco a sentire ancora il profumo delle sue mani sul mio viso. Sapone. Pulito.

È straziante soffrire d'amore. Sono malata. Malata di una malattia incurabile. La cura mi è negata.

Non lo biasimo per ciò che ha fatto. Una parte di me

lo ammira per il coraggio che ha dimostrato. È un uomo orgoglioso, lo è sempre stato e potrà ricominciare davvero solo se riuscirà a farlo con le proprie forze. L'altra parte di me lo odia, forse quanto lo ama.

Ha rinunciato a noi, perché io lo so che c'era un *noi*. C'era. Era scritto in ogni gesto, ogni parola, ogni situazione che abbiamo condiviso, era scritto su di noi, sulla nostra pelle. Lo respiravamo, quel *noi*.

Afferro il telefono. Il suo numero è il primo in memoria. Ogni giorno ripeto le stesse azioni, ogni giorno da quarantasette giorni, quattordici ore, ventiquattro minuti e trentadue secondi. Faccio partire la chiamata alla stessa ora, le otto di sera circa, ovunque mi trovi.

Oggi sono a casa, affogata dentro ondate di morbido pile. Una tazza di latte di soia mi fa compagnia con il suo sapore abbastanza disgustoso, ma ormai non posso più farne a meno.

L'indice scivola sul tasto di invio chiamata. Aspetto guardando il display per qualche secondo. Dopodiché, porto il telefono all'orecchio. Risponde sempre dopo il quinto squillo.

«Pronto?».

La sua voce. Oh! La sua voce mi manca come l'aria.

Non dico nulla. Resto in silenzio. Lo stesso fa lui. Lo sa che sono io. Ha in memoria il mio numero sotto il nome di Letterata Folle. Il suo sul mio è Buzzurro Arrogante.

È un appuntamento fisso questo. Un modo per non spezzare del tutto questo legame, un modo per soffrire ancora di più. Il manuale della perfetta masochista lo prevede. Telefonare all'uomo che ami una volta al giorno per sentire la sua voce, aspettare di sentirgli dire che non può vivere senza di te, ma scoprire che, come te, non dirà un bel niente, fino a che...

Silenzio assoluto. La chiamata si interrompe. Una volta lo farai tu, una volta lo farà lui, in modo da mantenere un perfetto equilibrio, in modo da sapere che nessuno dei due è abbastanza forte per parlare, oppure abbastanza codardo da tacere.

Sospiro e chiudo gli occhi che, ogni volta, dopo questo appuntamento, pizzicano. Ma non cedo. Non cedo mai. Quasi mai.

Ho interrotto la chiamata. Ho dovuto farlo, un'altra volta. Ancora un secondo e le avrei vomitato addosso tante di quelle parole, e a una velocità tale da risultare incomprensibili. *Amore, mi manchi, vengo da te, mollo questo schifo di lavoro e vengo da te, ti porto via, torniamo al nostro paradiso, senza una casa, senza nulla, solo io e te. Ti amo, ti amo, come fanno i folli. Senza freni, senza ritegno, senza filtri. Così ti amo.*

Ma la parte irrazionale è sempre soffocata da quella razionale e ogni volta resto zitto.

Il manuale del perfetto vigliacco lo prevede. Restare in religioso silenzio quando la donna che ami ti chiama per sentirti, pensando che prima o poi si stancherà, quando si accorgerà di che inutile uomo tu sia diventato.

Raccolgo alcuni incartamenti dalla scrivania su cui il caos regna sovrano. Non riesco a essere ordinato. Non riesco a mantenere una qualche parvenza di normalità. Infilo i fogli in un'anonima cartelletta blu, di quelle con l'elastico che si stacca di continuo. Questi sono i miei strumenti di lavoro. Penne. Computer. Grafici. Statistiche. Anonime cartellette blu.

Le mie mani sono sempre pulite. Odio avere le mani pulite. Non sento più la terra sotto le unghie. Non sento più la fatica sulle spalle e questo mi rende debole, apatico. Non vedo più il mio lago, i colori della foresta. È come se fossi cieco.

Trascorro le mie giornate fra l'ufficio alla Crunchy Cereals e un monolocale arredato con un letto, un armadio, un tavolo con due sedie, un angolo cottura e un minuscolo bagno. Trascorro le mie giornate pensando a lei. Ogni maledetto minuto della stramaledetta vita che sono stato costretto a scegliere.

Non avevo alternative valide. Ho dovuto accettare il lavoro in Canada. Guadagno abbastanza per riuscire a mettere da parte la cifra necessaria a ricostruire la fattoria e a pagare i debiti. Fra un anno… Forse due… Dovrei farcela.

Sul cellulare ho la sua foto scattata in bagno il giorno in cui il rospo Croc l'ha spaventata talmente tanto da farla cadere e tirarsi addosso mezzo armadietto.

La guardo meravigliato. La guardo come un idiota. La guardo come uno che può essere definito con un solo aggettivo: patetico.

Prendo di nuovo il telefono in mano mentre esco dall'ufficio. WhatsApp mi dirà sempre se c'è oppure no.

C'è. Sempre.

Scrivo: Mi manchi. Non invio. Cancello. Riscrivo: Non dimenticarmi mai. Non invio nemmeno stavolta. Cancello. Scrivo ancora: Ti amo. Non invio. Sono palesemente stupido. Cancello.

La voglio. Dio, quanto voglio questa donna.

Rimetto il telefono nella tasca della mia stupida giacca elegante, abbinata a una stupida camicia grigia, elegante. La cravatta era davvero troppo e ci ho rinunciato. Lo riprendo subito dopo e senza pensarci troppo, colto da un'assurda frenesia le scrivo:

NATH: *Mi manchi, Vic!*

Un paio di secondi dopo mi risponde.

VICTORIA: *Sei un cretino!*

Fisso sbalordito il display.

Un attimo dopo mi do del fesso da solo. Ho mandato il messaggio a mia sorella.

NATH: *Scusa, ho fatto confusione.*

SUSAN: *Lo vedo, idiota.*

NATH: *Potresti essere più gentile? Sono un uomo che sta soffrendo.*

SUSAN: *Ti sta bene. Te la sei voluta.*

NATH: *Sono stato costretto.*

SUSAN: *Certo. Ti puntava una pistola alla tempia.*

NATH: *.I.*

Il dito medio è il minimo.

SUSAN: *Il solito elegantone. Cmq… perché non glielo mandi ora?*

NATH: *Mi hai fatto passare la voglia. Se è incazzata la metà di quanto sei incazzata tu, non credo vorrà leggere il mio pietoso "mi manchi".*

SUSAN: *Invece potrebbe volerlo. Se non altro avrebbe un po' di soddisfazione. Poi magari ti lascerà marcire nel tuo orgoglio e ti manderà a farti fottere, ma avrà i suoi cinque minuti di godimento, visto che non ne ha da un po'.*

NATH: *Che vuol dire? La senti? Vi parlate?*

Silenzio di tomba dall'altra parte.

NATH: *Maledizione, parla Susan!*

SUSAN: *Tecnicamente per parlare dovresti chiamarmi…*

NATH: *Non tergiversare.*

SUSAN: *Ho i bambini che mi chiamano. Ciao Nath, ci sentiamo presto.*

NATH: *Susie… maledizione Susie, rispondi! 'Fanculo! Dovevo essere figlio unico!*

SUSAN: *.I.*

La cosa buona in tutta questa storia è che sono tornata a scrivere con una voglia incredibile. Nessuno ti ispira come l'amore. Ecco la musa. Ecco il motore. L'amore, sotto qualsiasi forma esso si presenti. Nel mio caso, per un uomo, il più odioso, il più testardo, il più straordinario che abbia mai incontrato.

Se continuo così, impazzirò. Il mio cuore impazzirà. La mia vita impazzirà.

Sono certa che lui mi vuole. Ne sono sicura. Ma deve ancora combattere i suoi fantasmi. Spero solo che non ci metta una vita, perché quella che mi rimane vorrei viverla con lui.

33
Victoria

«Cosa ne pensi?». Guardo Trevor trattenendo il fiato. Mi sudano le mani mentre osservo il suo cipiglio severo. Si è appena versato da bere. Uno scotch liscio senza ghiaccio. La penultima volta che ha bevuto scotch liscio senza ghiaccio mi ha detto che sua moglie lo tradiva con un collega di lavoro. L'ultima volta, sua moglie aveva chiesto il divorzio.

Non è un buon segno, quindi.

Sono certa che mi dirà che è la mia opera peggiore, anche se io sono convinta che sia la migliore. Non mi sono mai sentita così ispirata.

«Allora? Trevor?»

«Victoria... Devo dirti che...».

«È uno schifo? Avanti, dillo senza tanti giri di parole». Prima di essere il mio agente, Trevor è un caro amico, e la cosa che lo ha sempre contraddistinto è la sincerità. Ogni volta che ho scritto roba che poteva andare bene come lettiera per il gatto, lo ha dichiarato senza mezzi termini con frasi lapidarie del tipo: «Vic, che cos'è questa merda?».

Non l'ho mai biasimato. A volte ho scritto davvero della merda e se non fosse stato per lui avrei anche tentato di farla pubblicare. Mi fido dell'istinto di Trevor, più di quanto mi fidi del mio. Di recente non ho dimostrato grande intuizione.

«È una figata pazzesca. Credo che questo sia uno dei tuoi romanzi più riusciti». Trevor si sfrega le mani. Negli occhi, finalmente, leggo l'entusiasmo che prima celavano.
«Davvero?», chiedo titubante.
«Non mi credi?»
«Bevi scotch liscio senza ghiaccio».
«Quindi?»
«Ogni volta che lo fai mi porti brutte notizie».
«Vic...». Trevor mi guarda con la fronte corrucciata. «A volte mi chiedo se sei di questo pianeta. A me piace lo scotch liscio senza ghiaccio. Lo bevo a prescindere dal carattere delle notizie che porto».
«Quando hai scoperto di tua moglie bevevi scotch liscio senza ghiaccio, quando mi hai detto del divorzio, anche...».
«E bevevo anche Jack Daniel's, Martini, rum e tutto ciò che contenesse una dose di alcol utile a stordirmi».
«Oh...».
«Questo romanzo è perfetto, Vic».
Faccio spallucce. «Rebecca non lo ha ancora letto. Sono certa che, così com'è, non andrà affatto bene».
«Se Rebecca vuole l'erotico può succhiarmi il...».
Prima che concluda la frase e rovini l'atmosfera zen che ho contribuito a creare con incensi di vari profumi e il caminetto acceso, gli ficco uno spicchio di pizza in bocca. L'hanno portata un'ora fa, mentre Trevor leggeva gli ultimi capitoli del romanzo.
È chiaro che gli ho riferito, parola per parola, la conversazione che ho avuto con la mia editor e Paula Faber il giorno prima della partenza per il Vermont. Trevor non ne è stato affatto felice, come presumevo, e mi ha chiesto il favore di non snaturare la mia arte. Non l'ho fatto. Alla fine non l'ho fatto. Non avrei potuto.
«Sei consapevole del rischio che corriamo? La Pearson &

Sons potrebbe darmi il benservito», gli dico con un sospiro, anche se l'idea non mi crea tanto dispiacere.

«Non è l'unica casa editrice in circolazione», mi dice lui masticando a bocca aperta.

«È solo la più importante».

«Ci frega qualcosa?»

«A me no. A te?».

Trevor sembra pensarci su. «In definitiva, io lavoro lo stesso».

«Io scrivo lo stesso».

«Direi che la Pearson & Sons può andare a farsi beatamente fottere, allora».

Trevor si alza. Si scola le ultime gocce di scotch e addenta un boccone di pizza.

«E l'anticipo a cui sembravi tenere tanto prima che partissi per il Vermont?», gli chiedo.

Trevor scuote il capo, sospira. «Cosa vuoi che ti dica? I soldi non sono tutto. E se posso mettere i bastoni fra le ruote alla tua stronzissima editor, allora sono felice di perdere un po' di bei dollaroni», conclude. Sospira di nuovo e riprende. «Io andrei. Devo terminare di leggere il manoscritto di un tizio che crede di aver scritto il thriller del secolo».

«E invece?»

«E invece è solo una serie improponibile di sgozzamenti. Dopo i primi tre capitoli sai già chi è il serial killer. Una vera merda, insomma».

«Sii buono con lui quando gli dirai che non va bene», lo prego. «Dentro ogni scrittore batte un cuore».

«Non ne sono sicuro, anzi, credo che la storia si basi sulle esperienze di vita del tizio. Mi sa che è lui il serial killer».

«Allora sii buono perché potrebbe ucciderti».

«Credo che tu mi abbia appena convinto a essere buono, ma gli dirò lo stesso che è una merda».

Sorrido mentre lo accompagno alla porta. Trevor si china a baciarmi su una guancia, prima di dire: «Ricordami di ringraziare Susan per la magnifica idea che ha avuto. Il Vermont ti ha fatto benissimo, anche se ora stai una cacca».

«Grazie, avevo bisogno di sentirmelo dire».

«Per quello che vale, Nath è stato un vero stronzo a lasciarti andare».

«Grazie, questo avevo davvero bisogno di sentirmelo dire».

Trevor mi strizza l'occhio ed esce dall'appartamento.

Sbuffando torno in salotto. Mi siedo sul divano davanti alla scatola della pizza ormai vuota. Afferro il portatile e scrivo una mail a Rebecca.

A: Rebecca Morgan
Oggetto: Tutta la pioggia del cielo

Caaaaaara Rebecca,

ce l'ho messa tutta per finire prima della scadenza. Come puoi vedere, sono in anticipo di circa due mesi, perciò chiudi un occhio quando, nel testo, troverai poco o niente di quello che mi ha richiesto. Questo romanzo non è come te lo aspettavi. Credo non sia nemmeno come me l'aspettavo io. Scriverlo è stata un'esperienza unica, forse perché è scaturito da emozioni che non provavo da tempo. No, mi correggo: non ho mai provato emozioni così.

Io non biasimerò te se riterrai opportuno cestinarlo, né la P&S se non vorrà fare un nuovo contratto di pubblicazione.

Questo romanzo vedrà comunque la luce, in un modo o nell'altro.

Sapevi di quella nuova tendenza per cui gli autori americani si autoproducono?

Be', sto pensando di sperimentarla anch'io.

Con affettoooooooo.

Victoria

Allego il file Word di *Tutta la pioggia del cielo* alla mail, e la invio.

Comunque vada, non ho rimpianti. Questo romanzo, ho deciso, è il romanzo del cuore. Questo romanzo avrà per sempre un posto speciale nella mia vita, questo romanzo mi ricorderà sempre lui, Nath Owens, l'uomo di cui sono innamorata. Ora e per molto ancora, temo.

34
Nath

Sono pietoso, ridicolo e penoso. L'amore mi sta distruggendo. Sta facendo di me un'inutile caricatura. Tutte le mie belle convinzioni sulla vita? Andate a farsi benedire.

Ho comprato tutti i suoi romanzi. Tutti, dal primo all'ultimo. Sono cinque. Ricordo persino i titoli senza dovermi sforzare. Li ho letti. Tutti. Dal primo all'ultimo. Senza dovermi sforzare.

C'è lei in ogni pagina, ogni riga, ogni frase. Ogni parola è lei, mi racconta quello che pensava mentre scriveva, mi dice chi è Victoria Stevenson e, forse, ho imparato a conoscerla meglio di quanto abbia fatto nel periodo in cui è stata insieme a me nel Vermont.

Credo di amarla ancora di più. Se mai fosse possibile amarla ancora di più di quanto già non faccia.

Non ho fame, stasera. Non mangio niente. L'unico mio pensiero è quello di stendermi sul letto, aprire il computer e cercare notizie su Victoria Stevenson.

L'ho fatto. Ho comprato un portatile. Peggio. Ho una connessione internet, io che rifuggivo questo tipo di tecnologia come se fosse il diavolo.

Mi sono iscritto a Facebook, ho cercato le pagine che parlavano di lei o dei suoi libri, ho litigato con un sacco di gente i cui commenti sembravano insulti. Ho collezionato più vaffanculo in questo ultimo periodo che nell'intera mia vita.

Già. Sono pietoso, ridicolo e penoso, ma so usare internet meglio di quanto credessi.

Il che non è per niente una buona cosa. Ho scoperto che se cerchi di sopravvivere alla mancanza di qualcuno, questo non è il metodo giusto da adottare. Basta digitare il suo nome su Google e vengono fuori notizie che vorresti ignorare.

Una in particolare attira la mia attenzione. Si parla di un produttore cinematografico, un certo Peter Johnson che, a quanto dice questo articolo pescato da una rivista digitale, è stato per circa un anno il fidanzato della scrittrice Victoria Stevenson. L'articolo è corredato di una foto dei due in posa alla prima cinematografica di un qualche film. Ingrandisco l'immagine. Osservo Victoria, il suo sorriso smagliante, le lentiggini coperte da uno spesso strato di trucco, le scarpe troppo alte, le curve generose messe in risalto da un vestito troppo scollato.

Questa qui è una figa da sballo, di quelle che ti scoperesti dalla mattina alla sera, ma non è Victoria, non è la mia Victoria.

Lui è un tizio tutto tirato a lucido, con una barba finto-disordinata, i capelli finto-disordinati, e uno smoking ordinatissimo. Vero quanto un plasticato Ken di Barbie.

Nell'articolo si scrive che Peter era in procinto di produrre un film basato su uno dei romanzi di Victoria, progetto poi saltato. Pare che Johnson si sia tirato indietro all'ultimo minuto.

Non posso fare a meno di odiarlo, questo tipo. Ha una faccia da culo e non sta per niente bene vicino a Victoria. Non quanto me.

Sono le otto. Fra un po' chiamerà. Al quinto squillo risponderò. Sentiremo le nostre voci, uno dei due interromperà la chiamata e aspetteremo l'indomani per ripeterci. Come due idioti.

Sono le otto e cinque. È in ritardo. Forse è sotto la doccia. No Nath, dannazione, non pensare a lei sotto la doccia che poi sai come finisce.

Sono le otto e dieci.

Le otto e quindici.

E venti.

E venticinque.

Le otto e trenta.

E se fosse successo qualcosa? Non resisto più. Afferro il cellulare e le scrivo un messaggio su WhatsApp.

NATH: *Cosa diavolo aspetti a chiamare?*

Non è online. Le spunte non si colorano di blu. Non mi ha letto. Aspetto con lo sguardo fisso sul cellulare. Nervoso, impaziente. Comincio a essere preoccupato.

È online! Sta scrivendo…

VICTORIA: *Nath?*

NATH: *No, mio nonno.*

VICTORIA: *Questa battuta è vecchia come il cucco.*

NATH: *Aspettavo la tua chiamata.*

VICTORIA: *L'aspettavi davvero?*

Nutre forse qualche speranza?

NATH: *Come ogni sera.*

VICTORIA: *Ti ho abituato male.*

NATH: *Forse.*

VICTORIA: *Perché?*

NATH: *Non lo so. Sei tu che dici di avermi abituato male.*

VICTORIA: *No, perché aspetti che ti chiami?*

E ora che le dico? Perché la tua voce è l'unica cosa che mi spinge ad arrivare a fine giornata? Potrei, poi penso al produttore cinematografico, alla Victoria sventolona e mi fermo.

VICTORIA: *Nath?*

All'improvviso, dopo qualche secondo, il telefono vibra nella mia mano. È lei. Stavolta le rispondo.

«Victoria?»

«Nath… Sono… Felice di sentirti. È passato…».

«Troppo tempo», finisco per lei.

«Troppo».

«Come stai?», le chiedo.

«Bene».

«Il romanzo?»

«Finito. Esce fra un paio di mesi».

«Ne sono felice».

«Nath?»

«Sì?»

«Mi manchi».

Mi stupisce, mi addolcisce, mi mette in disordine la testa. Victoria.

«Vorrei stare con te, Victoria, lo vorrei, te lo giuro», le confesso in preda a un attacco di sincerità acuta. «Ma non ora».

«Che vuol dire "non ora"? Quando, allora?»

«Quando avrò rimesso in piedi la mia vita, se lo vorrai ancora».

«Io voglio la tua vita com'è adesso. Non mi importa che tu la rimetta in piedi».

«Non è abbastanza, Victoria».

«Smettila Nath, smettila!».

Il suo tono acuto mi mette a tacere. Sembra arrabbiata sul serio e non la biasimo. Come posso chiederle di aspettarmi quando l'ho mandata via, l'ho rifiutata.

«Hai ragione. Devo smetterla. Non ho il diritto di chiederti di aspettarmi».

«Io non voglio aspettarti, Nath, non voglio perché non è necessario che io ti aspetti. Sei tu che stai complicando le cose».

«Che cosa posso darti, Victoria? Non ho nemmeno un posto dove stare».

«Non ne abbiamo bisogno. Se non vuoi i miei soldi per ricostruire la fattoria, allora vivremo in un ostello».

Per un attimo mi scappa da ridere. Victoria fa sembrare tutto così semplice. «Tu, in un ostello?»

«Certo, perché no?»

«Hai idea dello schifo che c'è negli ostelli?»

«Userò quintali di igienizzante per le mani».

«Il bagno in comune».

Sento silenzio dall'altra parte fino a che non dice: «Ho imparato a farla senza toccare la tazza. Anni di pratica».

Non desiste la ragazza. È la solita testarda. Dio quanto la amo e quanto amo questa sua adorabile determinazione.

«Peter Johnson».

«Peter?»

«Johnson».

«Che cosa c'entra lui?».

Tiro un profondo sospiro. Non so nemmeno perché gliene parlo. «Ho letto che è stato il tuo fidanzato».

«Uno di quei due idioti che mi hanno fatto pensare che fossi una specie di fissata, sì».

«Peter Johnson è un uomo di successo, mi pare di aver capito. E tu stavi con lui». Non ho idea di dove voglio andare a parare, o forse sì, forse voglio solo farle ammettere che è quello il tipo di uomo di cui ha bisogno, o forse esattamente il contrario, forse voglio sentirle dire che è di un contadino per niente elegante, per niente educato, un po' sboccato e con i calli alle mani che si è innamorata.

«Stavo con lui, come si sta con chiunque altro quando pensi di essere innamorata di qualcuno. Stavo con lui perché credevo che mi piacesse. Stavo con lui perché non sapevo che c'era di meglio».

«Di meglio?».

Vanità. Insicurezza. Orgoglio. Compiacimento. Tutto mi ribolle dentro in attesa delle sue parole.

«Di meglio, Nath. Tu, stupido idiota». La sua voce trema attraverso il telefono. «Ed è con te che voglio stare, perché so di essere innamorata di te, è con te che voglio stare, perché so che mi piaci, è con te che voglio stare perché so che non c'è niente di meglio».

Nessuna donna mi ha mai parlato così. Nessuna donna mi ha mai portato così in alto. La sua confessione, così spontanea e sincera, mi fa un effetto sconvolgente. È come se fosse qui, come se potessi toccarla, come se potessi amarla.

«Torna da me, Nath. Ricominciamo da dove abbiamo interrotto».

Sono tentato di farlo, ma gli obblighi a cui devo rispondere mi impediscono di muovermi da qui. I miei debiti non sono ancora saldati. Devo un mucchio di soldi allo Stato, e li devo entro un certo termine se non voglio finire in galera, li devo ai fornitori da cui mio padre si serviva per comprare concime, semi e attrezzi per i campi, devo ricostruire una casa dove vivere e per quanto io desideri lasciarmi tutto alle spalle e stare solo con Victoria, non posso.

Questo lavoro è l'unica mia fonte di sostentamento. L'unico che mi permetterà di fare tutto ciò che è necessario per tornare a vivere con una certa dignità.

«Non posso, Victoria, mi dispiace».

Sento un unico suono giungere al mio orecchio, dopo quello che ho appena detto: quello dei suoi respiri affrettati che piano piano tornano regolari, fino a sparire del tutto.

«Dispiace anche a me, Nath, non sai quanto», dice quando penso che potrebbe aver chiuso la comunicazione. «Non ti chiamerò più, non aspettarti ancora le mie chiamate silenziose. Lascerò che tu rimetta in piedi la tua vita, lascerò che ritrovi te stesso, ma forse... Forse non sarò lì per te quando ti ritroverai».

Nessun respiro. Guardo il display. Ha chiuso la chiamata. Ha detto addio. D'un tratto mi viene una sorta di attacco di panico. Mi alzo dal letto. Mi passo una mano fra i capelli, continuo a guardare il display e a ripetere, con una voce che nemmeno riconosco come mia: «No, no, Victoria», come se potesse ancora sentirmi. La richiamo. Ma sembra aver spento il cellulare.

Dannazione!

Mi risiedo sul letto. Il mio respiro si è fatto irregolare, il cuore sta per scoppiarmi nel petto e una fortissima sensazione di paura si è aggrovigliata al mio stomaco, attorno alle mie viscere.

Ho l'istinto di scaraventare il telefono contro il muro e ridurlo in mille pezzi, ma lo lancio solo sul materasso. Appoggio i gomiti sulle ginocchia e mi prendo la testa fra le mani. Che cosa sto facendo?, mi chiedo. La cosa giusta, la cosa sbagliata... Non lo so. So solo che non ho molte alternative. Una sola, forse. Lasciare che sia lei a raccogliere i cocci e a rimetterli insieme, ma posso vivere sapendo di non essere riuscito a offrirle nemmeno lo stretto indispensabile, e sapendo che sopravvivo grazie a lei?

'Fanculo! Io sono uno di quegli idioti che se porta una donna fuori a cena vuole pagare lui. Probabilmente lei mi direbbe che questa è una cosa molto antifemminista, ma io credo sia un atto di galanteria.

Vorrei solo prendermi cura di lei, in ogni modo in cui un uomo può prendersi cura di una donna.

Cado all'indietro sul materasso. Fisso il soffitto bianco e mi maledico per essermi innamorato un'altra volta, soprattutto per essermi innamorato in modo così totale, come se non potessi esistere più senza di lei. E probabilmente sarà così. Non esisterò più nei prossimi giorni. Nath è stato appena cancellato.

35
Victoria

Mi tremano le mani mentre mi preparo una tazza di tè caldo. Sarebbe stato meglio non sentirlo affatto. Sarebbe stato meglio restare nel limbo in cui entrambi ci eravamo cacciati. Ora tutto sa di cosa tremendamente definitiva.

Il fatto che io abbia deciso di non chiamarlo più la dice lunga su quanto sia determinata. Questo non mi impedisce di soffrire come una bestiola ferita.

Asciugo una lacrima furtiva, la porto via dal viso con violenza, stringendo gli occhi e le labbra per non farne scivolare più. Sapere che mi vuole mi ha fatto arrivare alle stelle, ma sapere che mi vuole e che non farà niente per avermi mi ha fatto precipitare in picchiata, e cadere da quelle altezze fa male, fa dannatamente male.

Dovrei pensare solo al mio lavoro. Il romanzo sta per essere pubblicato. Con un inaspettato risvolto, la Pearson & Sons ha deciso che *Tutta la pioggia del cielo* sarà il romanzo di punta dei prossimi mesi. Hanno già cominciato con il bombardamento pubblicitario. Paula Faber dovrà ancora scriverseli da sola i suoi romanzi. Non che io avessi intenzione di collaborare con lei.

Rebecca Morgan non è più la mia editor. È stata sostituita da Jared Pearson, il capo in persona, o meglio, il figlio del capo. Un ragazzo che sa il fatto suo, visto che è stato proprio lui a insistere perché il romanzo non subisse il cambiamento che, invece, Rebecca desiderava e consigliava.

Curioso, perché il tipo in questione ha fama di essere un dongiovanni e di fare delle donne quello che gli pare. L'erotico sembra essere il suo pane quotidiano nella vita reale, mentre in quella professionale esige il romanticismo. Strani certi uomini, davvero strani. Incoerenti fino al midollo. Lo dicevano delle donne una volta.

Il più strano di tutti resta comunque lui, Nath Owens. Quello che mi fa quasi versare il tè bollente sulla mano che continua a tremare. L'idiota che è dentro di me pensa a lui, lo ama nonostante tutto. L'idiota che è dentro di me crede che qualcosa possa cambiare se avrà la pazienza di aspettarlo.

Non verrà mai e io lo aspetterò invano. Lui non è James. E io non sono Sofia.

36
Nath

Non so quanto tempo sia trascorso dall'ultima volta che ho sentito Victoria. Due secondi? Due ore? Mesi? Forse mesi, già. Non che stia a tenere il conto dei giorni, a parte quei sessantacinque che sono passati.

Oggi esce il suo libro. Ho cercato la data esatta su internet. Ho cercato la libreria più vicina al posto di lavoro, ho telefonato per prenotare una copia per non rischiare di rimanere senza. Ho usato la pausa pranzo per andare a ritirarlo e ora eccomi qui, in questa libreria affollata da ragazzine con in mano copie delle ultime uscite. Tra le più gettonate, una storia su un tizio degli One Direction, che non ho idea di chi diavolo siano, un paranormal romance piuttosto atteso e *Tutta la pioggia del cielo*.

Sono diventato un maledetto esperto.

Sono uno dei pochi uomini con in mano una copia del libro di Victoria. No, mi correggo, sono l'unico uomo. L'unico altro tizio in questa libreria – un anziano dall'aria molto intellettuale – ha in mano un saggio sulle guerre puniche.

Attendo paziente il mio turno per pagare, quando un paio di ragazze davanti a me, che hanno entrambe una copia di *Tutta la pioggia del cielo*, cominciano a parlottare fitto fitto dopo aver letto – pare – la fine del libro.

«Per fortuna finisce bene, vedi?»

«Dicono che presto diventerà un film. Chissà chi farà la parte di James».

«Ho letto che sarà Scott Eastwood».

Le due si lanciano in una serie di squittii e risatine, saltellando sul posto. Ancora una volta non ho idea di chi sia il tizio di cui parlano. Forse, dopotutto, dovrei comprare un televisore.

«Te lo immagini mentre arriva su una bici scassata e tipo ti rapisce e ti porta via?»

«E tipo ti bacia mentre pedala?»

«Non poteva finire meglio. Tipo una favola».

Tipo che queste due mi hanno raccontato la fine del libro. Ottimo.

Quando arrivo alla cassa, la commessa mi chiede se voglio una confezione regalo. Le dico no, il libro è per me. Mi guarda con un mezzo sorriso e un'espressione vagamente sconcertata. La guardo allo stesso modo e con un altro mezzo sorriso mi dice: «Mi scusi». Si schiarisce la voce. «È che non capita spesso di vedere uomini leggere questo tipo di storie».

«Tipo come?», le chiedo mentre pago.

«Tipo romantiche, inneggianti all'amore. Quelle storie che fanno sospirare, per capirci». Infila il libro in un sacchettino che reca il logo della libreria. Insieme a quello ci mette un segnalibro e un portachiavi a forma di cuore. «Non li diamo a tutti, solo ai clienti più affezionati».

«È la prima volta che vengo qui. Non sono un cliente affezionato», le ricordo per onestà.

«Lo so». Strizza l'occhio con un sorrisetto. «Ma qualunque uomo legga un libro simile merita un trattamento speciale. Buona lettura».

Esco dalla libreria e mi siedo su una panchina in un parco poco distante. Tiro fuori il libro dal sacchettino e con il cuore in gola lo sfoglio. Leggo alcuni passaggi, infine guardo la foto di Victoria sul retro della copertina. È bella. È bella come un angelo.

Torno indietro, apro il libro alla prima pagina.

TUTTA LA PIOGGIA DEL CIELO

Victoria Stevenson

Continuo a sfogliarlo. Sulla pagina successiva c'è la dedica.

A Nath,
che aspetterò finché non cadrà tutta la pioggia del cielo.

Mi ha dedicato il suo libro. Mi ha dedicato il suo libro. Mi ha dedicato il suo libro.

Non faccio che rileggere quelle poche parole che portano con loro un messaggio chiaro. Mi sta aspettando. Dopotutto, ha deciso di farlo.

Non posso mettermi a saltare come le due ragazzine in libreria, ma è così che mi sento. Felice come una ragazzina.

Preso da una frenesia quasi folle, comincio a leggere il libro.

Era l'estate del 1946. Sofia Mantico era giunta in America dall'Italia con la sua famiglia, su una nave carica di speranze, portando con sé solo poche cose: una valigia di cartone con dei miseri indumenti, il suo plico da disegno, e un fagotto pieno di sogni da realizzare.

Mi gioco tutta la pausa pranzo inseguendo Sofia tra le pagine, disprezzando la sua famiglia bigotta, parteggiando per James, ammirando il suo coraggio.

Non posso smettere. Questo libro è Victoria. Tra queste pagine sento il suo amore, la sua anima mi parla attraverso le parole che leggo, la respiro, la tocco.

Sono a un quarto del libro quando mi rendo conto di essere in ritardo per il lavoro. Telefono in ufficio e mi prendo mezza giornata libera. Al diavolo grafici e statistiche. Voglio restare con questi due, voglio sapere come andrà a finire. Voglio sapere cosa avrà deciso Victoria. Trascorro ancora mezz'ora sulla panchina, a leggere, fino a che non avverto un po' di fame. Raggiungo un bar. Ordino un tramezzino con pomodoro e insalata e un caffè. Continuo a leggere. Sto ancora leggendo quando torno a casa.

Non mi faccio nemmeno la doccia. Lancio la mia cartelletta blu su una poltrona e mi stendo sul letto pronto a godermi la parte finale del romanzo. Sono all'ultimo capitolo. I giochi sono fatti.

37
Sofia e James

Sofia lo aspettava. Lui era tornato la sera stessa, nonostante la ferita che suo padre gli aveva inferto fosse ancora fresca e, a quanto diceva, faceva un male cane.

Era bastato un sassolino contro il vetro dell'oblò per richiamare l'attenzione di Sofia. Lei si era affacciata, gli aveva sorriso. Lui aveva detto qualcosa che lei non aveva capito, così James aveva raggiunto la mansarda arrampicandosi su un albero e saltando sul tetto.

Non appena le fu vicino, le afferrò il viso e la baciò. «Scappa con me», le disse subito dopo, in italiano.

Sofia sorrise.

«Andiamo via. Io, te e la meravigliosa creatura che custodisci nel tuo grembo», proseguì tornando all'inglese. «Mi prenderò cura di voi, te lo prometto. Lo so che non ho niente da offrirti di più del mio amore, ma ci basterà, ti giuro che lo farò bastare».

Sofia sorrise ancora. In realtà non aveva mai smesso di farlo. Annuì più convinta che mai. «Verrei in capo al mondo con te, James. Non mi serve niente di più del tuo amore. Ce la caveremo».

«È un sì?».

Sofia annuì di nuovo. James la baciò ancora, le sussurrò che l'amava, poi riprese. «Voglio fare le cose per bene, Sofia, perciò...». Il ragazzo tirò fuori una scatolina dalla tasca della giacca, l'aprì e le fece vedere un piccolo anello di legno con su incisi i loro nomi. «Non è prezioso. L'ho fatto io con un po' del legno del ponte sul lago, quello dove avrei dovuto baciarti. È tuo, se lo vuoi». James inspirò a fondo prima di dire: «Vuoi diventare mia moglie e la madre dei miei figli, Sofia?».

Sofia si morse il labbro in preda all'emozione più grande della sua vita. «Sì», disse con un filo di voce. Le lacrime cominciarono a scorrerle sulle guance quando lui le infilò l'anello al dito, il gioiello più prezioso che avesse mai posseduto, non perché fosse d'oro – non lo era – ma perché lo aveva fatto lui.

Mezz'ora dopo, aveva raccolto le sue cose nella valigia di cartone con cui era arrivata in America, aveva scritto un biglietto alla sua famiglia in cui spiegava le sue motivazioni e, stando bene attenta a non svegliare nessuno, uscì di casa.

Il loro era il grande amore. Lo avrebbero protetto a costo della vita se non fosse stato per il piccolo miracolo che cresceva di giorno in giorno nel suo grembo, continuava a ripetersi Sofia, anche ora che, sfidando la sua famiglia, soprattutto suo padre, a cavallo della sgangherata bicicletta di James, aggrappata alla vita di lui, correvano verso la stazione dei treni, portandosi dietro una tonnellata di speranza.

Non le importava non avere niente. Aveva James e non aveva bisogno di altro.

La sua vita cominciava in quel momento. Finora era solo esistita, ma non aveva mai vissuto, non come le aveva insegnato a fare James, quel ragazzo all'inizio un po' brusco, qualche volta arrogante, troppo sicuro di sé, che aveva paura del suo passato e ancor più del suo futuro, ma che in fondo al cuore nascondeva una generosità come pochi e il coraggio di nessuno.

James, che la portava via su una bicicletta tutta rotta, verso un futuro che avrebbe reso il resto della sua vita un capolavoro.

Loro due, insieme, avrebbero fatto meraviglie.

Quel ragazzo all'inizio un po' brusco, qualche volta arrogante, troppo sicuro di sé, che aveva paura del suo passato e ancora più del suo futuro.

Loro due, insieme, avrebbero fatto meraviglie.

Rimango per cinque minuti buoni a rileggere quelle parole, ricordando quando Victoria le ha dette a me e rivedendomi in James.

Il cuore mi trema nel petto. Questa volta non riesco a trovare scuse. Questa volta non voglio trovarle.

Mezz'ora dopo, l'armadio è vuoto e la valigia fatta.

Sono pronto a dire addio al Canada. Sono pronto a farmi cadere addosso tutta la pioggia del cielo.

38
Nath

Quando arrivo da Susan, sembra non esserci nessuno in casa. I bambini sono a scuola a quest'ora, e di certo lei sarà a fare la spesa o da qualche amica a chiacchierare.

La aspetto seduto sulle scale del portico. Dopo circa due ore e mezza sto pensando di chiamarla, quando la sua macchina imbocca il vialetto di casa.

Susan mi raggiunge con aria trafelata e mi chiede: «Che ci fai qui?»

«Non è questa l'accoglienza che mi aspettavo dopo mesi che non ci vediamo, ma sorvolerò perché ho importanti notizie».

«Anch'io».

«Anche tu?»

«Vengo dal tribunale. Bob Sullivan sarà processato per l'aggressione che hai subìto, per l'incendio e per una serie di reati minori come possesso illegale di stupefacenti. Pare che abbiano trovato delle taniche di benzina identiche a quella usata per incendiare la fattoria e una mazza da baseball sporca di sangue. Probabilmente ti chiederanno un campione per l'esame del DNA. L'idiota non si è preoccupato nemmeno di ripulirla. Ma d'altra parte… È sempre strafatto. Il movente è chiaro».

Mi ci vogliono cinque secondi buoni per elaborare la notizia. «Non ne sapevo niente. Pensavo che le indagini fossero a un punto morto».

«No, i ragazzi della polizia ci stanno lavorando da un bel po'. Lo hanno arrestato una settimana fa. Non volevo darti altri pensieri, ecco perché non ti ho avvertito, almeno fino a che non ti avrebbero chiamato a testimoniare. Però...».

«Però?». Odio i però di mia sorella. Non portano mai a nulla di buono.

Susan si schiarisce la voce e mi sembra di vederla arrossire. «Victoria è stata qui. L'hanno chiamata a testimoniare a proposito dell'aggressione».

Mi ci vogliono dieci secondi buoni per digerire la notizia, stavolta. «Hanno chiamato Victoria?».

Susan annuisce. «Sai com'è... Era l'unica testimone attendibile, visto che tu le stavi prendendo di santa ragione e dopo eri troppo... Svenuto... Per ricordare qualcosa».

Riesco a pensare solo al fatto che Victoria è stata qui. «Mi stai dicendo che il giorno stesso in cui rientro, c'è anche Victoria?». Sorrido pieno di speranza. «Dov'è? Devo raggiungerla», dico a Susan togliendole di mano le chiavi dell'auto. Sono già salito in macchina quando mia sorella mi blocca.

«L'ho accompagnata all'aeroporto giusto prima di rientrare a casa. Aveva un aereo alle 16:05».

Mi blocco per un istante. «Mi prendi per il culo?».

Mia sorella fa spallucce. «È il karma, Nath, il karma negativo che ti porti dietro». Guardo l'orologio. Sono le 14:45 circa. Se vado a velocità sostenuta potrei anche farcela. Metto in moto. «Devo andare. Devo dirle delle cose importanti, quindi il karma negativo può anche andare a farsi fottere».

«Gliele dirai per telefono. Non ce la farai mai ad arrivare in tempo. Ti servono almeno due ore e un quarto, forse di più, per raggiungere l'aeroporto».

«Devo provarci». Mentre faccio retromarcia nel vialetto

le grido: «Fammi gli auguri e preparami un letto. Mi sono licenziato!».

«Che cosa?». Susan tenta di raggiungermi, ma ormai sono in strada. «Nath! Che diavolo hai fatto?».

Mentre percorro la strada verso l'aeroporto, cerco il cellulare per chiamare Victoria e dirle di non salire sull'aereo, ma qui, sulla statale costeggiata dalle foreste, non c'è mai campo. Rinuncio e prego di arrivare in tempo.

Infrango tutti i limiti di velocità. Impreco quando incontro un trattore davanti a me. Mi vedo costretto a fare sorpassi azzardati e intanto il tempo passa. Siamo oltre le due ore. Non perdo la speranza.

Quando arrivo in aeroporto, lascio la macchina in sosta vietata. Una multa in più da pagare ormai non può fare differenza. Guardo i monitor sospesi in alto. Il volo per Chicago è partito circa mezz'ora fa.

Mi lascio andare a un gemito strozzato. Sembra più un ringhio. Un paio di poliziotti aeroportuali mi guardano con sospetto. «Tutto okay», dico loro. «La mia ragazza è partita e non ho fatto in tempo a salutarla», butto lì. I due non fanno una piega, ma perlomeno si allontanano.

L'ho persa un'altra volta, dannazione. Mi prenderei a pugni.

Non mi lascio scoraggiare. Chicago non è all'altro capo del mondo. Il tempo di sistemare un paio di cose e poi potrò andare a riprendermela, sempre che mi voglia ancora. Se non mi volesse, mi pianterò fuori da casa sua fino a che non cederà. Dovessi aspettare in eterno.

Quando rientro, Susan sembra sul piede di guerra. Fa per parlare ma sollevo una mano e le tappo la bocca. «Sono innamorato di Victoria, sono tornato per lei, farò tutto quello che vuole. Se non mi vuoi qui, vivrò sotto un ponte, ma ora che sono finalmente rinsavito e ho capito che la vita è troppo breve per trascorrerla senza la donna che amo, io da qui non mi schiodo più. Lo farò solo per andare a Chicago, da lei, e riportarla nel Vermont».

Lascio libera la bocca di mia sorella. La vedo sorridere d'un tratto, infine dice: «Quando partiamo?».

Le sorrido di rimando. «Dobbiamo prima passare da Lucinda. Devo prendere qualcosa di importante. E anche da Rosetta. Devo chiederle se ha ancora quella vecchia bicicletta con la vernice scrostata».

39
Victoria

Farò una sola presentazione. A Chicago. Sono stata chiara con tutti. Non ho voglia di trascorrere i prossimi mesi in giro per fare promozione.

Mi hanno detto che non sarà per niente vantaggioso, ma non mi importa. Sono stata irremovibile. Trevor è stato comprensivo. Anche quando gli ho comunicato che ho deciso di lasciare la Pearson & Sons. Gli ho spiegato che ho bisogno di tempo per ritrovare quella ragazzina che in passato scriveva per il puro piacere di farlo.

Jared Pearson è stato un po' meno comprensivo, ma alla fine ha capito e ha detto che se mai decidessi di tornare con loro, le porte sarebbero sempre aperte.

Per ora mi accontento di starmene un po' per conto mio, senza pensare a quanto venderò, se venderò o cosa fare per vendere di più. Questo meccanismo perverso, per un po', mi ha fatto dimenticare cosa significa davvero scrivere: dar voce ai sogni, che siano i miei o di chi legge. Fabbricare emozioni e condurle dalla pagina al cuore di chi sceglie di sfogliare un mio libro.

Tutta la pioggia del cielo mi ha riportato la gioia di farlo.

La libreria dove si terrà la presentazione è affollata. Riconosco qualche volto di lettrici fedelissime che mi salutano e che ricambio con un sorriso affettuoso. I miei genitori, come al solito, non ci sono. Non che mi aspettassi di vederli. Questa è una delle tante parti della mia vita che seguono poco e se per sbaglio lo fanno, lo fanno da lontano.

Il pensiero corre a lui. Nath non è qui e non nego che avrei voluto averlo accanto, non perché questa sia un'occasione speciale – di presentazioni ne ho fatte a bizzeffe da quando ho cominciato e sono tutte più o meno uguali – ma perché, con lui vicino, il mio cuore sarebbe stato più sereno.

La proprietaria della libreria, che conosco da tempo, mi accoglie con un abbraccio, e dopo i soliti convenevoli mi accompagna alla mia postazione.

C'è un lungo tavolo dove sono state sistemate copie del mio libro. Io sono seduta al centro. Accanto a me ci sono da un lato e dall'altro un paio di blogger, una giornalista, la proprietaria della libreria e Jared Pearson. Le presentazioni degli autori più importanti della sua casa editrice le segue di persona.

L'uomo attira gli sguardi delle donne, soprattutto delle ragazzine, come il miele le api.

Devo ammettere che è davvero un bel tipo. Spigliato, divertente, con la battuta sempre pronta, affascinante e sexy da far schifo. Il fatto che io sia innamorata di un altro non mi impedisce di apprezzare un simile capolavoro di madre natura. Tanto più che *l'altro*, di me, non vuole saperne niente.

Cinque minuti dopo, sto rispondendo a delle domande a raffica di una ragazza con un caschetto nero, una linea di eyeliner troppo marcata intorno agli occhi che le fa apparire delle occhiaie che di certo senza tutto quel trucco non ci sarebbero, e un rossetto rosso fuoco.

Fa le domande a me, ma osserva rapita Jared Pearson. Mi scappa da ridere, ma mantengo il controllo e rispondo a quello che mi chiede. Le domande si susseguono una dopo l'altra, ogni tanto intervengono le blogger e la giornalista accanto a me. Cerco Trevor tra i presenti. Lo trovo in piedi vicino alla porta d'ingresso. È al telefono e sembra parlare animatamente con qualcuno.

Cinque minuti dopo, lo vedo raggiungermi a grandi passi. In mano ha ancora il suo telefono. Sembra cercare qualcosa. Una volta vicino, si china a sussurrarmi all'orecchio: «Dovresti leggere questo».

Mi scuso con i presenti per l'interruzione e afferro il cellulare del mio agente. Lui mi indica una recensione su Amazon. Ingrandisco i caratteri perché ci vedo poco, leggo il titolo della recensione e il nome di chi l'ha scritta.

Ti amo e comincio col dirtelo da qui
di Buzzurro

Io non sono bravo con le parole. E lo sono ancora meno quando devo scriverle. Sono solo un contadino, dopotutto, ma sono certo che saprai tradurre i miei sproloqui, come hai sempre fatto, cara Victoria.

Ho letto il tuo libro. L'ho ingoiato, l'ho bevuto, l'ho fagocitato come se fossi un animale in cerca di cibo. Ho assaporato ogni parola che hai scritto, fantasticando su com'eri vestita quando le hai scritte, com'eri seduta, come portavi i capelli, cosa bevevi, se sbadigliavi per la stanchezza, se ti faceva male la schiena, se ti bruciavano gli occhi mentre scrivevi, se pensavi a me qualche volta. Oppure sempre, perché, diamine, quel James mi somiglia un bel po'.

Ho comprato un dannatissimo computer e, peggio ancora, ora ho una connessione internet. Solo perché volevo *vederti*, *seguirti*, *sentirti* in qualche modo. Lo so che questo mi fa sembrare una specie di stalker, ma ti giuro che non sono pericoloso. Mia sorella dice che dovrei parlare del tuo libro, dirti quanto mi è piaciuto e va bene, sì, il tuo libro mi è piaciuto, storia fantastica, tu scrivi da Dio! Ma questa, a dire il vero, non è una recensione vera e propria, nonostante io abbia fatto un account su questo coso che dicono serva ad acquistare libri, fra le altre cose, e a recensirli. Né, lo ammetto, è stata mia l'idea di rendere tutto così... Romantico? Insomma... Sto cercando di dirti che anche l'idea di scrivere una *recezione* (Susan chiama così il mix poco poetico fra recensione e dichiarazione d'amore) per farti sapere quello che ti farò sapere fra poco, anche se penso tu lo abbia già capito dal titolo che, sempre Susan, dice che è uno spoiler grosso quanto un TIR, è stata mia.

Sai quanto mi importa. Inutile girarci intorno, no?

Anche stavolta, lei e suo cognato Trevor hanno organizzato tutto nei minimi dettagli. Ma stavolta mi hanno trovato d'accordo su *quasi* tutto. Dico quasi, perché mi hanno proposto cose che non farei nemmeno sotto tortura, o solo se non fossi *quasi* certo che tu tornerai da me. La mia idea, forse, era meno romantica, ma di sicuro efficace e soprattutto non avremmo perso tanto tempo.

No, la mia idea non era meno romantica, era romanticissima, anzi, è romanticissima perché verrà esposta nella seconda parte, fuori da questa recensione, grazie al cielo. Come diavolo fate voi scrittori a scrivere pagine e pagine piene di parole, frasi di senso compiuto, e storie con un significato, me lo chiederò sempre. Io sono già nel pallone dopo pochissime righe. Ecco perché ho scelto agraria.

La mia idea me l'ha suggerita James e come lui era sotto casa ad aspettare Sofia, io sono qui, fuori dalla libreria dove stai presentando il tuo libro, ad aspettare te, proprio ora. Proprio adesso. Toh, quasi ti vedo: hai sollevato lo sguardo verso la porta. Se ti alzi e mi raggiungi, potrò finalmente dirti quanto ti amo e cominciare a chiarirti un paio di punti su cosa comporta stare con me. Nath.

Oh... *Tutta la pioggia del cielo*: libro consigliatissimo.

Se non mi è venuto un colpo ora, non mi verrà mai più e fra batticuore incontrollabile, respiro affannoso e rossore, mi scappa da dire la cosa più ridicola possibile. «Mi ha scritto una recensione d'amore su Amazon?».

Trevor annuisce con un sorriso e con un cenno mi indica la porta. Non riesco ancora a muovermi, spaventata, eccitata, in preda a un delirio emozionale che mi impedisce persino di pensare. Lui è qui? Davvero?

«Mi ha scritto una recensione d'amore su Amazon. Come l'abbiano approvata, non ne ho idea», ripeto. Le blogger che mi ascoltano vanno a sbirciare sul sito, così fanno alcune delle presenti, fino a che, dopo qualche attimo di completo stupore, le vedo voltarsi verso la porta e lanciare dei gridolini di sorpresa.

In un attimo sono tutte con la faccia appiccicata alle vetrine. Poco dopo sento una voce familiare urlare. «Se non ti muovi, questo scappa dall'imbarazzo. Forza, Victoria. Ci ha messo una vita per capire».

È Susan. La vedo sbracciarsi sulla porta d'ingresso. Trevor mi dà una spintarella. Mi ritrovo a farmi largo nella piccola folla. Alcune ragazze squittiscono come se fossero loro le destinatarie di questa dichiarazione fuori dal comune. Le più romantiche si asciugano un paio di lacrime.

Mi sembra di dover scalare una montagna. A un certo punto, una piccola mano afferra la mia. È quella di Zoe, la figlia di Susan. Mi sorride, indossa un vestito che mi è familiare. Ha dei nastri rossi fra i capelli. È vestita come Sofia in una scena del libro. Sento la gola serrarsi per l'emozione. Il batticuore aumenta quando vedo il fratello con indosso una giacca marrone, simile a quella che ho immaginato portasse James. Anche questa sarà opera di Susan, mi dico.

Sono davanti alla porta. Susan mi sorride, i bambini mi lasciano andare per restare con la madre. Finalmente lo vedo. Se ne sta a braccia incrociate sul petto, a cavallo di una bicicletta malridotta. Come James quando aspettava Sofia per fuggire con lei. Sento il cuore che sta per scoppiarmi nel petto.

Batte un piede a terra e volge lo sguardo altrove. È imbarazzato, penso, trovandolo di una tenerezza disarmante. Quando mi vede, però, sorride anche lui. Il suo petto si rilassa, come se fino a questo momento avesse trattenuto il fiato. Allarga le braccia, continua a sorridere. Il suo sguardo è fisso nel mio. All'improvviso il mondo intorno a noi si spegne e una bolla ci circonda.

Sto tremando. «È la... La recensione più... Confusa e sgrammaticata che abbia mai letto». Non trovo di meglio da dire, ma glielo dico fra un sospiro e l'altro.

Lui scuote il capo e si passa una mano fra i capelli, sollevando la bocca in un mezzo sorriso. «Te l'ho detto: sono solo un contadino».

«Arrogante, presuntuoso e un bel po'... Un bel po' imperfetto».

Nath allarga di nuovo le braccia. «Sei pronta a fuggire con me, Victoria? Sei pronta a essere la mia compagna? Decidi in fretta perché c'è un po' di gente che aspetta di conoscere la fine della storia».

Mi volto indietro e vedo mani giunte, mani sul cuore, mani sulla bocca. Torno a guardare Nath. «In verità io ho già deciso da un pezzo».

«Il fatto che io sia un uomo piuttosto testardo e parecchio idiota può essere considerata un'attenuante? Voglio dire... Sono un'anima semplice, lo sai. E, come una volta mi hai fatto notare, ho solo due neuroni che vagano nella mia testa, andando a sbattere spesso contro le sue pareti. Anche questa dovrebbe essere considerata un'attenuante, no?»

«Mi stupisci...», comincio facendo un passo verso di lui.

«Anche tu, Letterata, mi hai stupito dalla volta in cui sei arrivata nel Vermont con addosso quegli abiti completamente inadeguati. E non in senso buono... Anche se poi...».

«Mi addolcisci...», continuo dopo un altro paio di passi.

«Come negarlo?».

Mi scappa una risatina. Eccolo il Nath che ho lasciato. Quello prima dell'aggressione. Sfrontato, divertente. Rivedo il suo sole.

«Mi metti in disordine la testa...». Sono a un passo.

«La tua credo fosse in disordine già da prima. La mia l'hai rivoltata tu». Allunga la mano e mi afferra per un polso. Mi attira verso di lui e senza aggiungere altro, posa la sua bocca sulla mia. È il bacio che aspettavo. È il lieto fine che mi sorprende perché non lo avevo previsto.

Le sue mani mi circondano il volto, sfiorano il collo, tra

le sue dita si infilano i miei capelli. Le sue labbra sono un dono. Il suo sapore è linfa.

Questo romanzo, quello della mia vita, non contemplava un Nath né un "e vissero felici e contenti". E invece lo sto vivendo proprio adesso. Ho il mio James, giunto in sella a una bicicletta sfasciata e con lui, sono certa, raggiungerò la serenità che spesso ho solo sognato.

40
Nath

Non riesco a credere di averla tra le braccia. Mi sembra passata un'eternità dall'ultima volta. È così giusta per me. Le sue labbra... Oh! Le sue labbra sulle mie le ho sognate ogni minuto da quando l'ho lasciata andare. Il suo corpo si modella perfettamente sul mio, come la tessera di un puzzle. Il suo profumo... Quel misto di speziato e dolce... Il suo profumo mi stordisce, mi rende debole, mi rende così facile fantasticare su di lei, nuda, sotto di me. Oppure sopra. Oppure come le pare. Basta che sia con me.

«Credo che impazzirò se non ti porto subito a letto», le dico sulle labbra.

«Credo che te lo lascerò fare, dopotutto».

«Non prima di aver completato il teatrino che ho messo su. Ormai sono sputtanato come il più imbecille degli innamorati». Mi guardo intorno, vedo la gente sorridere, qualcuno ridacchia, gli uomini in particolare.

«Lo trovo così romantico», mi dice lei con il rossore che le nasconde le lentiggini, le mie adorate lentiggini.

«Non ti ci abituare». Non parlo sul serio. E il suo sorriso sfrontato mi dice che lo sa. Ho deciso che da oggi in poi lei sarà il centro del mio mondo, quella per cui spenderò la mia vita. Rendermi idiota per Victoria farà parte del pacchetto.

«Avrei voluto aspettare tutta la pioggia del cielo, per baciarti sotto di essa, per dirti che ti amo, davvero, senza se e senza ma stavolta. Con o senza casa, con o senza un centesimo. Ho capito che senza di te, né una casa né il denaro mi aiuterebbero a sopravvivere. Volevo aspettare la pioggia, insomma, ma le previsioni non sono favorevoli. Ci sarà un dannatissimo sole per tutte le prossime due settimane».

«Ci hai messo tanto di quel tempo per capirlo. Se avessi aspettato la pioggia ti avrei dato dello stupido».

Le sue braccia mi circondano la vita. Il suo capo si appoggia al mio petto. Mi ritrovo con un miliardo di sguardi di donne sognanti, addosso. Sollevo due dita in segno di vittoria.

«Diamo a queste ragazze il lieto fine e poi smammiamo, ti va?»

«Mi trovi d'accordo su tutta la linea. Ma cosa c'è ancora, dopo tutto questo?»

«Il meglio, Letterata, il meglio».

Mi calo una mano nella tasca dei jeans e tiro fuori un piccolo cerchietto di legno. «Non sono così tirchio da non prenderti un anello vero, ma questa, diamine, questa la trovavo una cosa fottutamente romantica».

Lei afferra l'anello di legno, se lo rigira tra le dita e lo guarda come se fosse d'oro puro, infine legge l'incisione: *A Victoria, che scriverà i miei sogni.*

I suoi occhi si inumidiscono, le sue labbra tremano. Lo fanno anche le mie, come le mie mani quando afferrano l'anello. Quando le pongo la fatidica domanda, quella che ho sempre temuto, mi tremano anche le gambe.

«Non è che... Per caso... Prenderesti in considerazione l'idea di... Sposarmi, vero? Voglio dire... Lo so che sono quello che sono, che... Insomma, non voglio essere ripetitivo... Tanto già lo sai. Ma ti amo, dovrebbe bastare, no? Almeno credo. Ci voglio sperare, se non altro». Me ne sto qui, con l'anello a mezz'aria, con la bicicletta fra le gambe e

Victoria che mi guarda come se fossi un demente, in attesa di una sua risposta.

Lei annuisce. Lo fa con una certa convinzione. «Sì», dice. «Ti sposo. Voglio dire... Lo so che sei quello che sei, che... Insomma... Un po' ripetitivo lo sei, ma tanto lo sai già. Ma ti amo, e per me basta eccome. Ne sono certa. Ci credo fino in fondo. E non ti sposo solo per questo, ti sposo soprattutto perché così avrò modo di insegnarti un lessico comprensibile. Nath, a volte ti esprimi da far schifo. È difficile per me non correggerti. Chiamala deformazione professionale».

Non so se ridere o piangere per la gioia della sua risposta. Non so se ridere o piangere per il velato insulto che nasconde. Questa è la mia Victoria. Questi siamo noi come è stato fin dal principio. Le infilo l'anello al dito. «Te lo compro un anello vero, lo giuro».

«Non che mi serva. Io, però, ti compro un vocabolario».

«Okay, questo era un insulto vero».

«Non mi vuoi più sposare, ora?»

«No, ti sposo eccome e te la farò pagare nel tempo. E chiariamo un paio di punti, Stevenson...».

«Che ne dici se li chiariamo strada facendo? Andiamo a casa mia?».

Annuisco. Annuisco di nuovo. Annuisco ancora. Come un bambino davanti a una coppa di gelato gigante, mi lecco le labbra. Le faccio posto sulla bicicletta, davanti a me. Salutiamo il resto del mondo e me la porto via.

«Niente coperte con faccioni di principesse sul letto. Il bagno sarà in comune, quindi rispetta gli orari. La lavanderia... Lavo io, non lavi tu e viceversa. E l'ammorbidente...».

«Non è gratis, lo so».

«Però la vasca da bagno puoi usarla mentre la uso io, per ottimizzare i tempi, sai...».

«Certo, lo so».

La sento sorridere, anche se non le vedo il volto. Il suo capo si appoggia al mio petto ed è come se riuscissi a sentirla nell'anima. Procedo lentamente nel traffico di Chicago, seguendo le indicazioni di Victoria. Mi sento davvero fuori dal tempo, come in una bolla, come in un libro. Non credo ci sia posto migliore di questo, non so se esiste momento più bello di adesso. O forse sì?

Lo scopro poco dopo, con lei tra le mie braccia, lo so per certo con me dentro di lei. Questo è il posto migliore, questo è il momento più bello.

Lei, tra le mie braccia.

Io, tra le sue.

Epilogo
Nath e Victoria

Alcuni mesi dopo

La stagione ideale per un matrimonio è l'autunno. L'ora ideale il tramonto.

Il pastore ha appena dichiarato me e Victoria marito e moglie. La bacio sul ponte di legno che si affaccia sul nostro lago, mentre gli ultimi raggi di sole lambiscono lo specchio d'acqua.

Il suo vestito, semplice come semplice è lei, bianco come i petali di un giglio, le sta d'incanto. I colori della foresta dietro di noi, il rosso, l'arancione, il verde, il giallo, sembrano riflettersi sul suo abito, che a tratti pare come attirarli. Una piccola margherita fa capolino da un lato dei suoi capelli. Li ha lasciati sciolti, senza acconciature particolari. Sembra una fata. Sembra una dea. E io sono ogni giorno più innamorato del precedente.

Mia moglie. La mia benedizione.

Ci sono pochi, cari amici, alla nostra festa. Katherine con il piccolo Lucas, Tracy O'Donnel, Matt, Trevor, mia sorella con suo marito e i miei nipoti. I genitori di Victoria sono arrivati con molto ritardo, praticamente due ore prima della cerimonia, ma stavolta ci sono.

Charlie ha partecipato a tutta la cerimonia. Ha starnazzato, ha beccato Trevor e ha fatto le sue cose da papero. Ora ci precede lungo il ponte di legno, che io e Victoria percorriamo tenendoci per mano, fissandoci e ridacchiando come due cretini. Ci sentiamo un po' adolescenti in questo momento. Forse nessuno di noi due crede ancora di essere arrivati fin qui da quel primo giorno in aeroporto.

Sollevo le nostre mani intrecciate. La sua vera nuziale accompagna l'anello di legno da cui non si separa mai.

«Dimmi che sarai sempre mia», le dico, scostandole una ciocca di capelli dal viso.

«Sempre. Per sempre», mi risponde. «Dimmi che mi vedrai ogni giorno come mi vedi adesso», chiede.

«Ogni giorno, come oggi».

La bacio di nuovo, accarezzandole il viso, quel viso così caro al mio cuore. Non ho idea di come sarà il nostro futuro, so solo che voglio viverlo con lei, perché senza Victoria non esisterei.

Se guardo avanti, vedo me, un uomo felice, la mia terra, sempre più fertile, una famiglia, la mia, due maschi, una femmina. Vedo Victoria, bella come oggi, con qualche filo grigio sulla fronte, seduta sul dondolo sotto il portico, il computer sulle gambe, mentre scrive una delle sue storie. Io le siedo accanto e osservo rapito le sue dita battere veloci sulla tastiera, quando lei solleva gli occhi e mi dice che, dopotutto, la storia più bella la stiamo scrivendo insieme.

Torno al presente, sollevo mia moglie fra le braccia, mentre i nostri amici applaudono e fischiano. Con un piede apro la porta semichiusa della nostra nuova casa. Finora abbiamo convissuto in una dépendance che uno dei miei vicini ci ha affittato.

Entriamo in quello che lei dice sarà il nostro nido. È un nido niente male. Le tubature nuove, due bagni più grandi per gli ospiti e uno per noi, in camera da letto. Niente più odore di muffa o assi del pavimento che scricchiolano. Il granaio è più capiente e le stalle possono ospitare più animali.

Molto del lavoro è stato fatto grazie al denaro di Victoria, il resto è frutto di un regalo che non avrei mai voluto, ma che il grande cuore di una donna meravigliosa ha consegnato nelle mie mani. Rosetta ci ha lasciato cinque mesi fa e in una lettera mi diceva, fra le altre cose…

Figliolo,

ho avuto solo un vizio nella vita, quello del fumo. Il denaro che non ho speso in sigari, l'ho sempre messo da parte nel caso avessi avuto un figlio. Sono stata fortunata perché ho avuto il figlio più meritevole del mondo, anche se non l'ho partorito io. Sei tu, Nath. E ora non metterti a frignare come una donnicciola, ho appena esaurito la mia dose di romanticismo. Insieme al mio denaro, che spero userai con giudizio, ti lascio anche la mia malefica gatta, per la gioia della dolce Victoria. Si abituerà presto al suo pelo. In fondo si è abituata al tuo.

Maleficent è diventata a tutti gli effetti un membro della famiglia Owens. Victoria la tollera senza difficoltà. Charlie un po' meno.

Salgo le scale che portano al piano di sopra, mentre gli altri raggiungono la sala da pranzo, dove fra poco scenderemo per festeggiare. Non porto Victoria in camera da letto, dove avremmo dovuto cambiarci d'abito, ma proseguo ancora più su e raggiungo la mansarda con l'oblò. Ho voluto questo ambiente a tutti i costi. Così come ho voluto che la casa fosse dipinta di bianco e avesse le imposte delle finestre rosse.

Al centro della mansarda c'è un letto alto, con la testiera in ferro battuto, di quelli che si usavano una volta. Sul letto la coperta patchwork di Lucinda, quella per cui Victoria avrebbe pagato qualsiasi cifra, ma che alla fine mi è costata solo trenta dollari, accompagna con i suoi colori la calda tonalità del legno delle pareti.

Mia moglie si porta una mano sulla bocca e mi guarda incredula, come se le avessi appena fatto dono di un diamante. È solo una coperta invece, ma è la nostra coperta. Quella che coprirà il nostro amore.

La rimetto a terra, lei mi abbraccia senza una parola. Il mio sguardo si perde oltre l'oblò e sento che non ho più sangue nelle vene, ho solo amore. L'amore per questa donna.

Questa è la mia storia più bella.

Questo è l'amore migliore che potessi aspettarmi.

Questo è l'inizio di un cammino che non finirà con *finché morte non vi separi*.

Vivere questa vita sarà come una magia e qualsiasi cosa succederà, so che lui sarà sempre qui, con me, senza dubbi o tentennamenti. Mi amerà, mi consolerà, si prenderà cura di me.

Quassù, in questo piccolo angolo di paradiso tutto nostro, scriverò nuove vite. Ma più di ogni altra cosa, vedrò tutta la pioggia del cielo.

Amo la pioggia. L'odore che alza quando si scontra con la terra. La pioggia è pura. È buona. È benedetta, come le lacrime degli angeli.

È bella, come il nostro amore.

Da qui, parte il capitolo più importante di questo romanzo chiamato *Vita*.

Ringraziamenti

Un romanzo non è mai un viaggio che si compie da soli. Comincia in solitudine, ma viene prontamente riempito di anime, pensieri, cuori, durante la sua stesura. In questo viaggio sono stata accompagnata da persone che l'hanno reso un percorso intriso di emozioni. E a loro devo il mio ringraziamento.

A Elena Mattiussi, perché se non ci fossi stata tu a spronarmi questo romanzo non sarebbe mai nato. Grazie per esserci sempre con gioia e sincera partecipazione. Ti devo molto più di quanto credi. A Patrisha Mar: sei stata il faro guida là dove mi sentivo persa. Difficile sopportarmi, lo so, ma tu lo fai bene. A Maria Teresa Zumbo, sorella di cuore. Ci sei sempre, anche da lontano, tu ci sei sempre. A Federica Cappelli, nella quale ho scoperto una grande amica dal cuore d'oro. Hai creduto in me quando neanch'io ci credevo. Ad Alessia Litta, Alessandra Paoloni, Foschia Settantacinque, amiche splendide, che mi hanno supportato come poche altre. A Bianca Marconero, meriti menzione speciale per essere stata sempre meravigliosamente sincera e presente. I tuoi consigli sono e saranno sempre preziosissimi. A Franci Karou Cat, Giovanna Giannino, Sara Piccinini, anime limpide, amiche che mi regalano sorrisi di cui non posso fare a meno. A Elisabetta Baldan, che ha realizzato la splendida cover della versione self. Per ultimo, e non di certo per importanza, il mio grazie va a Marika Bovenzi. Ormai ti considero una sorella minore. Ti porto nel cuore e ti voglio bene come a poche persone. Il mio grazie si estende anche al resto del clan Bovenzi e al Vichingo (lui si riconoscerà in questo nome), una famiglia splendida di cui mi sento parte.

No, non dimentico le ragazze della mia pagina Facebook, l'altra mia grande famiglia, coloro senza le quali scrivere non sarebbe così divertente. Grazie di esserci sempre.

Grazie allo staff della Newton Compton: Martina Donati, Gabriele Anniballi, Marianna Cozzi e a chiunque altro abbia creduto e lavorato al progetto di *Tutta la pioggia del cielo*.

Per finire, grazie alla mia famiglia, a mio marito e a mio figlio. Voi siete il punto da cui inizio ogni volta.

Indice

First

Fay Camshell, *Per sempre estate*
Eleonora Carta, *L'imputato*
John Henry Clay, *Anno Domini 448*
Angela Contini, *Tutta la pioggia del cielo*
Piergiorgio Di Cara, *La stanza dei sospetti*
Deborah Fasola, *Tradiscimi se hai coraggio*
Silvana Giro, *L'ingrediente segreto dell'amore*
L.F. Koraline, *703 ragioni per dire sì*
Unni Lindell, *La terza vittima*
Lidia Ottelli, *Odio l'amore, ma forse no*
Alessandra Paoloni, *Le infinite probabilità dell'amore*
Raffaella V. Poggi, *Uptown Girl*
Giulia Ross, *Una notte per non dimenticarti*
Salvo Toscano, *Falsa testimonianza*

Raffaella V. Poggi

Uptown Girl

Raffaella V. Poggi vive in Liguria, in un appartamento sui tetti davanti al mare, con il marito, due figlie, cinque computer e due gatte part-time della vicina. Studi classici, molti lavori e molte storie da raccontare. *Uptown Girl* è una delle tante. Il suo blog è www.velonero.com

Volume rilegato di 416 pagine.

Jackie è una ragazza dell'aristocrazia americana, disposta a tutto pur di salvare il padre e quel che resta del suo impero. Per questo non esita a prestarsi al gioco di un ricco e ambiguo finanziere, che vuole sperimentare molto in fatto di sesso. Jackie cede al suo ricatto e, pur non dimostrandoglielo, è incredibilmente eccitata dai loro incontri. E così si trasforma lentamente in una bambola nelle sue mani.

L.F. Koraline

703 ragioni per dire sì

L.F. Koraline ha due grandi passioni: gli animali e i libri. *703 ragioni per dire sì* segna il suo esordio nella narrativa.

Volume rilegato di 512 pagine.

Eden Gari ha venticinque anni e la sua vita da favola si è appena trasformata in un incubo. Ha sognato a lungo il grande amore, senza mai incontrarlo. Le sue storie si sono sempre concluse male, lasciandole addosso solo tanta amarezza. Stava quasi per smettere di sperare, quando un uomo è apparso nella sua vita, e lei si è trovata ad annegare nei suoi occhi. Eppure proprio quell'uomo diventa la sua passione e insieme la sua condanna. Perché con lui scoprirà il piacere più proibito, con lui il suo corpo fremerà per un'estasi mai provata. Ma per averlo bisogna pagare un prezzo molto alto: accettare il suo ricatto e le sue condizioni. Eden si chiede se ne valga davvero la pena e non è certa della risposta, ma decide di rischiare lo stesso. Che il gioco abbia inizio, Mr. Blake…

Silvana Giro

L'ingrediente segreto dell'amore

Silvana Giro è nata a Milano, dove vive. Lavora da molti anni nell'ambito dell'outsourcing e del contract management per una società farmaceutica multinazionale ed è un'esperta conoscitrice dei Fiori di Bach. *L'ingrediente segreto dell'amore* è il suo primo romanzo.

Volume rilegato di 256 pagine.

Il signor Johns è un avvocato milanese piuttosto abitudinario. Compra la cena nella solita rosticceria, fa l'aperitivo sempre nello stesso locale. Vive solo, in compagnia del gatto Artù. Un giorno, rientrando a casa, trova una ragazza in bagno. Una ladra? Nient'affatto. Si tratta di Irene, la nipote della signora Matilde, la proprietaria dell'appartamento. Johns deve ospitarla a casa sua finché non troverà una sistemazione, ma si era dimenticato del suo arrivo. Nella convivenza forzata, lui, uomo rigido e geloso della propria privacy, cerca con cura di evitarla, mentre lei, completamente a suo agio, comincia a dedicarsi alla cucina, prepara da mangiare per il gatto e lascia sempre qualcosa anche per Johns. Ma che cos'hanno di particolare i piatti di Irene? Sono sempre diversi da quel che appaiono, come se la ragazza utilizzasse qualche strana spezia o aggiungesse un ingrediente segreto capace di conquistare non solo il palato, ma anche il cuore.

NEWTON COMPTON EDITORI